我的塑料花男友

月斜影清 著

㊤㊥

青岛出版社
QINGDAO PUBLISHING HOUSE

图书在版编目（CIP）数据

我的塑料花男友/月斜影清著.—青岛:青岛出版社,2021.9
ISBN 978-7-5552-9664-5

Ⅰ.①我… Ⅱ.①月… Ⅲ.①幻想小说—中国—当代 Ⅳ.①I247.5

中国版本图书馆CIP数据核字（2021）第051961号

WODE SULIAOHUA NANYOU

书　　名 我的塑料花男友
作　　者 月斜影清
出版发行 青岛出版社
社　　址 青岛市崂山区海尔路182号（266061）
本社网址 http://www.qdpub.com
邮购电话 18613853563　0532-68068091
责任编辑 郭红霞
校　　对 耿道川
装帧设计 千　千
照　　排 梁　霞
印　　刷 三河市良远印务有限公司
出版日期 2021年9月第1版　2021年9月第1次印刷
开　　本 32开（880mm×1230mm）
印　　张 17
字　　数 400千
书　　号 ISBN 978-7-5552-9664-5
定　　价 65.00元（全2册）
编校印装质量、盗版监督服务电话 4006532017　0532-68068050

㊤㊥目　录

目 录 ㊦ ㊥册

第一章

我的“傻白不甜”男友

宅本集，本市最大的咖啡书店。

大厅里正在举行一场新书发布会。

而大厅外面，排队等签售的长龙已经挤到了对面街道上。

台上，温文尔雅的儒商金先生正侃侃而谈。金先生是一位大开发商，同时又是一位经济学大家，号称“土豪”界的男神。

今天，他出现在这里，是为了宣传他的新书，一本自传体商战小说。

小说是关于他前半生的奋斗史，并夹杂了他和他妻子的爱情故事。他们是在一起三十年的原配夫妻，相识于寒微之时，一路相扶相伴。不幸的是，前年他的妻子得了很严重的失忆症，为此，他停下工作，遍访欧美名医，终于让妻子慢慢好起来了。

“其实，我认为治好她的根本不是什么药物，而是爱！我们彼此之间最深的爱。就像我自己，如果某一天我忘记了全世界，也绝对不会忘记我妻子的名字……这首诗，最能代表我和妻子的爱情：如果你是植物，我就从春天里爱你；如果你是阳光，我就从阴影中爱你；如果你是流水，我就从转折处爱你……”

雷鸣般的掌声彻底淹没了金先生的尾音。演讲结束后，便是读者提问时间，最后才是新书签售。

漂亮的女主持人笑中带泪地说："听完金先生的故事，我又相信爱情了，啊……真抱歉，我因为太激动都失态了……接下来便是提问时间，请问各位读者，有什么想要问金先生的吗？"

读者个个双眼通红，一时间哪里说得出话来。

可是，第二排最边儿上，有一人高高举起了左手。

主持人立即道："请把话筒交给这位女读者。"

女读者站起来，接过了话筒。

她很年轻，有一双明亮的眼睛，只是头发乱蓬蓬的，就像刚刚睡醒，头不梳、脸不洗地就跑这里来了。她的眼中没有半点儿泪水，脸上也没有任何被感动的神情。

她先仔仔细细地看了金先生好几眼。金先生已五十出头，但是保养良好，风度翩翩，绝对是中年男神。

暮春的夕阳透过窗户洒在金先生的脸上，隐隐地竟然显得有些圣洁。

"我并不是金先生的读者，今天是无意中路过这里，就来旁听一下。不过，听完金先生的演讲，我倒是有两个深刻的感受……"

主持人立即道："请谈一谈你的感受。"

"第一个嘛，就是有钱真好。比如我自己，每次生病时，我首先担心的可不是我的身体，而是钱，尤其一想到各种绝症就不寒而栗！可现在看来，只要你有钱，舍得几百万、几千万地花，许多病是可以治好的……"

主持人的笑容已经不那么好看了，金先生却只是笑了笑，态度随和。

"我的第二个感受嘛，也不知当讲不当讲……"

她嘴里说"当讲不当讲"，却径直说了下去："据我所知，金先生至少有三个地下情人，其中一个有一头酒红色的鬈发……"

主持人面色大变，金先生也面色大变。

金先生的助理率先反应过来，怒吼道："胡说八道，这简直是无耻的诽谤……"

女读者却非常认真地盯着金先生，一本正经地说："我能从你的眼睛里看到你劈腿的对象长什么样子……对了，你那位有着酒红色鬈发的情人，她最爱穿紫色连衣裙，对吧？"

助理大叫："你这个疯子，简直是胡说八道……"

女读者转身就走，走了几步，索性跑了起来。

助理大叫：“快抓住她，抓住那个疯子，一定要起诉她恶意诽谤……”

台上的金先生却一动不动，面色惨白，顷刻之间，像苍老了十岁。

年子一路飞奔，怕被人抓住狂扁。

穿过三条街，她终于到了地铁口，飘移一般挤上了地铁。

下班高峰期，地铁上人山人海。

角落里居然还有一个空位，她眼疾手快地蹿过去一屁股坐下，丝毫不顾旁边稍慢一步的白胖子鄙夷而愤怒的喘息声。

她还没喘匀气，一个精神矍铄的老头儿挤了过来，环顾四周，目光从一群埋头看手机的壮汉身上落到了她的脸上。

“小姑娘，你懂不懂尊老爱幼？”

年子无可奈何地抬起头，弱弱地假笑了一声：“我早孕三月，胎象不稳……对不起……”

老头儿狠狠地瞪了她一眼，扭头就挤到前面去了。

年子舒了一口气，摸摸空空如也的肚子，倒是一颗心快要从嗓子里跳出来了。

好险，可她发誓，自己真的不是去砸金先生的场子的。

她就像做了一场梦，梦醒之后，莫名其妙地就走进了那家书店，然后莫名其妙地和金先生擦身而过，并和他对视了一眼。

就是那一眼，她看到了他眼里有几个漂亮的人影，层层叠叠，远近不同，全是他的情人。

再看一眼四周铺天盖地的签售海报以及金先生的各种“痴情人设”，她就按捺不住了。

地铁平稳地向前行驶，心跳也慢慢地平稳了一点儿，她闭上眼睛，想小憩一会儿，却惊跳起来。

完了完了，现在居然快七点了。

等自己赶到地方，怎么也得七点半了。

而她和卫微言的约会时间是六点。

怎么办？怎么办？

她怎么可以让卫微言等一个半小时？

年子急得团团转，丝毫没察觉到旁边的白胖子已经不动声色地一屁股坐在了她的位置上。

品玫西餐厅。

一个人疾步走来，随手扯着门口的服务员：“年小姐订的座位，麻烦带我进去吧……”

服务员看了看这个满头大汗的女孩，暗暗皱了皱眉，真不敢相信有人顶着一头乱发就跑这里来了。

当领着人来到座位上时，服务员下意识地瞟了一眼对面的男士，忽然意识到订座位的年小姐就是这个“鸡窝头”，顿时笑得像一个孩子。但是，他还来不及开口，便听到道歉声：“微言，对不起，我不是故意要迟到的，我是睡过头了，太抱歉了……”

卫微言盯着手机，头也不抬地道：“可以上菜了。”

年子自己挪开椅子，在对面坐下，看看时间，自己已经足足迟到一个半小时了。她揉了揉凌乱的头发，小心翼翼地道：“我不知道怎么就睡过头了，而且迟到了这么久。微言，对不起……我真怕你等不及，已经走了……”

这是她和卫微言约会时第一次迟到。

以往总是她早到，提前订好座位等着他。像今天这样迟到一个半小时，真是她想也不敢想的事情。

他忽然伸出手，掌心轻轻放在她的额头上。

他极少有主动和她亲昵的时候。

她心里一跳：“微言……”

“嘘，别动……”

他慢慢低下头，凑了过来，大手从她纷乱的刘海儿移动到了她的眼皮上。

他温热的掌心令她的一颗心都荡漾起来。

哎呀呀，这呆子真的要开窍了吗？年子不由得微微闭上眼睛，等待那历史性的一刻到来……

“年子，你头上有一根草屑，眼皮上也有一个……咦，这是什么？”

眼皮上的温热瞬间消失。

年子脸上的红晕也烟消云散。

她睁开眼睛，没好气地道："你扯掉了我的双眼皮贴！"

卫微言："……"

两人的目光终于交会。

年子死死地盯着他。

也许是她的眼神太奇怪，他也盯着她。

年子的脸瞬间变得雪白。

她下意识地看看他手里还扯着的那根草屑，觉得他从自己头上拔下了一片草原。

年子低下头，端起水杯将一大杯柠檬水一口气喝完。

卫微言低头打着游戏。跟往常的每一次约会一样，卫微言绝大多数时候在打游戏。

年子简直不明白，为什么有人能这么长时间对"消消乐"这种乏味的游戏兴致不减。

她忍无可忍地问："卫微言，你天天玩同一个游戏不烦吗？"

"因为我只会玩这一个游戏啊。"

年子忽然有一种冲动，要一拳砸烂他那张"傻白"的脸——若不是看在他长那么帅的分儿上，她握着的拳头早就挥了出去。

年子心神不宁，百无聊赖，所幸服务员已经开始上菜了。

上来的是牛排套餐，因为这家餐厅只提供两个套餐，所以点餐的人根本无须费什么心神。

开胃酒、面包、汤、沙拉、牛排……波澜不惊地一一上来。

年子很饿，吃得很快，谈不上什么仪态，到后来干脆拿起叉子，直接将一大块牛排叉起来，大快朵颐。

偶尔接触到卫微言诧异的目光，她也满不在乎。

实在是她以前伪装得太久、太辛苦了，现在忽然就破罐破摔了。

酒足饭饱后，年子又一口气喝光了一杯咖啡。甜点上来时，她已经吃撑了，便懒懒地瘫坐在椅子上。

"天哪……天哪……"一阵甜蜜的尖叫声传来。

只见隔壁卡座里的女孩双目放光，脸颊绯红，一枚硕大的钻戒在一勺挖开的提拉米苏中间熠熠生辉。

浪漫的求婚乐适时响起，对面西装革履的男士站起来，举着一枝红玫瑰，单膝跪地道："亲爱的，嫁给我吧？"

漂亮的女孩双眼红红地拼命点头。

众服务员带头鼓掌，客人们也都跟着鼓掌，餐厅提前布置好的彩纸纷纷扬扬地撒了一地。

卫微言忽然招招手，服务员立即走过来，礼貌地问："先生，您还需要什么？"

卫微言指着年子面前的提拉米苏："为什么我们的这个甜点里没有戒指？"

服务员："……"

周围的客人哄堂大笑，年子也跟着笑。

隔壁桌的求婚男人也好奇地打量着卫微言，微扬的嘴唇清晰地传递出两个字：傻帽。

卫微言不是白痴。

卫微言是个呆子。

卫微言也是个"死宅"。

就像他从来不觉得一个人有十件一模一样的衣服有什么好奇怪的。

年子不经意地打量了他一眼，今天，他还是穿着一件蓝色长袖衬衣。

她第一次见到他，他是这一身衣服，以后每一次见到他，他都是这一身衣服。

正当年子怀疑他经年累月不换衣服，会不会长虱子时，她才发现，这样的衬衣他有十件。

最初她觉得很惊艳，现在她依旧觉得惊艳。

和每一次约会一样，她只要见到他，就会有一万头小鹿把她的心口撞成碎片。

就连他低头打游戏的坐姿，她也觉得挺拔得不可思议。

卫微言是真的好看，披一条麻袋也能帅出天际。

不像她年子，一不精心打扮，就要现出原形。

也许是感觉她的目光有点儿奇怪，卫微言再次抬起头，定定地看着她。

年子也定定地看着他，再一次清晰地看到他眼珠里的一个影子，缥缈若仙，却模模糊糊地怎么都看不真切。

年子心里一颤，喃喃地道："微言，你心目中最理想的女孩是什么模样？"

"天真烂漫，不知羞耻。"他完全是不假思索地答道，然后反问，"你心目中的最佳男人又是什么模样？"

"贪财好色，一身正气。"

"哈哈，你俩是在说单口相声吗？"

笑声中，卫一鸿大步走来，在他身后的则是温婉秀丽的乔雨桐。

卫一鸿非常自然地在卫微言旁边坐下，扫了一眼桌面，也不把自己当外人，说："嘿，老大，你居然来这种地方吃饭？你不是说谈婚事吗？怎么不找个好一点儿的地方？"

乔雨桐却诧异地看了一眼年子，目光落在她乱糟糟的头发上。

卫一鸿顺着她的目光看去，夸张地一摊手道："天哪，年子，你就顶着这一头乱发跑到这里谈你们俩的婚事？"

是的，婚事。

婚期已定，他们有许多事情需要谈一谈。

可今晚年子忘了这回事。

她很不欢迎这二位不速之客——卫微言的表弟和他所谓的青梅竹马。

这世界上，没有任何女人会欢迎男友的青梅竹马。尤其这两个人对她一直都不是那么友好——他们一直觉得她配不上卫微言。

卫一鸿翻了翻服务员递上来的菜单，随口道："按理说，这时候你们该找一家幽静浪漫的会所慢慢谈……"

乔雨桐接口："没错，我们常去的那家就蛮好的，微言，你怎么不带年子去那里？"

年子淡淡地道："我去过的最牛的会所，门口和里面都有武警二十四小时站岗，里面的人生活很规律，连发型都一样，更重要的是，里面的人个个都是人才，说话又好听！"

卫一鸿瞪了她一眼，很是诧异。

这位有口皆碑的二十四孝女友，怎么忽然变脸了？

卫微言依旧埋头看手机，好像根本没注意到气氛的转变。

卫一鸿识趣地闭了嘴，放下菜单。

一口气闷在胸口，年子马上就要找个人吵架了。人均四百块的西餐厅，她已经觉得蛮贵了，这两个家伙还挑三拣四。

卫一鸿识趣地换了话题："你们怎么这么仓促地就决定结婚？这是不是太草率了？双方家长都不用坐下来商量商量？光你们俩自己定一个日子，到时候领个证就算了？对了，求婚仪式也不来一个？"

年子感觉脸上火辣辣的，借口去一下洗手间，仓促地离开了。

她一遍一遍地将冷水浇在脸上，却浇不灭镜中那个蓬头垢面的女孩的绝望。

她从来没想到，自己竟然会在卫微言的眼里看到另一个人——一个陌生女人的身影。

那影子，实在是太仙、太美了，美得让人顿失勇气。

半晌，她才转身出去，在过道屏风处停了下来。

她听到了卫一鸿的声音："喂，老大，你真的决定要和她结婚？"

年子屏住了呼吸。

乔雨桐："唉，在家族群里看到消息的时候，我完全不敢相信。好吧，就算你真的要和她结婚，但是你们怎么谈的？毕竟结婚是大事，彩礼、婚房、婚宴，这些都怎么安排？她提要求了吗？"

卫一鸿："那女人也有脸提要求？若非她死缠烂打，微言会娶她？我打赌，她在微言面前提都不敢提'彩礼'二字，不让她倒贴已经很对得起她了……"

乔雨桐低叹道："唉，她也不是毫无优点，至少她对微言千依百顺……"

"千依百顺也算优点的话，那菲佣个个都是好老婆！喂，卫微言，你说，你到底看上她哪一点了？或者，你压根儿就没仔细看过她一眼？比起仙女般的……"

年子竖起了耳朵。她居然从来不知道卫微言的世界里，曾经有一个"仙女般的"存在。

卫一鸿却换了话题：“就因为她死缠烂打，你懒得折腾，所以就这么凑合了事？卫老大，你不能破罐破摔啊……”

乔雨桐：“可是他总不能临时反悔吧，毕竟……”

“他分明是被逼的好吗？就连婚期也是那女人自己在我们家族大群里发布的。你看自始至终微言说过一句话吗？我之前还以为是开玩笑……”

卫微言还是埋头看手机，好像对二人的谈话充耳不闻。

年子慢慢走过去。

乔雨桐和卫一鸿对视一眼，心照不宣地低头喝刚刚上来的蜜桃开胃酒。

气氛一时有点儿难堪。

年子端起快要空掉的酒杯，定定地看着对面那个人。

卫微言照例是不看她的。

未婚夫，未婚夫……

当然，这婚期也是她自己定的——卫一鸿说得没错，一直是她自说自话。

是她倒追卫微言，从第一次见面就疯狂倒追，还想方设法地加入了他们的家族大群。

为了得到卫微言，她用尽了七十二般手段，甚至连每一次约会的地点，都是她精心揣摩他的喜好，做好攻略提前安排的。

当然，每一次都是她买单。

倒不是卫微言太吝啬，而是他根本没有付款的机会——为了讨得男友的欢心，年子每一次都提前买单。

在她心目中，神仙似的卫微言，根本无须为这等琐碎小事操心。

二十四孝女友绝对不是吹的。

比如今晚，她约他原本是为了向他献宝——她已经找到了一家非常棒的蜜月酒店，别的事情可以马虎，初婚、初夜的地方可大意不得！

一想到要在那么浪漫美好的地方扑倒卫微言，她就暗暗激动得鼻血上涌。

她对这种事还没有经验，全凭想象。

从见卫微言的第一面起，年子就狂想不休。

可是卫微言是木头人，坐怀不乱。

算来算去，她要快速合法地占有他，唯有结婚一途。

三天前，她忽然心血来潮，壮着胆子在微信上问："微言，我们结婚吧？"

几小时没有得到回复，她都快绝望时，晚上卫微言回复了："可以。"

两个字，让她从地狱到天堂。

连续几天，她都晕乎乎的，以为自己在做梦。

年子本以为顺理成章地逼婚（骗婚）成功，已经是万事大吉了，至于"求婚""彩礼"这些细节，她压根儿没想过。当然，潜意识里她觉得想了也没用。就如卫一鸿所说，卫微言能同意结婚已经是天大的恩赐了，再谈别的条件，她有那个资本吗？

年子的确没有再谈任何条件的资本，就如努力的最终结果，居然是只得到他亲友们口里的一句"那女人"！

女追男隔的不是一层纱，是一层铁纱罩。

一个人不爱你就是不爱你，就算被你坑蒙拐骗地上了婚船，还是不爱你。

可她还是不死心，就像一个输红了眼的赌徒，企图最后一搏。

年子干咳一声，神情肃然地道："微言……"

卫微言头也没抬，那二人却竖起耳朵。

年子弱弱地问："我们要拍婚纱照吗？"

"随你。"

"你看，婚宴酒店选哪一家合适？"

"随你。"

"蜜月地点你考虑过吗？"

"随你。"

"婚礼日期呢？"

"随你。"

"结婚戒指要买吗？"

他头也没抬，但终于加了一句："你要是喜欢，可以自己去买一个。"

两位旁观者要用很大力气才能忍住不笑出声来。

年子却摇了摇头。

有时候，你不努力一下，都不知道自己有多贱。

她还是小声地说："要不，叫你爸妈和我爸妈一起吃顿饭商量一下？毕竟这是婚姻大事……"

"不用。"

卫微言再次低头看手机。

卫一鸿没忍住，嘴里的一口蜜桃酒喷了出来。

就连温婉的乔雨桐也连连摇头，本是来劝阻这场婚事的，可现在她有点儿同情年子了。

这时候，服务员端上后来的二人点的沙拉，卫一鸿急忙切了一小块鹅肝放进嘴里，夸张地说："这鹅肝不错呀，没想到这种小地方也有好吃的东西。雨桐，你也吃啊，坐着干什么？大家都吃，多吃点儿……"

年子淡淡地说："每个人的一生大致要吃掉九点九吨食物。谁先吃完谁先死！"

热乎乎的鹅肝忽然变味了，举着刀叉的乔雨桐讪讪地说："算了，我节食，我少吃点儿。"

年子站了起来，大喊道："服务员，来一瓶你们这里最贵的红酒。"

服务员小跑过来，小心翼翼地问："小姐，您确定是要最贵的红酒吗？"

年子顺手指着对面的卫微言道："你是不是以为他付不起钱？"

服务员表情讪讪地又小跑着下去了。

红酒终于来了，年子也不问价格，一把抓起酒瓶，咕嘟咕嘟地喝了几口，然后将其扔在一边。

三双眼睛齐刷刷地盯着她。

她指着卫微言的鼻子："卫微言！"

卫微言："……"

"我可以容忍你欺骗我的感情，但是不能容忍你欺骗我的钱……"

卫微言诧异地问："所以呢？"

"今晚，你买单。"

卫微言终于把手机放下了。

卫一鸿忍不住了："不是吧，微言什么时候欺骗你的感情了？"

她根本不搭理那三人，一个人抓着"最贵"的红酒又狂喝了几口，在三分酒意下，肆无忌惮地指着卫微言的鼻子道："卫微言，我们明天就去把结婚证领了吧！"

卫一鸿忍无可忍地说："你不是在群里说下个月10号才是黄道吉日吗？怎么忽然变成明天了？"

年子瞪眼："关你屁事，我又不和你结婚！你倒追我三条街我都看不上你……还有，我告诉你，我不叫'那女人'，我叫年子！年大将军的年，孔子的子！"

卫一鸿的脸成了猪肝色，他愤愤地转向了卫微言。

卫微言还是一言不发。

年子认认真真地说："卫微言，我们就这么说定了，明天先去把结婚证领了。对了，明天上午十点半民政局门口，不见不散。"

卫微言的目光有点儿奇怪，但他还是点了点头。

乔雨桐小心翼翼地问："明天是什么好日子吗？"

"清明节！"

春寒料峭，年子奔跑在丝丝缕缕的毛毛雨中。

晚风吹走一阵阵的水纹，涟漪就像一层层碎掉的心屑。

和以往的每一次约会一样，年子仍是一个人回家。卫微言从来没有送过她。

她美其名曰喜欢做一个"独立懂事"的女汉子，说穿了，只是不敢承认不被爱而已。若有被人宠成金丝雀的机会，谁愿意放弃？

自启动疯狂的倒追模式开始，每一天她都在找各种细节，通过各种蛛丝马迹揣测：他可能是喜欢我的。现在她才明白，当一个人反复揣测对方是否真的喜欢自己时，就说明对方根本不喜欢自己。

年子拼命奔跑，快到家了才停下来。沿街的垂柳伸出了柔软的手指，无声无息地拂过她的面颊。

她瞬间泪如雨下，想起了自己在他眼睛里看到的那个美丽的影子——天真烂漫，不知羞耻。

以前她一直以为他只是"死宅"、天生呆子、天生冷淡，现在才明白：这世界上根本没有什么天生高冷的人，只不过人家爱的人不是她而已。

小区对面的街上有一家小面馆，也不知道开了多少年了。年子不喜欢吃面条，所以从来没有进去过。可今天，她下意识地往小面馆里多看了几眼。

已经快晚上十一点半了，小面馆里居然还有七八个食客。原来这家小面馆的生意这么好！

这对夜旅人来说是好事。当孤独地在街头徘徊时，你忽然看到这么一家一直亮着灯的小面馆，一定会勇气倍增。

年子忽然很想去吃一碗牛肉面，尽管她并不饿。

她第一次走进这家面馆。七八个客人都正低头吃面，没有任何人抬头看一眼新进来的食客。

看不见老板，也没有小二，通往小厨房的门虚掩着，年子随口道："老板，来二两牛肉面……"

没人应答。向外传递面条的半截窗倒是开着，年子可以清晰地看到里面的冷锅冷灶。再看一眼其他的客人，年子忽然怔住了。

她已经明白哪里不对劲儿了——七八个客人没有发出半点儿声音。所有客人都低着头，拿着筷子，可她仔细一看，他们没有任何人在吃面，只是整齐划一地把筷子插在碗里，一动不动。

年子如见了鬼，本能地要退出去，可双足像生了根，竟然挪不动。

"你要二两牛肉面，是吗？"

声音是从半截窗子里传出来的，就像寒冬腊月里有人在雪地里弹了一曲《琵琶行》，曲调倒是悠扬，却寒入骨髓。

年子现在一点儿也不想吃牛肉面了，牙咯咯作响，觉得自己应该马上离开这里。可是她的脚就像被定住了似的。转眼那七八个食客居然不见了，所有的桌上也都空空如也，好像她之前看到的一切全都是错觉。

小店里只剩下她一人，铝合金的卷帘门也无声无息地降下。

她眼睁睁地看着一个白衣人从虚掩的厨房门里走了出来。

白衣人走到年子身边。

他面上戴着金色的面具，个子很高，很挺拔，就像一棵笔直高耸的树。

他身上有一股淡淡的香味，就像五月初开的玫瑰。

年子从来没有见过有哪一家小面馆的老板会白衣如雪——他难道不该是满身烟火气和牛肉汤的味道吗？

他一笑，年子就忽然想起秋天的风掠过金色的银杏树叶所发出的那种沙沙的声音。

她伸出手摸他的面具，但是手落空了。

“年子，你还习惯你的透视眼吗？”

她本能地反问：“是你给我开了天眼？”

“天眼？哦，这不是天眼！这是科学！不过你可以那么理解。”

“为什么选中我？”

他未答。

“为什么偏偏选中我？”

他越不回答，年子越是震怒，索性劈手就往他脸上的金色面具抓去：“你说，为什么要选中我？为什么要让我看到别人的出轨对象？为什么？那些男人出不出轨关我什么事？他们就算劈腿一万次跟我有什么关系？我可不想再看到这些……”

尤其不应该让自己看到卫微言眼中那个仙女般的影子，如果她没有看到那个人影，怎么都可以将就下去，稀里糊涂地逼婚成功，一切不就都好了吗？许多人不是一辈子也这样凑合了事吗？凡事看那么清楚干吗？

她忽然很恨这个白衣人，劈头盖脸地就往他脸上打。

她伸出的手彻底落了空。白色的身影总是距离她一尺之遥。

“所谓的爱情只是一种病毒，来得快，去得也快。这世界上从来就不会有专一痴情这回事。年子，放弃不爱你的人吧，就像去掉一层可笑的病毒……”

年子大怒：“你说我是病毒？”

“卫微言是你的病毒！所有的爱情本质上都是病毒。”

“就算他是病毒我也心甘情愿，要你多事啊？”年子大喊大叫道，“你快去掉我的透视眼，我不要，坚决不要……”

“年子，醒醒，快醒醒……”

年子翻身坐起来，大叫道：“妈妈，救我，救我，这里全部是鬼……”

“宝宝、宝宝，你做噩梦了……”

一块温热的帕子贴在面上，年子茫然地睁开眼睛，看到满脸焦虑的母亲守在床边。她习惯性地依偎在母亲怀里，就像小时候那样，顿觉无限安全和勇气倍增。

李秀蓝抱着女儿，并未急于追问，而是等她的情绪稍稍缓和，才小心翼翼地问："宝宝，你做什么噩梦了？"

年子摇摇头，忽然惊跳起来："现在几点钟了？"

"凌晨四点。"

"凌晨四点？"

"你昨晚十点半才回家，回来倒头就睡……"

"妈，我是怎么回家的？"

"当然是你自己走回家的，还能怎么回来？"

年子缄口不言了。

"年子，你和卫微言是不是又出什么事了？"

年子擦了擦额头上又冒出来的冷汗，低低地道："妈……我不结婚了……"

"不结就不结……"李秀蓝接过她手里的帕子，忽然醒悟过来，"你说什么？！不结婚了？！"

"嗯，我们分了。"

年子也不看母亲的脸色，便立即拿起自己的手机看了看，然后开始埋头编写信息。

卫微言答应结婚后，她的喜悦之情无法言表，所以她当即在亲友群里宣布了婚期。当初她如何在亲友面前炫耀，现在就有多么难堪。

要解释一些事情，她本以为很难，可事到临头又觉得非常简单。年子很快写好了消息，群发给了自己这方的所有亲戚。

听得自己的手机也响起嘀的一声，李秀蓝拿起手机一看，目瞪口呆。短信只有一句话："很抱歉地通知各位亲朋好友，我没法按照原订计划结婚了，因为男方出车祸死了。"

李秀蓝小心翼翼地问："宝宝……这又是怎么了？"

年子若无其事地道："妈，你说嫁给一个不爱你的人过一辈子是什么感觉？"

李秀蓝不假思索地说："一个人能忍耐一时，忍耐不了一世。很多时候你自以为可以感动全世界，但最后只感动了你自己。"

年子点了点头："妈，我已经明白你的态度了，谢谢你。"

"可是，年子……"

"妈，你们不用再向亲友逐一解释什么了，该说的我自己已经跟他们说清楚了。"

言毕，年子便倒在枕头上，闭上眼睛低声道："妈，这么晚了，你也去休息一会儿吧。"

李秀蓝欲言又止，最终还是静静地走出房间，并带上了门，在门口喃喃地道："分了也好……唉，分了也好……"

自始至终，李秀蓝都不赞成这桩婚事，倒不是因为看不上卫微言这个准女婿，而是瞎子都看得出来——女儿是剃头挑子一头热。

为此老夫妻俩忧心忡忡，担心女儿就算如愿嫁给了这个男人，又有什么意义？往后那么漫长的一生，女儿该怎么度过？

可是二十二岁的女儿第一次谈恋爱，真的是初生牛犊不怕虎，一腔热血，不到黄河不死心。李秀蓝只好不去管这事。

毕竟有些事情不让孩子试一遍，孩子绝对不会死心。

只是李秀蓝没料到，这么快女儿就做出了决定。

从凌晨五点到六点，年子翻来覆去，再也睡不着，脑子里乱糟糟的，时而是梦里的白衣人，时而是卫微言那张冷漠到极点的脸。

这个白衣人到底是真的还是假的？昨夜小面馆里的情形，真的只是一场梦？

慢慢地，还是卫微言那张俊美无匹的脸霸占了她糊里糊涂的思绪。纵然是在她的回忆里，卫微言那张脸也是冷冷淡淡的。

自从认识卫微言以来，年子竟然从未见他大笑过。难道此人天生高冷？或者他只是在她面前笑不出来？

年子拿起手机，准备把卫微言的所有联系方式删除。

她先点开微信，看到二人的聊天记录。每一次都是她说几十句话，他才会回答一句。而这一句，往往也只有两个或者一个字，基本上都是：可以、好的、嗯、是……终于翻到一句三个字的"就这样"，年子都觉得如获至宝。

终于，她翻到了几段字数比较多的金句，那是二人相识刚好一周年时的对白：

年子：“你知道今天是什么日子吗？”

年子：“今天是我们认识一周年纪念日啊！”

年子：“今晚我们一起吃饭看电影好不好？”

卫微言：“哦，今天不是鬼节吗？”

年子：“……”

还有情人节晚上二人的对话：

年子：“我新买了草莓味的唇膏，口感很好的哟！”

卫微言：“哦。”

年子：“你要不要尝一下？”

卫微言：“草莓酸不拉儿的，有什么好吃的？”

年子：“……”

还有好些不可描述的对话，隔着屏幕也能看到少女爆棚的荷尔蒙对他的试探。可是卫微言居然从来没有正式回应过她。爱你的男人不见得马上要睡你，可从来都没这个打算的男人，压根儿就是看不上你！

年子抬手，把卫微言和一切跟他有关的联系方式彻底删除了。这一刻，年子在心里把卫微言给“杀”了。

第二章

前男友的榴梿盛宴

五月的玫瑰，一夜之间爬满了枝头。

年子静静地坐在一方小院子里，仰望着天空。这是她家在南三环边儿上的一套老房子，已经足足有二十年的楼龄了，因为没有电梯，所以许多邻居早已搬走了。

但是再老的房子也是房子，更何况他们这里是所谓的新一线城市，房价嗖嗖飙升。去年她大学毕业时，父母一合计，想卖了这套房子为她置换一套电梯新房当作嫁妆，但是她拒绝了。拒绝的原因也很简单，因为她特别喜欢这套“老破大”。

这套房子唯一的优点就是位于一楼，而且附带一个五六十平方米的小花园。小花园里，父亲早年精心种植了各种花卉、树木。此时一墙的玫瑰蓬勃盛开，海棠和三角梅也不甘示弱，尤其是桃树和枇杷都稀稀拉拉地挂了果子。还有那棵早已遮天蔽日的无花果树，简直一树独秀，每年夏天结的果子多得吃不完，还得劳驾年子到处去分给左邻右舍。

当然，这里还有她的两个小伙伴。年大将军舒舒服服地坐在树丫上面，每当有风吹过，这只有着翠绿色羽毛、红嘴壳子的和尚鹦鹉便会尖声大叫：“参见陛下，参见陛下……”

每每这时候，金毛大王就会施施然走过来，昂起头接受年大将军的“朝拜”。金毛大王是一条黄色的中华田园犬。从年龄上来说，十岁的它已经算是高龄了。金毛大王不会卖萌，也不会撒娇，更不会跟主人一起嬉戏游玩。它其实就是一条特立独行的土狗。

但是它和年大将军都是年子儿时的小伙伴，也一直待在这个老房里，所以它们和年子一样，不愿意离开这个地方，因为年子的父母新买的一百五十平方米的电梯公寓里没有花园，也没有足够它们活动的空间。

年子说，如果父母要给嫁妆的话，那她就要这套老房子好了，父母同意了。和卫微言分手后，她又希望能够独立地在这里生活一段时间。父母考虑了几天后也同意了。

太阳慢慢西斜，树荫斑驳的小院里，也有了一些热意。小院的角落有一张长条形的防腐木茶桌，桌上有一套粉蓝色茶具，茶水在电茶壶里发出咕嘟咕嘟的声音。

金毛大王懒洋洋地躺在阳光下，年大将军则不时地从自己的食盒里叼出一粒鸟食扔在地上，待得鸟食堆积多了，金毛大王就会施施然走过去，神清气爽地接受这一堆“嗟来之零食”。

老房、老狗、老鸟，二十二岁的年子，觉得自己一夜之间也苍老了。

笔记本电脑一直开着，她却望着空无一字的文档发呆。经济不景气，找工作很难，于是她宅在家里打算写网络小说。但是认识卫微言后，她就没认真地写过一个字了。

现在也无从开始，她从早到晚就这么枯坐着，稿子却无法自动生成。良久，她愤怒地冲着文档长叹一声：“怎么说这家伙也已经是个成熟的软件了，怎么就不能学会自己码字呢？”

太阳西斜得更厉害了，年子端起粉蓝色的小茶壶给自己倒了一杯茶，赤脚踩在被太阳晒过的干燥的青石板上面，自言自语道：“夏天就要到了。”

自从清明节那天之后，她再也没有见过卫微言，对方的电话、微信、QQ 等联系方式都早已被拉黑了。当然，卫微言也没有找过她。无论通过什么渠道，他都没有再找过她。

最初她还担心清明节那天，他在民政局等不到自己一定会生气，可后来她怀疑卫微言那天根本就没去，就像自己也没去一样。

卫微言是幼稚，但不是傻子。他可能早就想甩了她，却一直懒得找理由。而她给了他理由，他便乐得接受了。

明明是自己提的分手，可年子很失落，觉得自己才是被抛弃的那一个。

微风吹落了玫瑰的花瓣，一片一片落在小小的茶杯里，淡淡的玫瑰香味飘散开去。金毛大王忽然汪地叫了一声。

年子懒洋洋地睁开眼睛，看到一个时髦女郎站在小院门口，正踮起脚往里张望。

听得狗叫，女郎吓了一跳，随即怯怯地问："请问……年小明在吗？"

"门没锁，你进来吧。"

女郎犹豫了一下，推开虚掩的小院门，高跟鞋踩在青石板上发出清脆的叮叮叮声。女郎走近了，先朝四周看看，然后才转向年子。年子合上笔记本电脑，懒洋洋地举起茶杯问："喝茶吗？"

女郎摇头，狐疑地打量着年子："你就是年小明？"

当听到"年小明"三个字时，年子便知道，自己的第一个客户上门了。为了避免个人信息泄露，年子在各大平台都采取"化名制"。比如当有小贷款公司打来电话称"你是李小明吗？"她便知道是开发商出卖了自己的信息；若是有福建口音的骗子问"你是年大明吗？"那便是购物网站泄露了自己的个人信息；现在，这个女郎叫自己"年小明"——没错，那就是自己在网上发布的一则广告信息起作用了。

年子微笑着道："你坐吧，先喝杯茶。"

时髦女郎不坐，迫不及待地问："年小明，你真的可以帮我找出我老公的出轨证据？甚至包括他的出轨对象长什么样子？"

年子从头到脚打量着女郎，对方穿华伦天奴的铆钉鞋、拿香奈儿的包，有一头黑长直的头发，外表清纯，人畜无害。

"你相信我可以帮到你吗？"

女郎迟疑了一下才道："我相信你能做到。因为我在金先生的签售会上见过你，你说你可以从金先生的眼中看到他的出轨对象的样子，以及他出轨了几个人……"

原来如此。可年子的目光更狐疑："你就是金先生的第三个出轨对象？"

女郎端起茶杯喝了一大口茶，瘫坐在对面的椅子上，神情很沮丧："居然真的是第三个？要不是那天我正好在现场，还一直以为自己是唯一一个……他说他对他的老婆只有同情和责任，早已没有一丝爱情，爱的只有我一个人，等他老婆去世，他就会正式娶我为妻。他怎么能骗我呢？怎么可以？！”

故事很老套，男人的借口也很老套。

阳光下没有新鲜事，可男人的这一套老借口，总是会迷倒无数女人。

女郎几乎要哭出来了：“我好不容易熬到他的老婆去世了，结果他却不愿意娶我了……”

年子很意外：“金先生的老婆去世了？”

“一个月之前去世的。”

那岂不是自己揭穿他的真面目不久后，他的妻子就去世了？

“年小明，你帮帮我。以前我为了他的名誉，什么都忍了，可现在我不能忍下去了，我一定要嫁给他，求你帮帮我，我可以给你钱，给你很多钱……”

年子冷静到近乎残忍：“你既然已经知道他的真面目了，为何还执迷不悟？你现在嫁给他，岂不是跳入火坑？”

女郎嘶声道：“我已经跟了他五年了，最好的青春都已经失去了，我必须嫁给他，谁都不能跟我抢……”

她被他骗了五年，付出的代价太大，所以明知是坑，也要孤注一掷。

女郎急急地从包里拿出一个信封，哗啦啦地将里面的东西倒在茶几上。几十张美女的照片，几乎晃花了年子的眼。

“年小明，你看，这些照片里还有哪些是他的出轨对象？”

年子不得不感叹：女人在捉奸的时候，智商真的不低于福尔摩斯。

年子从一大堆照片里很随意地挑出了四张。女郎一一看过去，气得粉脸雪白：“居然还有这个不要脸的小贱人！我一定要撕了她那张脸皮。真是知人知面不知心啊，枉我对她那么好，什么秘密都告诉她……”

骂着骂着，女郎蹲下去号啕大哭起来。

照片上，和她一样有着黑长直头发的清纯女郎，是比她小四岁的闺密。可见金先生的审美自始至终是一致的。

年子私下里给女郎编了号——金C。

金C临走之前，用微信给年子转了一万块钱。因为她问年子如何收费，年子自己也不知道，让她看着给。

金C告辞之前，再次环顾四周，忽然发现了什么似的，惊叫道："怎么，你这院子上空还安装了天网？"

那不是天网，只是五丈高的围网。此时年大将军就停在无花果树的树枝上，扑棱扑棱地扇动着绿色的翅膀。年大将军刚来家里时，年子不想一直拴着它，又怕它飞走了，所以央求父亲花钱安装了这个围网。

金C有感而发道："动物就是可怜，一旦被圈养，就哪里也去不了了。"

年子一口把茶喝了，淡淡地说："人也被囚禁在地球上，哪里都去不了。"

金C瞪着她，像看着一个怪物。

生平第一次赚到一万块钱，年子有些激动。这一天也没认真吃什么东西，她觉得很饿，正要叫个外卖，又觉得外卖都吃腻了，干脆出去走走，也算是活动活动筋骨。

家对面的那条街，有琳琅满目的小吃店。停下脚步时，她又看到了那家小面馆。

直到现在，她都不知道那天晚上的事到底是梦还是现实发生的。

还有那个白衣人。他到底是不是真实存在的？

她决定再进去看看。

一进门，年子就心里一震。她居然真的看到一个白衣人。

小面馆的老板，和她梦里的那个身影一模一样！

她怀疑这面馆老板是个歹徒，不知何故盯上了自己，所以故意弄出种种玄虚。可她想来想去，自己没有金山银山，也没有倾城之姿，那人图的是什么？

年子看了看时间，不过晚上七点刚过。这一次，小店里只稀稀拉拉地坐了两三个食客。明明心里有些恐惧，可不知怎的，她感觉好像有一股神秘的力量扯着脚踝，一步一步将她往里拉。

她仔细地看那两三个食客，怀疑他们是"鬼"。可是这一次，那两三个人都真的在吃面条，他们的动作也不是那么整齐划一，吃相也都千奇百怪。随即有一个人吃完了，站起来抹了抹嘴，大声道："老板，收钱。"

老板走出来，麻利地道：“牛肉面，一百零八元，谢谢惠顾。”

一般的面馆，一碗牛肉面价格不过十元至十二元，这家店居然要一百零八元！

年子再次看价目表，蓦然发现价目表只有一行大字，一个价格，那就是：牛肉面，一百零八元一碗。

明码标价，童叟无欺，难怪人这么少。

她在一张空桌子边坐了，随口道：“来一碗牛肉面，谢谢。”

老板麻利地道：“你稍等。”

年子等着上面的间隙，另外两个客人也陆续离开了。空荡荡的小店里，只剩下年子一个人。她忽然有些不安，觉得那虚掩的厨房门和半截窗户立即诡异而暧昧起来。她正要起身离开，老板的声音传来：“牛肉面来了，要不要加点儿香菜？”

一小碗牛肉面，面上三块均匀的牛肉、几片翠绿的香菜叶，浓郁的香味很快在鼻端扩散。

年子盯着那三块牛肉，老怀疑那是人肉。可这味道实在是太香了，她忍不住拿起筷子，第一口下去，就一发不可收。一碗面条，被她风卷残云般吃得干干净净。年子意犹未尽，也不放筷子，大叫道：“老板，再来一碗。”

“本店有规定，每天每人只卖一碗。”

我去，一碗牛肉面而已，还限购。

年子放下筷子，死死地盯着老板。

老板一身白衣，非常年轻，戴着白色帽子、绿色墨镜，让人根本看不清楚五官。他的白衣是厨师那种标准装束——但就算是厨师刚刚换上的崭新衣服也没有他身上这件这般干净挺括、一尘不染。

而且他身上没有任何牛肉汤和香菜的味道。年子再一次怀疑自己刚刚吃下去的是人肉。若非喉头忽然有一丝淡淡的玫瑰甜蜜香味，她差点儿要吐了。

她盯着老板的大墨镜：“你是盲人吗？”

“当然不是。”

“不是你干吗装神弄鬼？”

老板笑起来，顺手推了推墨镜。年子就更看不清楚他的面容了。

他忽然凑过来，一股淡淡的玫瑰花香从他的嘴里飘向年子的嘴里。年子急忙侧过头，怀疑自己遇上了什么邪恶的巫师，以致梦境和现实都分不清楚了。

她忽然下意识地伸出手，这一次死死揪住了白衣人的衣襟。这绝对不是梦中“咫尺天涯”的幻觉，她甚至隐隐察觉到他衣服下起伏的心跳。她死死抓住了对方，可又不知道下一步该干什么。

白衣人似笑非笑地道：“小姐，你这是要非礼我吗？”

年子怀疑这是一家黑店。这厮很可能是一个人贩子，或者是什么不为人知的罪犯，或者干脆就是一个妖人——专门针对女性犯罪的那种歹人。

年子想起从《阅微堂笔记》里看来的一个故事：有一个少年长相俊美，可惜非常文弱。在他小的时候，老是有歹徒跟踪觊觎他。少年怕被歹徒强暴，便痛下决心练习武功，多年后成了一名绝代高手。某一天两名壮汉见色起意，悄悄跟踪他，少年不动声色，待到僻静处，三两招便制服了两名壮汉，然后狠狠羞辱了他俩一番。

年子的父母认为女孩子任何时候都必须有自保的能力，所以在她五岁时就送她去练习散打。这也是她唯一坚持了十几年的“业余爱好”，纵然不是什么绝世高手，可是，一对一单挑，她也不见得就怕一个男人。

她的惩戒手段当然不是要强暴他，可她一时又想不出来别的办法，只是一直死死地拉着他的衣襟，因为太过用力，不知不觉把他的一大片胸肌都扒拉了出来。

白衣人似笑非笑地道：“小姐，你还真的打算用强？”

年子红了脸，却还是不松手，依旧死死揪着他，恶狠狠地道：“现在开始，你要老老实实地回答我的每一个问题……”

“不然呢？”

“不然你的贞操就保不住了！！！”

白衣人忽然金蝉脱壳，浑身健硕的肌肉如运动员。

年子手里只剩下一件雪白的上衣，她后退一步，又下意识地将衣服扔在地上。

“如果小姐真的对我兴趣浓厚，那我很乐意配合的，犯不着动粗啊！”

这厮！年子再次劈手抓过去。

这一次她的目标是他的墨镜。她动作极快，可对方更快。墨镜没抓住，她只抓到了一顶厨师帽。

“小姐，莫非你是想给我换一顶帽子？”

年子恶狠狠地道：“白色不衬你，绿色才行。”

“哈，绿帽子？我喜欢。说得我好像有老婆似的。”

年子再次出手了。这一次，她抓住了他的皮带。

白衣人似笑非笑地道：“真没想到，现在的姑娘也这么猴急了。虽然我的确有几分姿色，可是你至于吗？别急别急，我自己来……唉，打不过就只好认栽。小姐，我马上躺下不动好吗？只求你千万要温柔一点儿……”

年子气得几乎要跳起来，抬手指着他的鼻子。

“你到底是谁？你为什么盯上我了？你装神弄鬼的到底是什么意思？你以为你作妖我就不敢惹你？我告诉你，你再作妖，我一把火把你这小面馆给烧了……”

白衣人赤着上身，悠悠地说道：“小姐，我怎么作妖了？”

不知怎的，年子忽然有点儿不好意思看他了，总觉得那片白花花的胸肌很刺眼。

她不由得想起卫微言。她居然没怎么看到过卫微言的胸。他有胸肌吗？他会不会是一个白斩鸡？

“就因为我不肯摘下墨镜给你看，你就大打出手？小姐，你要知道，我不给你看是有原因的……”

“什么原因？”

“就是不想给你看。”

年子恨不得一拳把他的鼻子砸烂。

他笑嘻嘻地道：“小姐，我有一大片玫瑰种植园，你要不要去看看？”

“你到底叫什么名字？”

“有一种玫瑰，七年才开放一次，每一次能开出碗口般大的花朵。”

“你盯上我到底有什么企图？”

“每到玫瑰盛开的清晨，走在花香弥漫的小径上，寂寞地穿越摩肩接踵的魂魄，看着黑夜在阳光里撒欢，呵呵……”

“喂，快说你到底叫什么名字？”

“阳光灿烂的午后，你还可以在玫瑰花丛里做梦，沉睡的时间里，三分之一做皇上，三分之一做娘娘，三分之一做太监……”

两个人根本是鸡同鸭讲。

年子一脚把地上他的白衣服踢飞了。

可是墨镜就如黏在他的面皮上一般，年子始终看不到他的脸。

没办法，她只好转身就走。

“小姐……”

她回头，恶狠狠地道：“你明天晚上再给我做一碗牛肉面！你记住，要大碗，不要这种小碗！”

“小姐，你还没付钱！”

年子转身就走，走了几步，就变成了跑。她怀疑那个“妖人”会追上来，可是，等她跑出小店，回过头去，惊异地发现小店的卷帘门已经拉了下来。

“妖人”打烊了。

年子成功地吃了一顿霸王餐。

她气喘吁吁地跑回家，反锁了小院的大门，一屁股坐在茶桌边的藤椅上，听到年大将军亲热地叫了一声“参见陛下”，才长吁一口气。

手机忽然响了，她懒洋洋地喂了一声，大学同学柏芸芸在电话那端大喊大叫：“年子，快洗漱打扮，好好化个妆……”

“干吗？”

“今晚有一场相亲大会，据说会来好多‘高富帅’。”

“得了吧，‘高富帅’会去相亲？你别做梦了。”

“真的，我已经报名了，你快换换衣服，跟我一起去。你记住，一定要打扮漂亮点儿，别邋里邋遢的……”

“不去。”

“我好不容易才拿到入场券，要不是看在我俩有几分塑料花友情的分儿上，我根本不可能带你去。年子，你别不知好歹……”

“能去相亲大会的，不是鳏夫就是中老年‘土豪’，没准儿人家还要你提供处女证明。柏芸芸，你别去自取其辱了……”

“我早就准备好医学证明了，只要能钓到‘高富帅’，这不算什么……”

“柏芸芸，你的智商是被狗吃了吗？”

“你家有几套房子你当然这么跩，你要是像我这样租房住，看你还臭清高不……”

年子直接挂了电话。她没有任何相亲的打算，毕竟能让人第一眼看到就想拉到婚床上的，她就只见过卫微言一个。

该死的卫微言，居然就这么悄无声息地彻底消失在她的世界里。很可能他早已迫不及待地和他眼中的那个仙女滚在一起了吧？

她立即拿起手机，想在外卖网站上下单，可是看看时间还早，又强行忍着。

年子躺在床上，拿着手机，倦意慢慢来了。她翻了翻朋友圈，全是微商的广告，又翻翻通讯录，居然找不到可以胡扯之人。她打算删除一批微商，删着删着，看到一个叫作“癞蛤蟆”的网友，ID很陌生，可看添加的时间已经很长了。

而且此人并非微商，朋友圈里一片空白。她百无聊赖地发了条消息：“喂，你为什么要叫癞蛤蟆？”

对方的回复还算及时：“因为我想吃个白天鹅。”

“得了吧，贪图美色就明说。”

“莫非你想嫁个丑男？”

她很无聊，又问：“是不是所有男人都希望遇到一见钟情的美女？”

“也不见得，有些是可以日久生情的。”

“两者有区别吗？”

“当然了，前者靠荷尔蒙，后者靠技术。”

这人这么污，这天聊不下去了。

年子扔下手机，眯了一会儿，闹铃响了。凌晨三点，她迫不及待地给外卖小哥打电话。

“小哥，东西送到了吗？”

“送到了。”

“收货人是什么表情？”

“黑着脸，气得要命。”

“哈，真是太好了！小哥，明天晚上，你能不能再在榴梿里加一坨屎？

凌晨五点再给他送去……”

“对不起，小姐，这我可办不到啊，我会被开除的。”

“榴梿本来就和屎差不多，你将屎混在中间，他不会发现的……”

“真的不行啊，小姐，你别难为我……”外卖小哥也是有节操的。

年子挂了电话，在床上笑得打滚儿。

她恨卫微言，发誓不让卫微言好过。于是，她隔三岔五地就进行报复：每到凌晨两三点钟，就给他叫外卖。她给外卖小哥打赏，把卫微言的公寓的密码告诉外卖小哥，然后让外卖小哥每一次都把收货者的“反应”告诉自己。

卫微言经常失眠，如果好不容易睡着又被吵醒，会气得要命。卫微言也从不吃任何内脏或者有特殊气味的东西，比如榴梿！每次看到，他就皱眉快步离开。于是年子每次都给他叫一大堆烤榴梿、冒脑花、生鸭血、凉拌鹅肠之类重口味的东西。

一想到今晚的烧烤榴梿会让他气得跺脚，年子就乐得在床上打滚儿。笑着笑着，她忽然又觉得自己很无聊、没劲儿，还浪费钱。

年子的第二个客户，是金C带来的。年子给她的编号是林A，因为她是一位林姓富商的原配。

和许多人到中年的女性一样，林A的体形尽管保养良好，但依旧稍稍显出了富态。她气势惊人，一开口，声音如小钢炮似的：“年小明，你只要能帮我找出我家那个死鬼在外面养的妖精，我给你十万元……”

林A和老公白手起家有了一家公司，但是她因为生儿育女退出公司，乐陶陶地做老公的贤内助多年后，却察觉老公家外有家，而且已经转移了相当一部分资产。林A的诉求很简单：只要找到老公的野花，她就能起诉追回被转移出去的财产了。无奈老公行事极其隐秘，她多次跟踪都找不到野花的蛛丝马迹。

“年小明，你马上陪我走一趟，看看我老公眼里的野花到底是谁……”

年子坦然：“贸然和你老公面对面，我怕以后被追杀，甚至血溅当场。”

“那怎么办？”

“你得制造机会，让我无意中和你老公见一面。”

“你真的看一眼就能发现狐狸精是谁？”

年子点了点头。

林A迫不及待地道：“好吧，那我马上带你和他喝个下午茶。”

年子吓了一跳：“马上？”

“你不是说只要看他一眼就成吗？那还磨叽什么？走吧……”

林A太急于捉奸，一分钟也忍不下去了，拿起手机，按了三五下之后说道：“年小明，我已经给你转了一万块定金！若你真的不是吹牛骗人，我立即再付你九万块！”

一单十万块，不是没有诱惑的，年子略略迟疑，昂然起身。罢了、罢了，为了这十万块，她拼了。

那是本市一家老牌五星级酒店的下午茶餐厅。从二十七楼的窗边看去，蜿蜒的河流就像城市的毛细血管。

精致的茶点盛在三层高的精美茶托小碟子上，搭配一杯红茶，颇有英伦风的样子。林A油光水滑的脸上隐隐的一丝横肉也随着音乐而忧郁起来：“当年我俩白手起家，最穷的时候，一块面包都买不起。有一次我们路过这里，看着下午茶广告，他向我发誓，等有钱了天天请我在这里喝下午茶……”

等有钱喝下午茶了，他想要一起喝茶的对象却变成了另外一个人。

两人都快吃饱喝足了，林A的老公也没有来。

年子百无聊赖。林A阴沉的脸已经浮现一丝悲哀和妥协之色，她的声音也放低了：“年子，你能不能帮我一个忙？”

年子看着她。

“是这样的……我其实并不想离婚。我们生育太晚，我的一双儿女尚未成年，他们不能没有爸爸呀。我是问，你既然可以看到男人是否出轨，那么可不可以给我一种药……就是那种能让男人回心转意、痴情专一的药……”她思索了一下，断然道，“就是要让他对我充满了爱情！像我们初相识时一样！你明白吗？”

“爱情药？”

“是的，就是爱情药！”

林A见她听懂了，激动得声音都高了一分：“就是这个……让他对我永远专一、永远痴迷不悔的爱情药……年子，你有这个吗？”

年子明白了。林A要的不是爱情药，而是爱情续命药。

每一段爱情开始得快，消失得也快，有责任感和道德感的人，就多熬一段时光；轻浮孟浪的人，索性破罐破摔，见一个爱一个。

年子还没回答，只见一个西装革履的男人大步走来。

林A低声道：“来了，他来了……”

林A的老公来了。他大步走到林A旁边坐下，满脸不耐烦，看了看腕表，又皱眉低头看手机：“你今天到底怎么了？为什么非要我来这里喝下午茶？我还有重要会议，忙得很……”

年子想起卫微言。男人爱你，二十四小时都有空；不爱你，偶尔见一次，也一直盯着手机。

林A却赔着笑脸，小心翼翼地道：“我和朋友在这里喝下午茶，想起距离公司近，就叫你一起喝一杯……”

明明都是要捉奸离婚了，她居然连坦诚的勇气都没有。

林先生的目光终于离开手机，他看了年子一眼，目中有意外之色，可能觉得老婆的闺密不该这么年轻。而且老婆的一大帮闺密，他都是认识的，今天这个却非常陌生。

中年妇女哪会轻易和青春少女成闺密？这件事有点儿蹊跷。

他打量着年子。年子也对上了他的目光。

也许是察觉这年轻女子的目光有异样，而且盯着自己的时间实在是太长了，就像要通过他的眼睛看透他的灵魂似的，他忽然有点儿不安，立即站了起来：“我还有个重要会议，你们自己喝茶、购物、打麻将去吧。好了，我先走了……”

林A根本来不及挽留或者阻止他，眼睁睁地看着他的背影彻底消失，才低声道：“年小明，你看到他眼中的人了吗？到底是谁？”

年子从随身的包里拿了铅笔和本子。还没动笔，她忽然问：“林太太，可否把你手机里的照片给我看看？包括你的怀疑对象，或者他身边但凡可能出现的女性，以及他的女客户和公司的女职员……”

林A就像遭到了愚弄，勃然大怒道：“你认为我的手机里有那狐狸精的照片？有的话，我还会花钱找你？”

年子不疾不徐地道："我只是懒得画，先看看你的手机。你认不出来的，我认得出来。实在找不到，我再画给你。"

林A迟疑片刻，还是把手机递过去了。手机里基本上都是她的一双儿女的照片，还有老公出现在各种高端场合的会议照片，唯独林A自己的照片很少。

她喃喃地道："岁数大了，也胖了不少，我都不爱照相了……"

年子的目光落在一张集体合照上。林A凑过去看了一眼："那是公司年会的照片……"

年会的照片很多，有几十张，人物大大小小，有近有远，让人看不太真切。但是年子的目光落在了最后一张大合影上面，然后她指着合影里的一个女孩，笃定地道："就是她！"

林A难以置信，面色惨白。女孩穿着牛仔裤、卫衣，高高的马尾辫，打扮非常朴素，绝非世人眼中的妖艳贱货。

可是隔着屏幕，女孩的青春气息也能扑面而来，一如年子在那男人眼中看到的人影，也是这般青春跳脱、飞扬跋扈。

中老年男人永远的审美绝非"绝代佳人"，而是"青春少女"——青春才是延续他们金钱帝国的一剂春药。林先生当然也不会例外。

这张照片拍于两年前，那一年的年会，林A带着一双儿女，自然也是参加了的。

"怎么会是她？怎么会？"

林A不信的原因也很简单：相片上，女孩站在第三排的末尾，远离C位的林先生，怎么看都是一个不起眼的小虾米员工，和老板搭不上话的那种。

可年子语气坚决地道："就是这个！"

谈好的十万，林A只给了一万，年子也懒得去追究。

年子给柏芸芸打去电话，柏芸芸语气不耐烦地道："喂，你这个啃老族又怎么了？我正在和男神聊天，你别打扰我啊……"

"我们上次去的那所乡村小学你还记得吧？我这里有两万不义之财……"

"喂，不义之财你可以捐给我买路易威登……"

“我上次不是送过你一个五百块的吗？”

“你也好意思说？我过生日你送一个山寨货……”

“别扯了，你赶紧联系一下上次的那位女老师，让她给几个贫困女童的名单……”

一个多小时后，柏芸芸来了。柏芸芸一头酒红色的鬈发，走路带风，时髦得像要飞起来。就像这座新一线城市里那些精神抖擞的“白骨精”一样，她工作努力，业务能力也不错，发誓要成为经济独立的女强人。当然，柏芸芸最大的优点是口才好，亲和力强，所以很快就在这座城市立住了脚。

她一进小院子，就一屁股窝在懒人沙发上，仰头看着星空大叫：“年子，快给我做一杯咖啡。”

金毛大王和年大将军都熟识她，亲热地对她叫着。她摸着金毛大王：“哇，你这家伙真的越来越胖了……不过，年子，你说说，为什么宠物越胖越可爱，而女人一胖就越来越丑、越来越怪？”

年子端了咖啡出来，看看田园犬，又看看她：“要不，你也长一身毛试一试？”

柏芸芸扑哧一声笑了出来：“年子，你送我的包呢？”

年子指了指一个方向。

柏芸芸顺着她的手指向的地方，看到懒人沙发下面有一个巴掌大的帆布包包，包上赫然用碳素笔手写了两个大字：驴包。

一口咖啡差点儿喷出来，柏芸芸恨恨地道：“有屁快放，我的男神还等着我聊天呢。”

“就是上次相亲相到的男神？”

“别提了，上次来的男人好少，而且基本上都是五十岁以上的鳏夫或者离异人士。更奇葩的是，他们居然真的还要处女证明！就这样，那些美女还挤破头，简直没劲儿透了。”

她看年子一副“我就知道是这样”的神情，恨恨地说：“你着急找我到底想干吗？”

“你去问那位老师要几名贫困女童的名单。第一，要真的贫困，不能冒领。第二，这笔钱是指定用于女童上学的生活费、学杂费。第三，特别要注明不能由多子女的家长代管，必须是学校监管发放……不然，你也知道的，某些家长拿到捐款后就只会给儿子用或者干脆吃喝玩乐挥霍掉了，到最后一毛钱也落不到真正有需要的女童身上。”

“为什么非得是女童？男童不行吗？”

“教育女童，可以教育一个家庭；扶助男童，往往只能培养一个凤凰男。”

柏芸芸抓了一块巧克力丢进嘴里，嚼碎了吞下去，那声音和旁边的年大将军吞花生碎简直一模一样。

每一次来，柏芸芸都要大吃巧克力。年子知道她这喜好，所以总是准备着。

“年子，你知道我为什么这么喜欢吃巧克力吗？”

“为什么？”

“我小时候，父亲每一次去城里都会带回来四个巧克力，他吃一个，我妈吃一个，我弟弟吃两个。我总是眼巴巴地看着他们吃，我妈却告诉我，女孩子不能在娘家争好吃的，因为长大后是要嫁人的，嫁人了就能在婆家吃好吃的了。我妈说，她在娘家的时候，家里的好吃的也全是她哥哥弟弟的，她也是嫁人后，才有我爸给她买巧克力……”

所以，柏芸芸一上大学就离开了家。大学四年，生活费靠勤工俭学，学费靠助学贷款，直到今年年初，她才全部还清了钱。

当然，大学四年里，她吃了许多年子的零食，每每节假日都要到年子家里“打牙祭”，甚至每年过年都能拿到一个年子的父母给的大红包。所以二人成了最好的酒肉朋友。她第一次敞开肚子吃巧克力，也是在年子家。年子的妈妈发现她爱吃，就买了一大盒巧克力。结果，那个周六的晚上，她一个人把一大盒巧克力吃得干干净净。也因为长时间和年子的家人接触，她受年子尤其是年子的妈妈的影响非常大。

“其实吃多了巧克力会发胖，这不是什么好物，可我就是对巧克力上瘾，戒不掉。我问过心理医生，他说这是心理病。”

“是你妈有病。”

“是的，可惜我没法送她脑残片。”

柏芸芸死死地盯着年子：“年子，你知不知道？我最羡慕的不是你有房子，而是你的妈妈跟我的不同。”

“所以你看，女童比男童更应该接受教育，女童受了教育，长大之后观念受到改变，整个家庭的观念都会随之改变。”

年子把两万块钱全部转到了柏芸芸的卡上，让她全权安排。

“你记住，必须是定向捐助女童上学！如果没有条件合适的，那就不捐！”

“生病也不给捐？”

“不！心灵不改变，光有强壮的肉身毫无意义，要不然鲁迅先生当年就不用弃医从文了！”

柏芸芸满脸狐疑地问：“你这个啃老族从哪儿弄了两万块钱的不义之财？”

年子神秘地笑了笑。

“你都在啃老，有几个钱留着不行吗？挥霍了干吗？”

“说了是不义之财，这钱我自己一分也不会花的。”

从夏天到秋天再到冬天，年子只接过那两单生意，一共赚了两万块钱。小说也没什么起色，她写不出来，倒是在新媒体上投了几十篇稿子，得了几万元稿费。

于是年子凭借自己省吃俭用积攒下来的钱，在父母的援助下，买了一辆代步车。

冬至那天，破天荒地下了一场雪，而且下得相当大，几乎让常年葱郁的小院都蒙上了一层茫茫的白雪。年子坐在书房的窗户边，舒舒服服地享受着父母去年新安装的地暖。

是的，年子就是个啃老族，不但自己啃，连年大将军和金毛大王也一起啃。

为了便于上下班，李秀蓝夫妻一直住在市中心的一套电梯公寓里，但是每个周末都会回到这里，和女儿一起度过。当然，每次回来，他们都会把冰箱塞得满满的，年子从来无须考虑油盐酱醋的问题。

年子还有一张信用卡，只管刷，账单是直接发到李秀蓝的邮箱里的，由李秀蓝代为还款。但年子很少刷卡，因为她出去花钱的时间原本就很少。

年子和一般的“伸手派”不同，她自己有一笔独立的“创业基金”。她六岁那年，父母给她买了两套小户型房子，用于出租，所有租金全部存在她名下的账户上，由她父亲代为理财。直到她大学毕业，父母才把这张卡交给她，告诉她：“这笔钱，你自己做主。如果你想创业，那么这就是你的启动资金；如果你什么都不想干，那也随你。你的人生，你自己才能做主。”

因为这张可以随意支配的卡，年子得以“体面”地啃老，无须像一般人那样每个月都向父母伸手要钱。

但是她觉得这不是办法。正常的成年人应该自力更生，而不是等着把这张卡上的钱花完，厚着脸皮继续向父母伸手要钱。

雪越来越大了，到后来简直似鹅毛般纷纷扬扬。光秃秃的无花果树已经彻底白了，就连那棵四季常青的桂花树也白了头。年子趴在窗户上看得稀奇，看着看着，窗户上就有一层朦胧的雾气，擦了又来，来了又擦。

年大将军和金毛大王也很兴奋。

慢慢地，雪景看累了，年子就躺在懒人沙发上睡觉。金毛大王走了几步也不动了，习惯性地趴在地上。它可以这样懒洋洋地一趴就是半天，年子也从来不去管它。生命在于静止，树木不走不动能活千年万年，老虎狮子跑来跑去只活十几年。除了每天练习一个小时的散打，其余时间，年子能坐着就不站着，能躺着就不坐着。当然，她吃得不多，所以并不发胖。

大雪下了两天，年子也躺了两天。到第三天午后，年大将军忍无可忍，不停地咕咕叫，一遍又一遍地重复“参见大王，参见大王……”复读机也不过如此了。

年子也忍无可忍，麻利地跳了起来。幸好大雪已经停止了，天色也放晴了。年子决定出去溜达一圈，要不然浑身要发霉了。

天气冷，没法逛，年子只好去附近的商场。她习惯性地走到了负一楼的咖啡书店里。当然，这家书店并非上次她砸金先生场子的那家。只不过每一个大商场里，都有一家类似的书店而已。

书店里人来人往，居然又有签售会。今天的签售者是一位王女士，大幅海报上写着她辉煌的个人履历。她是一位颇有名气的“女德专家”，在全国各地都开设了女德班，她的讲座视频曾经风靡一时。她今天签售的是她的新书——《新时代的女德楷模》。

年子拿起一本新书买了单，撕开塑封纸随手翻了翻，然后在最后一排找了个空位坐下。

两点半，新书发布会准时开始，主持人和王女士上场了。

王女士四十五六岁的样子，清瘦、文雅。她和现场的读者分享了几个主要观点：第一，女士穿得暴露让人一看就起邪念，这是对自己的不负责也是对社会的不负责。第二，在婚姻中，女人也该坚持四项基本原则，那就是：打不还手，骂不还口，逆来顺受，决不离婚。只要你长期隐忍，男人总会被你感动。第三，女人不要在娘家争夺财产，因为你的归属始终在婆家。第四，做一个好主妇、好母亲是女人最大的本事，为什么要削尖了脑袋跟男人争地盘、抢资源呢？

台下掌声如雷。很多女人可能对她前面的两个观点不以为然，但是对第三、第四点，她们深表赞同。

接着重点来了，主持人说：“为了提高女孩子们的修养和个人素质，王女士要面向全国成立‘淑女班’，对象是所有七岁至十八岁的少女，本次为七天寒假班，学费一万八千八百八十八元，包吃包住，家长现场报名有优惠。”

主持人巧笑倩兮地环顾全场道：“各位粉丝有什么问题要问王女士的吗？”

年子站起来，拿起一个工作人员递过来的话筒道：“王教主，你好……”

主持人笑道：“王教主？这叫法好新奇……”

“准确地说，该是王香火教教主……”

主持人不知道该怎么接话了。

“王教主谈了一番做女人的标准，我也说说自己的看法。第一，正常社会下，怎么穿是公民的自由，就算你裸奔，也不是被人强暴的理由！第二，王教主在物化女人，认为女人婚后就是男人的私产，所以必须逆来顺受。物化女人是很可怕的，因为女人也会自我物化，所以才有今天的高价彩礼、婚姻买卖，这是对全社会的危害……”

王女士忍不住了，直接越过主持人，说道：“这位读者太刻薄了，提倡女性柔顺忍耐，为的是社会稳定，我们向往的古代田园生活，不就是男主外、女主内的传统吗？”

“社会要稳定，必须是充分释放所有人的创造力和劳动力，创造出大量的物质财富。两只手怎么敌得过四只手？一对夫妻一起工作，一起挣钱，家庭的经济安全系数是不是要高得多？在现代科技下，智力作用凸显，体力反而成了其次，女人在智力上和男人并无偏差，为什么非要退回去自毁双臂？再说，你向往的古代田园生活，人均寿命不过二三十岁，百姓们吃糠咽菜，衣衫褴褛，活得猪狗不如；相反，现代人这几十年丰衣足食，正是因为广大女性也加入了工作行列，极大解放了生产力……”

王女士彻底暴怒了：“就是因为你们这些所谓的女权主义者，这社会才越来越不像样了……”

“我可不是女权主义者！我是平权主义者。男女平等，对人类、对全社会都非常重要！”

年子根本不给她任何插嘴的机会：“你们贩卖女德若只是为了赚点儿钱，我也不去管你们，可是你们居然还广招学徒毒害下一代，那就没法忍了……”

年子和王女士目光相对。王女士的眼中，有一个非常清晰的人影。

“你口口声声提倡贞操是女子最好的嫁妆，那我问你，你一边和助手暧昧不清，一边要别人重视贞操，你是何居心？”

王女士脸色大变。台下左侧的一位男士也脸色大变，他正是王女士的助手。

场面忽然失控了。王女士气得浑身哆嗦：“诽谤……这是无耻的诽谤……我要告你……”

“谁怕谁啊……”

年子话虽如此，却拔腿就跑。事出突然，也没人想起来阻拦她，直到她跑到门口。

一个人面黑如铁地道：“年子，你居然敢来砸我的场子？”

完蛋了，完蛋了，她居然遇到熟人了。

乔雨桐名下有一家文化传媒公司，主要进行各种策划活动。这一次王女士的女德班便是他们的合作项目之一。他们在全国各地开设了许多“女德班”“淑女班”“国学班”……生源很好，很是赚钱！

年子之前不知道乔雨桐是幕后老板。当然，她就算知道了，也无法阻止自己砸场子的行为。现在她看着门口的乔雨桐，只想硬着头皮赶紧溜。

乔雨桐侧身，不经意地拦住了她。

“年子，诽谤别人是要付出代价的！你以为卫微言不追究，其他人通通可以不追究你的责任？”

年子听到这话，索性站定了。自从和卫微言分手之后，她再也没有见到过任何和卫微言相关的人。而他们显然很痛恨自己，痛恨的理由便是：年子到处告诉别人，说卫微言出车祸死了。

乔雨桐的眼睛里，有层层叠叠的人影。

年子：“你以为我在诽谤王女士？”

“无凭无据，当然是诽谤！”

“她和助手最起码有四五年的地下情关系了！可是她有老公，还有两个儿子，对吧？”

劈腿不是你的错，可是在有老公和儿子还大立“贤妇”人设的情况下劈腿，那就是你的不对了。

王女士在她的新书里大秀夫妻恩爱，大谈特谈自己对丈夫是如何温顺。她还举了个例子，她以前偶尔也会顶撞丈夫，但是后来她领略了《女儿经》的真谛之后，回家就给丈夫跪下了，要丈夫彻底谅解自己。而且她每天都会在丈夫下班之前洗漱完毕，换好衣服，美美地迎接丈夫，她说“妇容”也很重要，是妇德的一种。这么一个“贤良淑德”、视贞操为生命的女人却劈腿！年子觉得自己不揭穿她，就真的太对不起她了，也对不起那些被她毒害的下一代少女啊。

“你血口喷人！王女士的人品有口皆碑……”

“你也向来自诩清纯，可你不也有四个亲密男友吗？”

乔雨桐面色大变。因为她真的有四个亲密男友——当然不是同时，而是不同阶段。这不是什么难为情的事情，她惊异的是，其中一个人是她的秘密，她认为除了自己之外，任何熟人都不会知道。可是年子是怎么知道的？

“别逼我，逼我的话，我会揭你们的老底……”

“我们有什么老底？”

“你们几时劈腿，和什么人劈腿，我都一清二楚。”

“……”

年子趁其不备，夺路而逃。身后传来乔雨桐愤怒的吼声："年子，你等着被起诉吧，诽谤别人是必须付出代价的……"

年子当然不会回应，狂奔着离去。她奔出商场，奔过街口，再跑出下穿隧道，最后上了一辆出租车。

那天晚上，年子翻来覆去睡不着，真的有点儿担心被乔雨桐发律师函。她在网上搜索"诽谤"是如何界定的，搜来搜去，心里越来越没底，万一真的被起诉，自己怎么说？

难道她要告诉法官，自己能从别人的眼中看到他们的劈腿对象？这是一种视网膜成像原理，但凡经常亲密接触的人，多次反复之后，就会留在对方的视网膜上，别的人看不到，她能看到……

鬼才会相信她的话。年子觉得这问题很严重。

她找柏芸芸诉苦。柏芸芸半天才回复一句，说是在和男神视频聊天。柏芸芸最近在疯狂地撩一个饭局上认识的帅哥。据说这位"高富帅"身家、学历都是一流的，而且能力也强，是他们那个行业的翘楚。

撩男神很重要，年子不敢再打扰她。百无聊赖之下，她又点开了"癞蛤蟆"的聊天框。

"哥们儿，有空胡扯吗？"

"需要陪聊请付钱。"

"起价多少？"

"五毛。"

她发了一个五毛的红包给他："唉，我今晚失眠了，我怕自己有妊娠危险……"

"妊娠危险？流产？难产？死胎还是畸形胎？"

"人身！人身危险！！！"

"莫非出轨被抓了现行？"

"相反。"

"老公出轨了，还是'小三'被你打了？"

"我看到别人劈腿，就忍不住揭穿。越是立痴情专一人设的人，我越是想揭穿他们，于是我惹上了一个不该惹也惹不起的人……"

“谁这么跩？龙日天、傲日天还是威震天？”

“对方已经扬言要起诉我了。”

“活该！狗咬耗子一时爽。”

“万一人家真的给我发律师函，那可怎么办？劈腿这种事情，他们不承认，也很难取证啊。如果他们向我索要大笔赔偿费用，甚至讹诈我，那我该怎么办？”

“看到耗子跑远点儿不行吗？要你去多事？你抓完了，猫干什么？”

“我力争戒掉这个毛病。”

“没用的，大难不死必有下次。”

年子觉得这人就是个喷子，直接不搭理他了。

她干脆爬起来写稿子，写了几千字，还是睡不着。眼看天快亮了，她重新躺下去，可不一会儿手机闹铃响了。她正要关掉手机，瞄到那是备忘录发出来的闹铃，提醒她该去就医了。

年子跳了起来。她忘了自己在网上挂的某妇女儿童医院的号。这个医院的号非常难挂，她提前一个月才预约到一个号。

她要去看“大姨妈”不调的问题，因为她的“大姨妈”总是不准，有时候两三个月也不来。她自己在网上查，说是气血虚，或者多囊，或者肌瘤，或者内分泌失调，或者其他什么乱七八糟的，反正越看越恐怖，一查某站全是病，再查头条坟已定。

她只好去医院了。

母亲也多次催她，她也答应了，某一天好不容易挂上号，然后就忘了！幸好她是挂的下午的号。她看清楚后，又躺下去，准备再睡一会儿。

午后一点，年子准时抵达医院。医院照例人山人海，她百无聊赖地等到快三点，终于轮到自己了。

排队几小时，就诊几分钟，医生草草地问了几句，开了个单子，让年子先去做B超。医生说，做B超的目的是看看有无肌瘤。

她又在B超室外排队一个多小时，终于快轮到自己了。年子有点儿着急，都快五点了，要下班了，不早点儿拿到单子，都没法找医生看了。也不知道里面的B超医生在干吗，明明前面那个人都出来几分钟了，才终于喊到自己的号。

年子进去躺下。医生是个男的，一身皱巴巴的泛黄的白大褂，戴着口罩、眼镜，端端正正地坐在 B 超机前面。

传说中的妇科男医生，年子还是第一次见到。

她躺着不言不动，感觉冰冷的机器在腹部移动，有点儿尴尬。可她想了想，医学工作而已，人家看你就像看一坨猪肉。

医生沉沉地说："生过孩子了吗？"

"还没结婚呢。"

"有男朋友了吗？"

"没有。"（这也要问？）

"是没有固定男朋友还是？"

"……"这个医生的问题好奇怪。

"性对象多吗？平时注意个人卫生吗？"

（拜托，我还是个黄花大闺女呢！）年子忍不住了，这医生好猥琐，"大姨妈"不调而已，他犯得着问这些吗？搞得跟筛查艾滋病毒似的。

可她不敢轻易质疑医生，又觉得这个问题很古怪。医生总不会无缘无故地发问。她立即脑补了以前看过的各种新闻：某人被误诊患上艾滋，两个月的时间，暴瘦四十斤。年子越想越怕，还是硬着头皮说："医生，我的病情很严重吗？"

医生没吭声，她更加不安了。

"我……我洁身自好，也讲卫生，再说，那啥，我没有性对象的……我只是'大姨妈'不调，我还是个少女呢……"

"为什么没有男朋友？是找不到还是……？"

"这……"

"好了，可以起来了。你没什么大毛病……"

年子噌地跳了起来。之前那医生压着嗓子说话，现在他的声音彻底变了。可没站稳，她又急忙捂住肚子，着急忙慌地提裤子，不然就真的走光了。

医生取下了口罩，摘下了眼镜，面无表情地走了出去。

年子追出去，在楼梯口一把扯住了那个人的袖子，气急败坏地道："卫微言，我要投诉你，投诉你假冒医生，戏弄患者……"

“我替一个朋友代班半天，怎么了？不行吗？”

年子狠狠地瞪着他。她当然知道卫微言是医生，可卫微言并不是妇科医生啊。

他还是冷冷地说：“听说你到处告诉别人，我得艾滋病死了？”

我哪有说艾滋病？我说的是车祸好吗……她转念一想，都差不多，越描越黑。

尤其对上他的目光，年子就更心虚了。

他那眼神分明是：老子找了几百年，终于抓到你了。确认过眼神，你就是欠我债的那个人！

年子心虚了，讪讪地转身就走。三十六计走为上策，她快步走到医院门口，才想起自己忘了拿 B 超单子。

可她一回头，又看到卫微言站在自己面前。

这该死的家伙。想当初自己怎么都扒不下他的衬衫，现在倒好，自己在他面前脱下了裤子……几乎被他给看光光了，简直是太吃亏了。

这就好像一口老血闷在喉头吐不出来，可是她又不敢找他算账。

她讪讪地掉头，又加快脚步，只走了几步，便听得那冷冷的声音又响了起来：“好饿，你请我吃个饭吧。”

年子结结巴巴地说：“我……我干吗要请你？”

“以前你不是天天想请我吗？今天我给你一个机会！”

这人好踐。可以前是以前，现在，她凭什么要请他？

年子早已心虚，哪敢去吃饭？冤家路窄，这家伙一看就是想打击报复。她东看西看，打算溜之大吉。

“你不请我，那我请你好了。”

他不由分说，拉住她的手就走。走了几步，年子醒悟过来，急忙挣脱他的手，怯怯地说：“那啥……我……我不饿，不想吃……”

“吃得少，‘大姨妈’就不调。”

年子没法，只好跟着他。

一路上没人讲话，气氛很诡异。好几次年子想说点儿什么，可又不知道说什么才好。明明是这家伙不对，可她总有一种自己“被抓了现行”的感觉。

车子停在了一家不起眼的饭馆门口。卫微言下车。年子硬着头皮跟着，总觉得这是一场鸿门宴。

终于，两人进了一个小包间。服务员客客气气地道："菜已经上好了，二位慢用。"

年子扫一眼饭桌，傻眼了。饭桌中央是一个巨大的盘子，盘子底下的小炉座里生着火，火上是热气腾腾的烤榴梿。

四周摆了一溜儿的麻辣榴梿、冷吃榴梿、臭豆腐拌榴梿、大蒜拌榴梿、芥末榴梿、干海椒榴梿以及各种白花花的脑花、生鸭肠、生鸭血之类的东西。

一大桌子臭东西，难怪一进门她就闻到一股臭味。尤其是热气腾腾的烤榴梿，简直让人感觉像进入了一座茅坑。

"这桌榴梿大餐，你还喜欢吗？"

年子结结巴巴地道："我……我从不吃榴梿的……"

他冷冷地道："我还以为你很爱吃，所以特意为你预订了一桌榴梿大餐。"

年子哭丧着脸，觉得该马上离开这屋子。可卫微言反手关了门，很自然地在她旁边坐下："你站着干吗？坐啊。"

年子只好坐下。

门一关上，满屋子的臭味就更加浓郁了。更要命的是，炉火也烧得更旺了。就像有人在加热茅坑，又热又臭，年子快被熏得晕过去了。

卫微言倒了一杯饮料递给她，冷冷地说："喝点儿东西吧。"

年子正好感觉口干舌燥，这饮料来得太及时了。可刚喝一口，她差点儿吐了。

这饮料居然是榴梿汁。

她急忙放下杯子，狠狠地瞪了卫微言一眼。这家伙，报复心好强。

他给自己也倒了一杯榴梿汁，不徐不疾地喝了一口，面不改色地说："真的像吃屎一样！"

年子："……"

他放下杯子，站起身拿了小碗，盛了满满一碗烤榴梿递过来："节食是很不好的行为，瘦骨嶙峋很难看也就罢了，还会导致生理失调。举个例子，如果人体长期缺乏碳水化合物和蛋白质之类的东西，‘大姨妈’失调都是轻的，严重者会不孕不育，甚至早衰危及生命……年子，你得多吃点儿榴梿补一补……”

年子几乎要哭出来了。可她不敢分辩，只得接过碗放在桌上。

“吃啊，你放着干吗？”

她终于怒了：“我不想吃，你为什么非要叫我吃？”

卫微言意味深长地说：“你天天给我叫榴梿外卖，我还以为你很喜欢吃！！！”

“我……你怎么知道是我叫的外卖？”

她立即闭嘴，这不是不打自招吗？可明明自己不停地变换ID叫的外卖啊。她还以为神不知鬼不觉呢。

卫微言冷冷地道：“除了你，还有谁会叫独孤小明、东郭小明、令狐小明这种无聊到极点的名字？”

人证物证俱在，年子不敢吭声了。

满屋子的臭味在熊熊炉火中，竟然渐渐有一丝屎香。所谓入鲍鱼之肆，久而不闻其臭也。

百无聊赖之下，年子尝了一口烤榴梿，觉得滋味真的臭得没法忍。

气氛沉默，很压抑，年子一直低着头，假装淡定。

“为什么后来不给我点外卖了？”

“……”

“一个多月不给我叫外卖了，你什么意思？”

浪费钱，又无聊，你以为我是白痴吗？

年子不敢这么说，结结巴巴地道：“那啥……我后来想通了，觉得自己不该骚扰你，毕竟人各有志，强扭的瓜不甜。以前真的是我太不对了，是我幼稚，是我无聊，是我……反正都是我的错……不过我以后不会这样了，我有自己的新生活了……”

“新到什么地步？”

“哦……我有男朋友了，以后不会再去骚扰你了……”

“你的意思是我被‘绿’了？”

年子忽然怒了："我就算有一百多个男友又关你什么事？！"

"这么说来，你已经向一百多个男人求过婚了？"

年子快被气死了，半晌，想起来自己都还没追究他"戏弄患者"，他反而咄咄逼人了？她愤愤地道："你就是故意打击报复我……"

他点了点头，一副"是，你又能把我怎样"的神态。

年子怀疑，可能是自己挂号的那个医生正好认识卫微言，看到自己的名字有印象，就告诉了卫微言。毕竟姓年的人不是很多，而且自己好像是提前一个月挂的号。

现在她想来，他所谓的代班，也就是代为看自己这一个病人而已。偏偏他还选择了B超医生的班，这厮分明是寻仇而来。

难道当初自己放他鸽子，还说他出车祸死了，他怀恨在心？或者是乔雨桐找他说什么了？

旧恨新仇加起来，年子忽然很紧张。也正是因为紧张，她竟然不知不觉地把一小碗榴梿吃完了。

她手里突然一空，卫微言已经把空碗拿走了："喜欢吗？喜欢就多吃点儿吧。"

年子真的要哭了，这厮摆明了是她今天不吃完这一桌榴梿休想出门的架势。

年子站起来，一只手按在他的肩上。她不得不又坐下去，眼睁睁地看着又是满满一碗臭豆腐拌榴梿递过来。

"这个臭豆腐是正宗的长沙臭豆腐，据说必须在大粪池里浸泡足足一个月才能出炉。其主要成分标明了的，其中之一就是——屎！！！"

年子觉得自己真是自作孽不可活。

"你的病，严格说起来就不是病，只要多吃点儿，身上的脂肪多一点儿，'大姨妈'不调不药而愈……"

她面红耳赤。他却一本正经地说："长期节食、焦虑，会导致内分泌失调，内分泌失调，'大姨妈'就紊乱，脸上还会长青春痘……"

年子忍无可忍地道："我既没有节食，也没有焦虑……"

"那是相思成疾了？"

年子第一次听说，相思成疾会导致"大姨妈"不调，难道相思成疾不该是呕血什么的吗？

可她没法分辩。她不是医生，也不懂医理，觉得自己应该马上逃之夭夭。毕竟乔雨桐警告自己要发律师函之后，他就出现在自己面前了。这世界上哪有那么多巧合？

她再次站起来，慌忙说道："我还有点儿事情，先走了……很抱歉，卫微言，我向你道歉，希望你大人大量不要计较。我知道我对不起你，可是我根本不是故意的……"

"你就是故意的！"

"我……我已经知道错了……"

"咦，你还知道自己错了？你知道哪里错了吗？"

"我以后不会再去砸乔雨桐的场子了……我真不是故意的，那天恰好路过而已……"

"你还去砸过乔雨桐的场子？这是什么时候的事情？"

年子瞪大眼睛，恨不得咬掉自己的舌头。

她夺路而逃，可刚走一步，又被拉住。

"天大的事情也得吃完饭再说，年子，你慌慌张张的干什么？"

年子终于怒了，蓦然回头道："卫微言，你……""别太过分"几个字忽然说不下去了，二人之间的距离实在是太近了，近得她能清楚地嗅到他身上干净又清新的气息。

还有他那张脸以及一尘不染的灰色衬衣，令她的心跳不争气地怦怦乱撞。

她低下头去，竟然不敢再看他了，一颗心仿佛又要被小鹿给撞碎了。她第一眼见到他，无数只小鹿就把一颗心撞碎了，此后无论再遇到什么样的男生，心都跳不动了。

"年子……"

她如梦初醒，忽然狠狠挣脱他的手，转身就走。他没有再阻拦她，只是冷冷地说："我送你回去。"

年子愕然，因为太意外，竟然忘记了拒绝。

车子连续过了几条街后，年子慢慢回过神来。这是卫微言第一次送自己回家，以前她跟他恋爱的时候，他一次也没有送过她，现在分手了，她反而第一次坐上了他的车。

可是年子没有任何受宠若惊的喜悦，反而一路惴惴不安。事出反常必有妖，因为卫微言的脸色没有任何“殷勤”的迹象，冷淡得出奇，一路上他都不带说半句话的。

她好几次张嘴，实在不知道该如何打破僵局，直到车子在一个小区门口停下，她看了一眼道：“这不是我住的小区……”

“是我住的小区！”

年子不解其意。

“我半个月前就搬到这里来了。喏，你看，就是三栋一单元那里……以后你别再叫外卖到老地方捉弄别人了……”

年子：“……”

车子又开动了，一路上两人又是无话。眼看快到家了，年子忙道：“停车吧，我就在这里下车。”

车子停了，她硬着头皮准备给卫微言道一声谢谢，毕竟人家又请吃榴梿大餐又送她回家。可是她还没开口，他先说话了：“既然在你心目中我已经得艾滋病死了，那以后就别再来撩我了……”

年子恼羞成怒地道：“谁撩你了？”

“天天叫外卖，骚扰不休，难道你撩的是别人？”

脸被打得啪啪响，年子却没法反驳。

他用清冷的声音道：“以后别再做这种无聊的事了。我——是你撩不动的男人！”年子眼睁睁地看着他的车子扬长而去，半晌，呸了一声。

谁撩你了？谁撩你了？你还真把自己当男神了？

年子没料到，乔雨桐的律师函来得那么快。

那天下午，有难得一见的太阳，她和年大将军、金毛大王一起在小花园里晒太阳。昏昏欲睡时，听得金毛大王汪的一声，她睁开眼，看到“黑长直”的乔雨桐站在门口。

乔雨桐不是一个人来的，还有一个穿套装的女子陪着她。年子的睡意一下无影无踪了。

乔雨桐推开虚掩的门走进来，环顾四周，淡淡地道：“你一个人喝下午茶？”

“我怕半个人喝茶会吓到你。”

乔雨桐就像看着一个怪物，但是当接触到年子的目光时，本能地避开了，冷冷地说：“这是我们公司的法律顾问林律师。”

年子变了脸色，竟然劳驾乔雨桐亲自带律师来发律师函！

林律师把律师函拿出来，客客气气地递给了年子。年子接过律师函，瞄了一眼，十分干脆地说：“乔雨桐，你这是碰瓷还是要讹我？”

“王女士是我们公司的骨干，她的人品有口皆碑，不容你随意诬蔑，更不容许你这么泼脏水。而且你的口舌之快已经严重影响了我公司的声誉，给我们造成了极大的损失……”

年子站起身道：“好了，律师函我已经收到了，你们可以走了。”

林律师先走，乔雨桐落在后面，只走了一步，又回头低声道：“年子，你到底是从哪里听到的八卦？”

年子淡淡地说：“我不是听来的，而是有真凭实据……”

乔雨桐半信半疑地说：“年子，你实话实说，你到底受谁指使？他们给了你多少钱？”

年子好奇地问：“你出双倍？”

“你果然想讹诈？”

“当然不是。我不要一毛钱，也从不受人指使。乔雨桐，如果到此为止，我愿意再不提此事了，毕竟这跟我也没什么关系。”

“现在你想全身而退，你以为有那么容易？

“如果你真的敢起诉我，那我就详细公布你的四段绯闻，把你清纯玉女的皮给彻底扒下来……”

乔雨桐还要说什么，金毛大王忽然汪地大叫一声，乔雨桐吓了一跳，赶紧走了。

那天晚上，年子愁得睡不着。小老百姓对官非有一种天然的畏惧之情，她当然也后悔自己的一时轻狂，可事已至此，也无法了。

或者，她要不要找个人调解一下？第一人选当然就是卫微言。可是她想起卫微言那冷漠的脸以及那句冷到骨子里的“以后别再来撩我”，就打消了这个念头。

有坏事的时候，她从不敢找卫微言。就像当初她一门心思在他面前展现最好的一面，做最好的打扮，说最好听的话，扮最温柔的性子……何曾敢露出倒霉、颓废相给他看？

罢了，罢了，他们已分手多时，她何必再去自取其辱？

年子自己在网上查询，到底什么才是诽谤罪。根据《中华人民共和国刑法》第二百四十六条有关规定，诽谤罪是指故意捏造并散布虚构的事实，足以贬损他人人格、破坏他人名誉，情节严重的行为。她反复阅读这句话，也就是说，捏造虚构事实才是诽谤别人。

可她说的明明是实话、真话，怎么就是诽谤别人了？

折腾到十二点，还是睡不着，她给柏芸芸发消息，柏芸芸回了一句："加班呢，勿扰！"

年子觉得应该把这事告诉父母，可又怕父母担心。翻了半天通讯录，她只好给"癞蛤蟆"发了五毛红包："哥们儿，出来聊五毛钱的天吧？"

"我还在外面呢。"

"这么晚了，外面冷吗？"

"不冷啊，大街上全是漂亮小姐姐，看得我热血沸腾。"

"……"

"小姐，你又失眠了？"

"愁得很啊，有人要告我。"

"打'小三'被抓了？"

"不是啊，我被人发律师函了，好害怕！"

"律师函而已，又不是起诉，怕什么？对方吓唬你的。"

"可是他们接下来就要起诉我了，还要我赔钱……"

"谁这么霸道？就是你上次说的那事？"

年子唉声叹气，隐去名字把乔雨桐登门的事情大致说了说。

"得了吧，就这点儿小事，他们无非是想警告你，目的在于让你不要继续胡说八道而已。至于起诉，那是不存在的，他们不可能给自己找不自在。这事情扩大之后，对他们的坏处远远大过好处，只要他们不是傻子，就不会主动把屎盆子往自己身上扣……"

"唉，但愿如此吧。"

“不过，小姐，我很好奇，你到底是怎么知道人家这么多隐私的？”

“这是个秘密。”

“你猜的？还是你真的是信口雌黄？”

“真的！！我所说的每一件事情都是真的。”

“为什么？”

那人再问，年子就不理他了，因为她总不能告诉别人：我开天眼了。事实上，开天眼也是她自己猜的，她也根本不知道这是为什么，隐隐觉得很可能是那个白衣男子捣的鬼。可是她又没能再找到他，也就问不出原因来了。放下手机后，她还是愁得睡不着。她想，万一乔雨桐真的起诉自己，那该怎么办？

西餐厅里，卫一鸿端起红酒杯，表情很夸张地说：“卫老大，你怎么忽然想起请我们吃饭？”

乔雨桐也笑道：“真没想到微言这个大忙人也有主动请我们吃饭的时候，我都不敢相信这是真的。”

卫微言淡淡地说：“你的公司最近如何了？”

乔雨桐放下酒杯，长叹一声：“唉，别提了，这几天正焦头烂额地进行危机公关呢。”

“为什么？”

乔雨桐犹豫了一下，还是把手机递了过去：“你看这个视频……”

卫微言看视频时，卫一鸿也凑了过去。看完七八分钟的视频后，卫一鸿叫起来：“简直是太夸张了，这个女人怎么就阴魂不散呢？她居然敢跑去砸雨桐的场子？她这是故意的吧？她报复卫老大也就罢了，针对雨桐是什么意思？雨桐从没得罪过她吧？”

乔雨桐叹气道：“唉，幸好不是什么现场直播，但是签售会上那么多人，总有唯恐天下不乱者，他们发了微博、朋友圈，一时间流言四起，我们又是找人又是删帖，花了不少钱，总算把这事情压下去了……”

卫一鸿：“我也见过几次王女士，典型的贤良淑德、妇女楷模，我对她的印象非常好。这样的好女人被人诬陷诽谤，真的是天理难容啊……对了，雨桐，你怎么打算的？”

“我都打算起诉她了，总不能看她闹下去吧？”

卫微言把手机还给她。乔雨桐小心翼翼地问："老大，你怎么看？"

卫一鸿忙道："你问他干什么？那女人跟他早已毫无关系……"

"其实，她也没说错什么。"

二人齐声道："你说什么？！"

"她不过说了几句大实话而已，这也不算什么？"

卫一鸿难以置信地道："大实话？老大，她说什么大实话了？这女人分明满口胡言、歪理邪说……"

"她的意思归纳一下，大概就是，女人没有必要盲目崇拜男人，也没必要自认低他们一等……话虽难听，不过也不算离谱吧？"

"这还不离谱？这女人简直是个极端女权分子啊……"

"平权！平权对男女都很重要！而且大清早已灭亡了，我搞不懂你们现在还弄这些裹脚布有什么意思？再说，你们身为女人，一天到晚劝女人服从、隐忍、逆来顺受，那为什么不教育男孩子从小学习尊重女性、对女性平等以待呢？这不显得更加高大上、更与时俱进吗？"

卫一鸿气急败坏地道："老大，你这是什么意思？！"

卫微言转向乔雨桐。乔雨桐满脸错愕。

"雨桐，我看这事就到此为止吧。毕竟现在只是小范围内引起八卦，'吃瓜'群众健忘，三两天就去关注新的热点了。如果你们起诉，反而会将事情闹大，给自己找不痛快。"

乔雨桐的脸色更难看了，她本来也没有真的要起诉年子，只是警告一下对方而已，目的是阻止对方继续"胡说八道"。因为他们也不清楚年子到底还知道多少事情，更不明白她到底是怎么知道这些事的。他们最怕的是年子受到了什么竞争对手的指使。

事发之后，乔雨桐亲自找王女士了解过情况。可能是因为忽然被揭破隐私，饶是王女士也心理失控，竟然一五一十地全部向乔雨桐坦白了和男助理的多年暧昧之情。

王女士有老公和孩子，男助理也有一儿一女。而且男助理的妻子早已知道他们的这种关系，曾经私下里闹过一回，还是王女士补了一笔钱才摆平这事的。男助理的妻子尝到了甜头，不再追究此事，可是要起钱来也是毫不含糊的。王女士被人拿住了把柄，赚的钱有相当一部分到了男助理的妻子的手上，变相地养着男助理一家人。

王女士当然也想过要摆脱这种畸形的关系，可是附骨之疽，岂能说摆脱就摆脱？再说，多年下来，无论财务还是隐私方面，她都和男助理密不可分，已经是利益共同体了。事情真要闹大了，别说王女士的脸皮会被剥下来，整个“女德”运作公司也要伤筋动骨，搞不好整个产业都要被毁掉。乔雨桐当然不敢真的起诉年子，但是也必须警告年子，以防不测。

“你们警告她的目的达到也就罢了，再咄咄逼人，也许会适得其反。”

乔雨桐端着酒杯，不停喝酒，卫一鸿看不下去了：“老大，你到底怎么了？！那个女人不但把你甩了，还到处造谣说你得了艾滋病死了，你现在跳出来为她说话是几个意思？”

卫微言还是淡淡地说：“你可以不同意别人的意见，但是不能剥夺别人说实话的权利。”

乔雨桐面如土色，根本说不出话来。

“你们应该知道，许多上位者提倡某种道德礼仪，其实他们内心并不认同这些。因为他认为自己和别人是不同的，自己有更大的犯错误的自由。所以一些偶像、有财势的人在公众面前人设突然崩塌，完全是事出有因的……”

他笑了笑，继续道：“有些人是禽兽，穿上衣服就是衣冠禽兽。好了，你们继续吃饭，我要去加班了。”

二人眼睁睁地看着他离去，气得说不出话来。

第三章

多巴胺和爱情药

夕阳西下，风很冷。

年子懒洋洋地坐在壁炉前，听到手机嘀的一声，提示来了几百块稿费。可是她高兴不起来，看到旁边的律师函就烦躁。

金毛大王忽然汪了一声，她蓦然抬头，看到一个白色的人影。他站在泛黄的月季花架下面，就像黄昏出没的幽灵。

那白衣人影翩然走近，定定地看着茶桌上的小壶，深呼吸道："玫瑰红茶，真是世间最独特的味道……"

他随手端起年子面前的茶杯，将半凉的茶水一饮而尽，嘴角含笑。

他的呼吸近在咫尺，他的唇边隐约有玫瑰芬芳，而他有着一张玫瑰般的面庞。

"年子，你每一次看到的我，都不是我！我每三个月或者半年换一次面具……"

她怀疑他是个通缉犯。

他却笑，右手轻轻摸了一下自己的脸，又垂下手道："每个人的一生，都会变换无数面具，喜乐时欢笑，沮丧时哭泣，震惊时诧异，暴怒时狰狞……但是，我的面具不同，我喜欢特别美丽的面具，无论喜怒哀乐，都愿意让自己看起来美丽……"

“你靠脸吃饭？”

他指了指自己的头：“事实上，靠脸吃饭是全宇宙通行的法则。雄性鸟兽为了求偶，必须在雌性面前展示美丽的羽毛；植物为了接受花粉，必须让花朵，也就是它们的生殖器向上；纵然是刚出生的婴儿，看到美貌者便会笑，看到丑陋者则惧怕地啼哭。长得丑的人往往自卑，隐没于人群中，任何时候都很难得到优待，久而久之，便性情偏执，内心狰狞；长得好看的男女，则随时有优先权，反而容易一往无前……”

年子点了点头：“我明白了，你可能是以前长得丑，所以干脆自制了美丽无比的面具……这就是传说中的易容术，对吧？”

他板着脸道：“哪有那么复杂？只需一个美颜相机足矣。”

年子：“……”

他悠然地道：“泰国的变性术、韩国的整容术、日本的化妆术、中国的修图术，我乃亚洲四大邪术之首，八千万修图禁军总教头是也……”

年子呵呵笑起来，给自己的空茶杯里倒了一杯茶，他很自然地接过去一口饮尽，微笑着道：“年子，你要不要去参观一下我的玫瑰农场？”

年子一口气将桌上的一篮子小松饼全部吃干净，只觉浑身充满了力气，才站起来，冷冷地道：“林教头，走吧。”

“我不姓林……”

“我说林教头就是林教头，你啰唆什么？”

车子慢慢地驶向郊外，一路上都是平淡无奇的风景。

年子对这座城市早已烂熟于心，可是当她看到一望无际的大片玫瑰园时，也不敢相信这座城市的冬天竟然会有这么一片巨大的花海，不过距离市中心六七十千米。

车子一路在花海间的公路上穿梭，直到停在一道白色的栅栏前。

年子眼前出现金色南瓜般的城堡、无边无际的白色栅栏，栅栏中央是金色的木门，木门上方写着端端正正的几个大字：玫瑰农场。

风把夕阳吹成玫红色的，最后的一丝余温也散发出淡淡的香味。

年子极目远眺，好奇到了极点：“玫瑰不是五月盛放的吗？大冬天的，你施了什么妖法？”

“如果玫瑰都是五月盛放，那2月14日情人节满大街的玫瑰是哪里来的？”

年子哑口无言。

越往前，她越看不到红色海洋的边缘，奇异的是，沿途都没有人。

这么大的农场，怎么会没有参观者？

年子驻足，回头看着林教头——这时候，她已经有点儿明白他为何会白衣如雪了——他行走其间，就像是红花的心脏中一片洁白的雪。

看久了，就会让人觉得他像是红色花海里衍生出来的一抹妖灵。

他走近，二人的距离不过一尺。

她狐疑地盯着他：“为什么没有游客？”

“因为这是我的私人农场！”

“不对外开放，你怎么维持下去？”

他似笑非笑地道：“姑娘这是变相查个人资产了？”

年子冷笑了一声。

“要不要把身高、体重、三围这些都报一下？还有几块腹肌要不要数一数？”

“……”

“小生文能吃饭武能睡觉，脚一抖，亚洲股市抖三抖，俗称的霸道总裁，有钱任性是也……”他一摊手道，“不过这仅仅是出于我良好的幻想，事实上，这片农场是我啃老所得，然后……”他苦笑，“有钱任性的日子快结束了，这片农场已经难以支撑，我都在考虑是否出售一部分股份或者将其整体打包卖出去了……”

年子出手如风，下一刻已经揪住了林教头的衣领。

她厉声道：“原来你是想绑架我……”

“喂，姑娘，难道这不是反过来的吗？”

“你装神弄鬼，为的是让我替你赚钱是不是？”

这一刻，年子想起了许多可怕的案例：邪教、邪术以及各种匪夷所思的鬼故事……他们控制一些人，当然不是无缘无故的。比如这个林教头，谁知道他是不是为了经营他的农场，铤而走险？

她早有准备，所练的十几年的散打全部用上，真可谓集毕生功力于一役了。她死死地扣着他："快说，你到底有什么企图？不然我直接将你送交警方……"

下一刻，她的手里只剩下一件白色风衣，他再次金蝉脱壳了。

他悠闲地躺在青草地上，随手扯下一根青草，任凭晚风把花瓣一片一片吹落在他的头上、脸上。

"姑娘想怎么样，小生都配合，犯不着用强的……"

年子看看他，又看看手里的衣服，更加警惕："妖人，你对我到底有何企图？"

"你猜？"

"你要是敢在我身上做什么手脚，然后想控制我，那是做梦！你信不信，我马上将你毁尸灭迹？"

他夸张地瑟缩了一下："姑娘饶命，姑娘饶命……"

"快说，你到底想干什么？"

他神神秘秘地说："既然姑娘问起来，那我也就不好躲躲闪闪的了。是这样的，我有一单几百亿的大生意要和姑娘谈一谈……"

几百亿？年子从来不知道自己竟然能和几百亿这样的大数目挂钩。莫非是津巴布韦币？

她环顾四周，虽然这片玫瑰花海无边无际，但她直觉也不值几百亿吧？而且自己浑身上下哪有谈几百亿项目的细胞？

莫非这劫匪认错人了？他以为自己是哪个富豪的千金大小姐不成？

她越想越是好奇："什么大生意能值几百亿？"

"林教头"咬着草根，声音更加神秘了："实不相瞒，这几百亿资产乃我祖上传下来的，到我这一代，我已经酝酿了二十几年，却一直找不到合适的搭档……"

年子怒了："说人话！"

"我有一条祖传 DNA，姑娘，你要不要合作？"

年子目瞪口呆。

"林教头"没事人一般嚼着草根："我这条祖传 DNA，二十几年来一直找不到合适的搭档共同开发。这几百亿的大生意，姑娘，你看你要不要考虑一下？"

晚风把玫瑰吹成花瓣，一片一片撒在他的身上。

红花、俊颜，构成天地间一道奇异的风景。

年子居然没有暴怒，甚至没有生气。过了好一会儿，她才好奇地问："为什么是我？"

"我第一次见到你，就觉得你是最好的人选，甚至可能是唯一的人选。"

"为什么？"

"因为我第一眼见到你，祖传 DNA 就蠢蠢欲动了！"

年子还是没有暴怒，非常谨慎地回忆着过去，翻来覆去，确定地道："我以前从未见过你。你是怎么盯上我的？"

"擦身而过时，你没在意而已。"

一阵风，令花瓣也层层叠叠地飘落在年子的脸上。

他坐起来，凝视着她。她的脸不像凋零的花瓣，而是夜色中的青春，闪光的青春。每一个毛孔都在热烈奔放地洋溢着青春气息，就像从未见过的如此怒放的生命之花。

年子对上了他的目光，忽然很好奇，想从这家伙的眼睛里看到一些秘密。可是她看来看去，只在他的眼睛里看到了自己的影子。

渐渐地，她竟然有些不安，避开了他的目光。

"那么你告诉我，你第一次见我究竟是在何时何地？"

他悠悠地说："这是个秘密。"

但凡说不出的秘密，便是不可告人的。

年子再次出手了，这一次她学聪明了，先将手里的白色衣服抛出去，目的也很明确，先把"林教头"兜住，然后制服他，把他绑起来，再慢慢地审问清楚。

她抛出去的白衣服，彻头彻尾地将"林教头"覆盖。她心里一松，扑上去想将他提起来，可是手一滑，却被他双脚一钩，整个人彻头彻尾地扑在了他的身上。

"姑娘……大白天的，别这么猴急……而且这里不是好地方啊。虽然我很乐意配合，可是，地为席子天为被，总显得有点儿那啥……野外苟合，名不正言不顺。要不，我们换一个场地吧？"

年子不理他的奚落，情知遇到了高手。她再次跳起来，又是一个过肩摔，这一次“林教头”终于跳了起来，远远避开，笑嘻嘻地道：“姑娘，你还跟我来真的？”

眼看年子又是一招攻来，他急忙摆手：“别、别、别，我认输，我认输还不行吗？你想要知道的秘密，我全部告诉你，全部告诉你……”

金色的城堡，白色的尖顶，有鸽子在红砖瓦的窗台上咕咕地叫。年子好奇地环顾高大的厅堂，听到飕飕的穿堂风从高高的落地大玻璃窗户外呼啸而过。

“大堂冷，我们去书房。”

年子从未见过这么大的书房，在这近五百平方米的方正大屋子里，三面都是书架。屋顶很高，书架也很高，年子注意到，每隔一段距离，便有向上的阶梯，可能是便于阅读者找书。

书房里有地暖，就算人赤足踏在大理石地面上，也温暖如春。

“林教头”走到右侧角落，席地而坐，拍了拍前面：“过来坐吧。”

年子走过去，但是没有坐。她注意到旁边有一张巨大的书桌，书桌上有各种稀奇古怪的仪器以及各种各样的小瓶子。她随手拿起一只透明的瓶子，本以为是玻璃的，但仔细触摸，却是生平未见的材质。

瓶子里有玫红色的液体，她尚未拔开塞子，就已经闻到一股香味，整个书房都弥漫着淡淡的玫瑰香味。

年子疑心这是什么迷药，过了好一会儿，呼吸如常，她才稍稍放心。

转眼对上“林教头”的目光，她晃动瓶子问道：“这是什么？”

“多巴胺提取物。”

“多巴胺？”

“大脑中有一种负责产生快感的化学物质，就是多巴胺。摄入糖分、不劳而获、儿童不宜的画面，都可以刺激多巴胺的产生。一句话，声色犬马多巴胺……所谓爱情，便是多巴胺作祟。青年男女，一见钟情，互相迷恋，便是彼此体内的多巴胺在疯狂呐喊：快来一起做少儿不宜的事情吧……”

眼神忽然变得暧昧，呼吸也微微急促，他道：“就像我第一次见到你，多巴胺刺激肾上腺素，嗖嗖地往上蹿……现在亦如此……”

他竟然红了脸：“姑娘，要不我们马上把几百亿的大生意谈一谈？我对这件事还都是纸上谈兵，所以特别渴望真枪实弹地演练一番……”

那是一个标准的雄性动物淫虫上脑的反应。

年子不动声色地后退几步，不经意地抓住一个稍大的瓶子，很是淡定：这厮胆敢有任何不轨之举，就一瓶子砸下去。

可是“林教头”没有任何不轨之举，自从年子认识他以来，他就从未有过任何不轨之举。他变得有点儿失望：“姑娘，你真的不考虑这单大生意吗？”

“你再胡扯，我就砸死你！”

“唉，这怎么是胡扯呢？自然繁衍，代代传承，这是全宇宙的生物最大的责任和使命。再说，因为繁衍辛苦，所以造物主给了一些乐趣，那便是两性之欢，否则谁肯接下这个苦差事？”

“繁衍辛苦，苦的只是女人！”

“非也，女人负责孕育，男人也得去土里刨食。早期的人类再不自寻欢乐，就活不下去了……”

年子再次后退几步，几乎已经走到大桌子的对面去了。

一张桌子，像是二人之间的天河。

她又拿起另一只更小一点儿的瓶子。瓶子里，淡红色的液体像一股缥缈的雾气。

“这是什么？”

“爱情药。”

“爱情药？”

“林教头”懒洋洋地道：“理论上，如果一对情侣或者夫妻要永久地互相迷恋、痴情专一，那么，只需要源源不绝地将他们的多巴胺配对……如此，便可以制造出所谓的爱情药……”

“可是据我所知，人造多巴胺不能通过血脑屏障，根本进不去大脑！”

“问题的症结就在这里！可你得知道，科技的手段日新月异，这世界上没有什么技术是永远不可能突破的！”

年子狐疑地问：“莫非你已经突破了？”

他笑着摇了摇头：“不过，也差不多了。”

她忽然想起林A的话：你能认出“小三”算什么？你真有本事，给我爱情药，让我的男人从此对我如痴如醉啊。

她好奇地问："你如果真研制出这么一种药，岂不是要发大财了？！"

"理论上是如此，毕竟国际上通行的法则，新药都有若干年的专利保护期。而且我这种药，一般人也山寨不了……"

年子更好奇了："你到底是干吗的？制药商人？药学家？可是，为什么我只看到你一个人？这种东西一个人能完成吗？"

"林教头"眨了眨眼："实验室是我最大的秘密。不过你若肯和我谈大生意，我就带你去参观参观。"

"我便是你的实验对象之一？"

"哦，不！我说了，只是因为我第一次见到你，祖传 DNA 就想找个合伙人而已。在这之前，我也见过许多人，但是从来没有兴起过这样的冲动。"

年子指了指自己的双眼，冷冷地道："那我的透视眼是什么意思？"

"现在我说了你也理解不了。年子，你只需要记住，那只是一种巧合，而且对你来说，并不是什么坏事，也不会给你带来任何伤害。"

"什么叫不是坏事？你知不知道我都被人起诉了？"

"他们不敢的！你放一万个心好了。"

"就算他们不起诉我，我迟早也得被人砍死。"

"只要你不再去公众场合打人的脸，你就不会有任何麻烦。"

年子死死瞪着他，过了半晌，转身就走。

"年子，你以后不能再找任何别的男人，否则……"

她蓦然回头："否则怎样？"

他不笑了，一本正经地说："否则，我就杀了他！"

年子上前一步，指着他的鼻子。这是她第一次用手指着别人的鼻子。她一字一顿地说："无论我要找谁都是我的自由，谁也干涉不了，包括你这个妖人！"

普通人所了解的科技或者医学，往往比已经普及的要落后至少三十年。因为种种问题，许多早已研制出来的东西，并不会那么快就告知百姓。这不是科幻，这是事实。

年子整夜研读一些稀奇的医学论文，尤其是一些比较冷门的论文，诸如克隆人、换头术这些，其实早已落伍了。而人造子宫、流水线上生产出婴孩，若非因为伦理、宗教的考量，也早就可以普及了……还有可以延续寿命到一百五十岁，甚至更长时间，“向天再借五百年”根本不是什么幻想。至于攻克癌症、艾滋病这些，已经是小儿科了……

一句话，顶尖级的医学，并不会马上惠及普通人。在普通人眼里的“科幻”，在顶尖医者眼里根本不是。

年子整夜翻阅论文，阅读的大多数是英文的。毕竟四年的重点大学生活她不是混过去的，而且，她的英语六级是高分通过的。可是在阅读深奥枯燥的医学论文时，她还是会觉得吃力，就像普通人读天书似的。

直到眼皮快睁不开了，她才把手机扔在一边。

那一大堆医学资料，全是“林教头”发给她的，其中也包含了他自己的一些医学研究资料。她看来看去，也看不懂他到底是如何让人造多巴胺顺利通过血脑屏障的。当然，这是他技术上的关键秘密，他不会轻易透露给外人。

年子熬不住，很快便睡着了。

直到金毛大王汪汪地叫个不停，年子才勉强睁开眼睛，听到客厅里有窸窸窣窣的声音。

“这都快十二点了，年子还在睡觉？”

“嘘，小声点儿，别吵醒了她……”

“不是吧？我说大嫂，你们这也太惯着孩子了，不上班、不工作，专注于啃老，你们这不是把孩子给养废了吗？好歹她找个卖衣服的工作也比这么宅在家里强啊……”

议论声忽然消失了，年子知道，家里来亲戚了。她急忙起床梳洗，十分钟后，推门出去了。

客厅里，是父亲的堂妹带着她的一儿一女。

堂姑姑坐在沙发上嗑瓜子，两个小孩满屋子乱跑乱翻。堂姑姑从坐下开始，就疯狂吐槽她的公婆如何重男轻女，老公如何“妈宝”、如何到处撩骚，自己一个人带两个孩子是如何辛苦，而且又管不到钱，还得娘家父母用退休金补贴给自己交养老保险……

堂姑姑平素很少来年子家，只在家族聚会时才见一见，两家的关系不咸不淡。所以，年子见到她有点儿意外。

一见到年子，堂姑姑就夸张地大叫：“哟，年子，你才起床啊。你这福气可真好啊，每天都睡到自然醒吗？”

年子笑了笑，走过去。

“这可真是独生女才有的待遇啊，你要是有个弟弟，就没这么好的福气了……”

李秀蓝看看女儿，关切地道：“年子，你脸色不太好啊，吃点儿水果吧，一会儿你爸就做好饭菜了……”

年子还没回答，堂姑姑又说：“我大哥就是脾气好啊，又能挣钱，又能做饭。大嫂，你们母女俩真是前世修来的福分啊……”

母女俩都笑笑，也不怎么回答。

堂姑姑拉着年子的手，上下打量道：“年子，我这次来，是给你介绍对象的……”

年子愕然地看看母亲。

李秀蓝不置可否。堂姑姑打了无数次电话，非要热情地给年子介绍对象，李秀蓝没法推辞，也就答应了。

“年子啊，你可不能再挑剔了，女孩子嘛，选来选去选花了眼，这是很不好的，而且我跟你说，女孩子一旦过了二十三四岁还没结婚，那以后就成剩女了，没人要了，所以你得抓紧时间……”

从堂姑姑口沫横飞的话里，母女俩总算听明白了，堂姑姑介绍的是她夫家的侄儿。她的这个侄儿二十八岁，大专毕业，现在在一个高档小区做保安。

“年子，我这个侄儿真的各方面条件都不错，他家在本市有一套老房子，虽然买不起婚房，可你家里已经有几套房子了，也就不在乎这个了，反正你们的房子以后也是他的……”

年子问：“为什么我们的房子以后会是他的？”

“你家就你一个独生女，这几套房子迟早不都是你的？房子是你的不就是你未来老公的？”

年子惊奇道：“他是因为我家有几套房子才让你介绍的？”

“唉，坦率地说吧，若不是你家有几套房子，人家好好的男孩子怎么会找你？”

年子先不去追究这句话的毛病，问道：“这么说来，你以为我们家是扶贫办？这是精准扶贫吗？”

“年子，你怎么能这么说话呢？你看你，上次还没结婚，男方就出车祸死了，亲戚们私下里都说你克夫，不敢给你介绍对象了。我还是看在我大哥的分儿上，才把我的侄儿介绍给你。我侄儿又高又帅，喜欢他的女孩子多得很，你别看不起人……现在相亲市场就是这样，女方的工作也很重要的，像是公务员、医生、教师什么的才吃香，年子，你可是连工作也没有啊……”

她克夫、没工作，要求当然就不能太高，有个活的、男的要她就不错了。

“再说，一个女人迟早是要结婚的，越往后越是找不到好对象，背负一个剩女的名声，你觉得好吗？亲戚总要帮着亲戚，这样吧，明天你去和我侄儿见个面，其实他妈妈是不太乐意的。但是他看了年子的照片，觉得年子长相不错，愿意先和年子处一处。年子，你好好表现一番，对他热情点儿，见面时抢着买单，说话好听点儿，也许这事就成了……”

年子还没开口，李秀蓝的一张笑脸已经沉下来了。

“她姑姑，在你眼里，年子就只配找个保安是吗？”

堂姑姑恼羞成怒道：“大嫂，你这是什么话？保安不配年子，难道要富二代、官二代才配？”

“你自己日子过得不好，就觉得其他女人也该过不好才对是吧？比如在你心目中，我们年子就该找个小保安，然后让小保安来霸占我们的几套房子，如此你就心满意足了：瞧，读了大学有什么了不起，还不是跟我一样嫁一个渣男……”

“嗬，大嫂，你这是看不起保安……”

“我不是看不起保安，是看不起你，看不起你们着急吃绝户的样子。这么说吧，你自己在家被老公打、被婆婆骂，生了女儿坐个月子还要你娘家倒贴，不然都没人给你端汤倒水，好不容易生了个儿子，你算是稳住地位了，所以你便认为女人都该像你一样，要不然都不算是女人了……”

“大嫂……”

“你什么都别说了，在你心目中，其实巴不得年子嫁得越差越好。这样你们就会认为天下女人都一样，读不读大学、长相好不好、家境如何都一样，最后一样要伺候渣男。如此，你们就心理平衡了。可是我告诉你，不嫁人不会死，不做带薪保姆也不会死！”

堂姑姑气得站了起来：“大嫂，你这么说就没意思了。我一番好意，在你们眼中反而成了这样……”

“你根本不是一番好意，是打着好意的旗号来侮辱人！”

堂姑姑冲着两个孩子大吼：“走、走，我们走……是我不该来这里，简直是好心被当作驴肝肺。你们这么跩，就在家做一辈子的老姑娘吧……呵呵，一个克夫又没工作的女人还这么跩，我也是服气了……”

“就算做老姑娘，也不吃你家的饭，要你操什么心？还有，我们年子并不是没有工作，我们年子是作家！不出去朝九晚五，不代表不挣钱！”

堂姑姑扯着两个孩子冲了出去，咣当一声重重地把门关上了。

母女俩目光相对，李秀蓝依然气咻咻的。

年子苦笑，低声道：“妈，对不起。”

“这有什么好对不起的？”

年爸爸听到关门声，系着围裙从厨房里出来，见客厅里忽然空荡荡的，就问：“这是怎么了？”

“你那个堂妹要给年子介绍一个小保安，被我给赶走了。”

年爸爸愕然，随即又笑了笑：“酥肉炸好了，年子，赶紧来吃。”

满满一大桌子菜，一家三口围着饭桌。年子第一次觉得和父母吃饭有点儿压抑。她真没想到，当时一时激愤，手快之下发的那条短信，竟成了自己“克夫”的罪证，洗都洗不白了。

高冷的卫微言从来不曾出现在她的父母面前，更别说是见亲戚了。当初宣布结婚也是她自行宣布，所以她后来说“男方出车祸死了”，亲戚们自然也无从考证。

人未嫁，夫先死，她这妥妥的就是克夫命嘛。

难怪堂姑姑敢于堂而皇之地给自己介绍一个没有房子的小保安了。

前三十年看父敬子，后三十年看子敬父，当初亲戚们一直以为她找了个“高富帅”，纵然妒忌，也处处奉承着。现在好了，可能他们觉得她克夫又没有工作，说话就不那么好听了。

谁会高看一个没有工作的剩女的父母呢？年子觉得很对不起父母，低着头，没滋没味地吃着饭。

年爸爸察言观色，笑眯眯地说："年子，你最喜欢的炸酥肉，多吃点儿。"

年子放下筷子，鼓起勇气道："对不起，爸爸，是我当初太轻率了……"

"这有什么？年轻人哪有不犯错的？"

李秀蓝接口道："年子，你今年才二十二岁，不犯错，怎么好叫青春岁月？"

年子由衷地感谢父母。生活能岁月静好，那真是有人替你负重前行。

李秀蓝夫妻有点儿事情，星期天下午回市中心的公寓去了，年子忘了把律师函的事情告诉父母。也不是忘了，她总觉得自己已经够让父母操心的了，现在又牵涉法律问题，就更不愿意多话了。

她父母刚走没一会儿，柏芸芸就来了。

年子直奔主题："上次定向捐赠的事情怎么样了？找到合适人选了吗？"

"别提了，一提到这事情我就一肚子气。"

"怎么了？"

"我按照你的要求，拿到了四个留守女童的名单，原定是每人五千块钱，让她们顺利地念完小学。学校也是同意了的，有三名女童的家长也很配合，有一个叫作秀秀的小姑娘的家长却作妖了……"

八岁的秀秀是标准的留守女童。别的留守儿童好歹有爷爷奶奶外公外婆之类的监护人，她是一个人留守。七岁起，她就一个人在家，自己做饭，自己上学。她的父母则带着六岁的弟弟在外地打工，弟弟也在外地的民工子弟学校上学。

秀秀的家长提出一个要求：必须把这五千块钱交给他们代为安排。理由是，农村义务教育阶段，秀秀本来就不用花钱，但他们的儿子就不同了，没钱在大城市寸步难行。所以，这五千块钱必须给他们，用于儿子的教育安排。

学校解释，好心人指定只捐助留守女童，这钱用于保障她们的生活，资助她们的课外学习，购买课外书籍等，适当提高其眼界与见识。家长对这个解释嗤之以鼻，认为学校不给，那就是学校捣鬼，哪有捐助者会这么变态？

“学校也很无奈，他们希望你能亲自去一趟。年子，你看怎么办？”

年子没想到做点儿善事也这么麻烦，叹道：“罢了，等我多筹集点儿钱再说。”

“你去哪里筹钱？”

年子也不知道。自从林A之后，再也没有客户上门了，而时断时续的稿费只能糊口，她没有做慈善的余力。

慢悠悠地喝完一杯咖啡后，她漫不经心地问柏芸芸：“你和男神最近怎么样了？”

柏芸芸立即眉飞色舞地说：“我的男神强吻我了……哈哈，就是昨晚的事情，我们一起吃饭，他喝了一点儿酒，送我回家的时候，我要下车，他拉住我……”

年子诧异地问：“用强了？”

“也不是用强啦，就是很男人的那种，男友力爆棚……”

“如果他用强，你一定要当心啊，暴力狂可不是男友力。强暴……强暴，带了一个强字，那就是犯罪，搞不好会有生命危险。”

“我的男神怎么可能是暴力狂呢？”

柏芸芸滔滔不绝地夸赞着自己的男神，年子也听了个大概。这个男神姓张，是个金融才俊。按照柏芸芸的形容，他高大帅气，出手阔绰，是让圈内女生争风吃醋的对象。

年子狐疑地问：“我怎么觉得你的这个男神有点儿像是‘中央空调’？”

“什么意思？”

“感觉他对每个女生都很殷勤啊。比如，你说他每次聚会后，都会主动送女同事回家……”

“那是绅士风度，你不懂。”

“好吧，我是不懂，可是按照我的经验，但凡暗恋男神的人，基本上没什么好下场……”

“比如你自己？”

年子苦笑。

柏芸芸赶回去约男神了，年子百无聊赖地打开笔记本，却写不出什么东西。她又给“癞蛤蟆”发了五毛钱的红包。

“好烦啊，出来聊五毛钱的天吧。”

过了很久，微信嘀地响了一声，她以为是“癞蛤蟆”发来的信息，一看居然是微信账号提示到账四千元稿费。

这是她近段时间收到的最大一笔稿费了。她大喜，立即分别给父母发了一千八百八十八元的红包。

李秀蓝立即问：“年子，干吗转这么大的红包？”

“我今天收到四千块稿费，给你和老爸一人一千八百八十八块。我这个月的稿费应该可以上万，你们放心好了。”

李秀蓝发来一大串开心的表情。子女能够自立，做父母的比谁都高兴。

年子和父母聊了一会儿，忽然灵感倍增，立即跳起来码字，一气呵成地写了两篇婆婆妈妈文扔到编辑的邮箱里，同时“癞蛤蟆”终于回复信息了。

“小姐，你天天都这么闲吗？怎么不找点儿事情做？”

“我在家码字，不算闲着。”

“码字能挣钱吗？”

“勉强能糊口。”

“能糊口的职业就是好职业。比我在工地上搬砖强。”

“不是吧？人家说现在搬砖的人月入几万了……”

“你去搬砖试一试？”

年子发了一连串不爽的表情。

“小姐，你又怎么了？”

“我想报复一个人……”

“报复谁？前男友？”

该死的卫微言，害得她背负一个克夫的名声，真是肉没吃到反惹一身腥。再加上他那句冷冰冰的“我是你撩不动的男人”，年子就更泄气了。那以后，她连点外卖报复他的勇气都没有了。

“小姐，你还真想报复前男友啊？不是吧？一心想报复一个人，就代表你对他念念不忘……”

“罢了，罢了，以后他倒追我三条街我也看不上他了。”

“哈哈哈……”

“你笑什么？”

“小姐，你为什么想要报复你的前男友？”

“他让我成了亲戚圈里的笑话。”

“他抛弃你了还是怎么了？”

“是我先抛弃他！”

“嘿嘿！那你还有脸报复人家？对了，你为什么要抛弃他？”

“因为他劈腿了。”

“他劈腿了？你怎么知道？捉奸在床？”

“这倒没有。”

“那你怎么知道人家劈腿了？”

“反正我就是知道！”

“你猜的？”

“差不多吧。”

“欲加之罪何患无辞。小姐，你的疑心病也太重了吧。你凭借猜测就能断定人家劈腿了？”

“算了，不讨论这事了，反正无论他劈不劈腿，在我这里，他都已经成为过去式。我就不信找不到比他更好的人了……”

“这么说来，你已经有目标对象了？”

“可不是吗？今天还有人给我介绍对象来着。这年头，只有娶不到媳妇的光棍，就没有嫁不出去的好女人。”

“得看嫁什么样的人了。满大街的流浪汉、乞丐，你想要嫁，人家当然不会拒绝。小姐，恕我直言，如果人家真的给你介绍了‘高富帅’，可能你就不会念念不忘想要报复前男友了……”

打人也不是这么打脸的。年子恨不得隔着屏幕跳起来打对方一拳。偏偏那厮不识趣，不停地发消息来。

“是不是你的前男友特别好，让你再也看不上其他男人了？”

“那人根本不算我的前男友好不好？”

“好稀奇，不算前男友那算什么？前姘头？前奸夫？前备胎？”

“我只是暗恋他，一直是单机版，他从没看上过我！现在你满意了吧？”

“啧啧啧，人家看不上你，我满意什么？又不是我看不上你。小姐，你想找人吵架是不是？”

“你信不信我拉黑你？”

“哎哟，我好怕呀。小姐，你看看聊天记录好吗？哪次不是你先撩我？又是撩我又是发红包，搞得我都以为你想包养我了……”

年子扔掉手机，快气死了。这个杠精！她想找个人好好吐槽，结果来个杠精跟她杠上了。

年子倒在床上，沮丧得要命。

迷迷糊糊间，她就睡过去了。等到她一觉醒来，已经是第二天早上九点多了。

金毛大王汪地叫了一声。林 A 站在小院门口：“年小明，我又来了。”

林 A 熟门熟路地走进来，也不等年子招呼，自己在茶桌对面坐下，长叹了一声：“年小明，你得帮帮我……”

林 A 按图索骥找到了老公的那个“小三”，同时找到了老公给“小三”买的房子，当然，还有他俩的私生子。私生子不是一个，是一对！一对龙凤胎。

“小三”的地位骤然上升，而且“小三”能说会道，相貌出众，已经是那个圈子里尽人皆知的“大姨太”，其地位隐隐还在林 A 之上。

妒恨交加的林 A 想了一个办法。她找了自己的好姐妹，寻机在大街上逮住了“小三”，然后拿了一个装满屎的塑料袋劈头盖脸地往“小三”身上倒，最后还强灌了“小三”满嘴的屎。说起这事，她真是眉飞色舞：“现在‘小三’的法律意识也很强了，我要是打她、骂她，她就会告我，搞不好我还得坐牢。可是灌屎尿就不同了，民事纠纷而已，我顶多被警察批评教育一番。可是，你想想，那个渣男一看到‘小三’满口的屎尿，以后回想起来，真是睡也睡不下去、亲也亲不下去了，哈哈哈，多爽啊……”

年子不得不感叹：原配和“小三”的战争手段，真的已经花样百出、脑洞大开了。最主要的是，双方都还有法律意识了，真是与时俱进啊！

林 A 讲完了自己的“得意战役”，又愁眉苦脸起来：“年小明，你帮我提供男人出轨的一切证据，我就算不搞臭他，离婚时也能多分点儿钱……你说吧，你怎么收费？”

年子心念一转，说道：“我不收费！但是你必须往我指定的账户上捐一笔钱……”

“什么意思？”

“你往那个账户上捐赠十万元，而且是以你自己的名义捐。捐赠之后，你把收据发给我，我就给你你老公出轨的证据！”

“这个账户是干吗的？”

“定向援助留守女童、贫困女童，让她们受到更好的教育！”

“义务教育不要钱的！”

“所以这钱援助她们进行素质教育，保证她们受教育的年限和深度！光有分数是没用的，她们学不到人格独立，必须进行素质教育才行。”

“为什么非得让贫困女童接受素质教育？”

年子淡淡地说：“受教育才能明理，明理才能自立！这样她们长大之后的人生，才不会是每天只顾考虑如何捉奸打‘小三’！”

林 A 一直没有送来捐款收据，久而久之，年子就忘了这事情。

她每天宅在家里疯狂码字。因为她逐渐发现，新媒体时代，可以投稿（赚钱）的地方实在是太多太多了……也许好多地方稿费很低，但架不住积少成多啊。

一句话，只要她肯努力，吃饱饭绝对没问题。她给好多公众号、大号供稿，甚至用马甲号写中篇狗血故事……总之，她研究了市场规律之后，什么火爆就写什么。渐渐地，她竟然摸索出了门道，那就是追热点！什么热，她就追什么！很快，她便有了几篇阅读量十万以上的头条稿子。尤其她的一个中篇狗血故事成了新媒体上的爆款。

月初编辑发来上个月的稿费单的时候，她看到七万这个数目，惊呆了。要知道，她已经断断续续地写作近两年了，稿费最多的也就是上个月的四千块，而其他时候，多半是两三千，最低的时候甚至只有几百。

忽然月入七万，她就觉得太玄幻了。

年子觉得应该马上庆祝一下，给父母一人转了两万。二老都吓了一跳，几乎同时给年子打电话。年子也不接听，直接在三人家庭小群里晒稿费单，又发了一排得意的表情：“老爸、老妈，今晚我请你们吃五星级酒店自助餐怎么样？”

父亲马上回复：“可惜我要加班，明天吧。”

母亲也说：“明天正好是周六，明天中午去吧。”

拿了稿费不显摆，犹如锦衣夜行，年子又给柏芸芸转账。

柏芸芸惊呼：“年子，你发财了？为什么无缘无故地给我发一千八百八十八块？”

“今晚我请你去吃五星级酒店的自助餐，去不？”

“哇，这么爽！不过可不可以改天去？今晚男神约我啊……”

“过期不候！”

她发了财，居然约不到人。年子想起上次被堂姑姑奚落的事，顺手就在朋友圈晒了稿费单，并且故作轻描淡写地配了一句：“每个月的稿费单来得比‘大姨妈’还准时。”

发完之后，她又觉得自己特幼稚、特虚荣。可管他呢，人不虚荣枉少年。

年子草草洗漱了一下，决定出去走一走，吃个大餐。走出小区门，看到到处都悬挂了灯笼，她才发现，还有不到半个月就要过年了，而自己也几乎大半个月足不出户了。

她打算去逛商场，好好给金毛大王和年大将军采购一点儿高档零食。打车去常去的一家商场转了转，买了点儿东西，走出商场门口的时候，她鬼使神差地往前走了一截。

再走过两条街，她才停下来。那是一家园林式的小区，位于本市黄金地段。她在小区门口停下，伸长脖子张望。

上次卫微言怎么说来着？他住在这里的三栋一单元几号？

她伸长脖子看了半天，门口的保安警惕地看着她，然后走过来：“小姐，你找谁？”

“我……我不找谁……”

她慌慌张张地后退几步，保安看在眼里，更觉得她像是来踩点儿的了。

年子只好离开。走了几步，她忽然听得一阵刹车声，却没在意，继续往前走，直到有人喊了一声：“年子……”

她回头看了一眼，吓一跳，本能地加快脚步就走。有人几步追上来，拦住她，冷冷地道：“你又追到这里来给我送外卖了？”

“我……我哪有？”

“那你手里提的是什么？”

“狗粮！”

“什么？你改为给我送狗粮了？”

我……我……我……我还撒狗粮呢！年子怒道：“我家养了一条狗好不好？”

卫微言狐疑地打量着她手里的袋子，冷冷地说：“既然来了，就进去坐坐吧。”

“不用了，我路过而已。”

“路过而已？能有这么巧吗？老远我就看到你在门口张望。或者，你是想找我寻仇？泼硫酸？让我毁容？还是……”

年子气坏了：“这条路是你家的吗？我走一下都不行吗？”

眼神带着满满的怀疑，他说：“好吧，就算是路过，这也是我的地盘，你总得留下买路钱吧？”

年子眼睁睁地看着他拿走自己手中的狗粮，过了半晌才醒悟过来，连忙追上去。他要买路钱，也别拿狗粮充数啊。

那是年子第一次去卫微言的家。她不知道这房子是卫微言买的还是租的，当然也不好意思问。房子不太大也不算小，很干净，装修非常简单，家具也很简单，显得空旷而大方。

年子站在客厅里，坐也不是，站也不是。要知道，狂追卫微言的时候，她无数次明里暗里地希望去卫微言家里看看，但是他都沉默，装听不懂。直到分手，年子也不曾踏入过他的“香闺”。

现在站在他的地盘上，年子并没感到受宠若惊，反而显得很是局促，一如参加鸿门宴。

“你去书房坐坐，我给你做一杯咖啡。”

年子只好去书房。二十来平方米的书房里，三面都是书架，中间一张书桌，标准的设置，平平无奇。书架上大多数是和人文地理相关的书籍、各种推理小说、悬疑小说，反倒是和他的专业相关的医学书并不多。

年子随手拿起几本书翻了翻，随后目光落在一排木质的相架上面。数码时代，相片越来越少，她翻了一本，果然都是老照片，是卫微言从小到大的单人照。照片证明，他的确没有整容，也没有靠修图——他真的天生就很帅，从小帅到大！

她又拿起另一本小相册，里面全是稀奇古怪的动物、植物以及很罕见的地貌等，貌似是他从小到大去各地旅游所拍摄的照片。

翻到中间，她看到一张泛黄的对折硬纸，打开一看，纸上赫然有三个大字：弱智证。

弱智证！

这证好惊悚，尤其下面居然还有一行字，大意是：现有小学生名卫微言，乃弱智儿童，特此证明，望有关部门予以补偿照顾。

她反复看了好几遍，确认那名字真的是卫微言！

卫微言小时候居然是弱智？别人有脑残证，这厮居然有弱智证。

这时候，卫微言端着咖啡进来了。她摇晃着那张纸，惊奇万分地问："不是吧？你小时候居然是弱智？那你是怎么被治好的？"

卫微言随意瞄了一眼，淡淡地说："那是老师找的标准格式，要我父母去申请补助……"

"老师为什么会给你这种东西？"

卫微言小学六年级时转到了一所陌生的学校。他从来不迟到也不早退，但是每天坐在课桌旁，从来不打开课本，就直直地盯着老师，也不跟任何人讲话。老师提问他，他也充耳不闻。中午学校提供午餐，同学们把午餐放在他面前，他也不吃。

渐渐地，老师就看出门道来了：这分明是个弱智。那个弱智证的范本，就是老师好意提供的。老师把这个范本打印出来，放在了卫微言的书包里，让他交给父母。

可是一周之后，卫微言也没有交，老师只好自己出马，请他的父母来了学校。老师说："你们的儿子是弱智，你们比照这个范本去开个弱智证明，可以到民政局领取一点儿补贴。"

卫微言的父母看到这个"证"很是愤怒，尤其是他的母亲，当场就奓毛了："老师，你怎能这样说话呢？你从哪里看出我儿子是弱智了？"

老师也怒了，还怼他的父母："都这么明显了，你们还藏着掖着干吗？你们也太虚荣了吧？承认事实很难吗？你们这样是害了孩子呀。"

年子听得目瞪口呆，继而哈哈大笑。原来不止自己一个人曾经以为卫微言是一个“傻白”（当然不甜）。

她问：“你干吗从不打开课本？”

“老师讲的东西没意思，没有打开课本的必要。”

“那不吃饭、不讲话又是什么意思？”

“（到了一个陌生的地方）就是不想讲话，也不想吃饭。因为每天早上我都吃得很饱，中午根本不饿。”

“那后来老师是怎么知道你不是弱智的？”

“我当时其实也很震惊，心想：老师这是什么眼神啊？”

年子笑得肚子疼，再脑补了一下：一个坐得笔直的小孩，目不斜视，不开口、不吃饭，人家叫他他也不回应……这是标准的弱智啊。

越想她就越觉得好笑：“哈哈哈，是不是后来你考了一个很牛的分数，把老师们都惊呆了？”

当然！他以极高的分数上了第一流的重点中学。那时候老师才知道，他只是看起来像弱智。

年子笑得上气不接下气。真的，原来不是她的错觉，大家都曾把他当成一个“怪物”！

而且这哥们儿是凭借“实力”当弱智的啊！这不，人家持证的！

卫微言也笑起来。笑着笑着，年子忽然觉得有点儿不妥。当对上卫微言的目光时，她就更不自在了。

以前二人相处，从未这样肆无忌惮地大笑过。

这气氛不对啊，而且自己以前在他面前是超注意形象的，绝对笑不露齿，端庄含蓄，要多淑女就有多淑女。

一个人要维持一天的“淑女形象”是很容易的，但是要维持一辈子，就很难很难了，脱毛的猴子毕竟不是人。现在她笑得见牙不见眼的，这也太……原形毕露了。尤其是卫微言的目光很是奇特，他分明是在无声地说：小样，你以前装得那么起劲儿，现在破功了吧？

而且，不光是眼神这样，他真的说出口了：“年子，你以前可是非常文静、优雅的，笑不露齿啊……”

你也说是以前啊。以前我想泡你，装的，现在我不想装了不行吗？

可年子不好意思直接这么说。

她不笑了，为了遮掩自己的窘，喝了一大口咖啡。咖啡很烫，年子那一口差点儿吐出来，她又强行吞下去，很是狼狈不堪。

“别这么猴急，心急喝不了热咖啡。”

她急忙放下咖啡杯：“好了，我该走了。”

“今晚没有榴梿宴，别吓成这个样子。”

“我……我还有点儿事情……”

“你天天宅着，能有什么事情？”

她忽然怒了：“你是讥讽我没有工作吗？我告诉你，我一个月稿费七万块了……”

“这么有钱？！这不正好可以请我吃一顿吗？”

“我干吗要请你？”

“不请我，你还能请谁？走吧，我也饿了。”

年子从未见过软饭硬吃还吃得这么理直气壮的人。而她居然没有拒绝，只是傻傻地走在前面。

可走到小区门口时，她觉得不对劲儿了。自己一直想的是有机会要找这厮算账的啊。正是这厮害得自己成了“未婚克夫”，怎么还能请他吃饭呢？

自己暗暗地来这里瞅他，就是希望看到他落魄，看到他过得不好啊。只要他过得不好，她也就安心了！

可是，不包括她要再次被宰啊！

年子停下了脚步。

“站着干吗？”

“我……我回去了……”

“什么意思？以前你天天求着请我吃饭，现在我给你机会，还不要了？”

一肚子鬼火腾地冒了出来，年子又感觉心酸无比。是啊，她狂追他的时候，一个月千八百块的稿费，自己根本舍不得花一分（因为在厚颜无耻的时候还坚持了唯一一个原则：不能用父母的钱去泡男人，毕竟这种事情必须得自力更生）。

于是她整天耗尽心思，想的是如何用最有限的金钱最大化地泡好帅哥……天天精心策划如何请他去环境优雅又不贵的地方，如何给他买性价比不错又显得洋气的礼物……而他的态度一直不咸不淡，很多时候对她送的礼物看都不看一眼。而且每次她请他还得提前预约，比见大明星还难。

而他从来没有主动请过她一次，没有送过一毛钱礼物，甚至她的生日是哪一天，他都不知道！就连当初他答应自己的“求婚”，也跟开恩似的。

现在年子想想，真的不明白当初自己怎么就贱得那么不可思议呢？

偏偏有人不知死活，声音还是那么高冷：“我也很忙的，能给你请我的机会并不多，下一次你要请我，我不见得有时间……咦，你哭什么哭？怕花钱是吧？是你自己炫耀月入七万……算了，算了，不想请客，你也别哭啊……”

年子低着头，本来只是难受，听到这话，眼圈真的红了，扭头就走。

卫微言一把拉住她道：“你这样哭着走了，人家还以为我非礼你了……这很败我的人品啊……”

她终于爆发了。

“卫微言，你今后离我远一点儿行不行？你已经害得我成了亲戚圈里的笑话，人家都嘲笑我克夫了，背后不停地诋毁我，你还想怎样？”

卫微言弱弱地说：“是你自己上门来撩我的呀……”

年子掉头就走。

“别、别、别，你这样走了，我真的长了八张嘴也说不清楚啊，我的清白不能就这么毁了啊，我送你回去吧……”

车子上路，车上的二人自动调成了静音状态。

年子闭着眼睛假寐，忽然感觉到一阵奇异的抖动，悄然睁眼看了一下，只见某人克制着，笑得肩膀一抽一抽的，见她看自己，索性哈哈大笑起来。

她大怒道：“有什么好笑的？”

“哈哈哈，报应啊，真是报应啊……当初你那样中伤我，抛弃我，没想过自己会背上一个克夫的恶名吧？这就叫作天道循环，报应不爽。我都一直没想好该怎么报复你，没想到冥冥之中，你竟然自己遭了报应，哈哈哈……”

年子暴怒，可是忽然又觉得理亏。是的，分手之后她说人家出车祸死了，是有点儿那啥。她忍气吞声道：“停车，停车，我就在这里下车。”

某人继续笑，但是不一会儿，找了个方便的地方，真的停车了。

她下车就走，再见也不说一声。

走了几步，手被人从后面拉住，她挣不脱，怒道："你干吗？"

某人淡淡地说："出都出来了，吃个饭再走。"

"我可不会请你！"

"你不付钱，我就裸奔抵债！"

年子："……"

那是一家很安静的私房菜馆，卫微言坐下，菜单也不看，直接说："来两个套餐。"

服务员好奇地看了一眼年子，答应一声下去了。

人很少，菜上来得很快。年子以为套餐是什么快餐之类的，结果一看，菜品居然很精致，有一个菜她甚至不认识是什么。可她又不好意思问，低下头就开吃。

本来就饿了，而且菜的味道很好，她一口气把自己的那一份套餐吃得精光，意犹未尽地抬起头，只见卫微言把他的一个菜递了过来："再吃一点儿。"

他推过来的正是她叫不出名字的那个菜。

她闷闷地说："不吃了。"

"我看你挺喜欢吃这个的，都吃了吧。"

"你……不吃？"

"我怕自己吃了，你不买单。"

年子默默地把菜吃完，然后站起来，想找服务员买单。

卫微言问："你还想要什么？"

她冷冷地说："我今晚请你吃饭，就当是向你赔罪了，以后我俩的恩怨一笔勾销。"

卫微言笑了。年子忽然觉得他的眼神有点儿可怕。

"你以为一顿饭就可以抵消对我名誉的损害？我的名誉就真的那么不值钱吗？"

"那你还想怎样？"

"啧啧啧，得艾滋病死了！你知道这在中国人的八卦里杀伤力有多么强吗？我被你败光的人品只值一顿饭的钱？”

年子顿觉不妙，有一种即将被讹的感觉，而且是要被讹巨款。

“你……你想怎样？我……反正我也没啥钱……”

“你不是月入七万吗？”

完蛋了，这便是炫富的下场。

三十六计走为上策，年子当机立断准备溜走。可是她还没离开座位，就被一只手拉住了。

“急什么？还不到七点半。”

她只好又坐下。

“喀喀喀。”

“你咳什么？嗓子不舒服？”

“我……我觉得自己好像被人绑架了……”

“哈哈哈……”

年子觉得这笑声听起来有点儿狰狞。卫微言的目光也是高深莫测的：“绑架？你说绑架？说到这个话题，我不妨再多说一句，就在你抛弃我的那天晚上，你还叫了一瓶七万元的红酒……”

年子叫了起来：“七万元？！”

“你该不会忘了这事吧？”

有吗？有吗？年子想起来了，那天晚上自己很愤怒，喊服务员拿了一瓶他们店里最贵的红酒来，可是，七万元一瓶的红酒，那得是什么琼浆玉液？当时自己怎么一点儿也不觉得那酒有多好喝？而且，怎么那酒刚好就是七万？

“你甩了我，又害我花了那么多钱，真正是人财两失，而且我的名誉也被你败坏光了，我妥妥地遭受了三重伤害啊！现在你说这个账怎么算？”

年子哭丧着脸，嗫嚅道：“怎么会刚好就是七万呢？这数字也太邪门了吧？”

“你的意思是我讹你了？”

年子索性一副死猪不怕开水烫的架势：“反正我没七万块赔你，你想怎样就怎样。”

“真的我想怎样就怎样？”

年子忽然觉得他的笑容有点儿邪门，不阴不阳的。

她有点儿不安地道："那啥，以身抵债是不可能的，你想也别想……"

"以身抵债？你倒是想得美！我不可能损失了金钱又要磨损我的肉体！！"

年子竟无言以对。本要避开他略显狰狞的目光，她忽然心里一动，跟他对视。她实在是太想把上次他眼中那个仙气缥缈的人影看得清清楚楚了。

两人目光交会，他的眼里竟然一片模糊，年子根本什么都看不到！她寻思着：莫非这哥们儿得白内障了？

"年子……"

年子一惊，本能地坐直了身子。

"你一直打量我干什么？"

"没有，没有……"

"不但是打量，而且是不怀好意的目光，很瘆人的那种……你该不会以为凭借眼光就可以杀死一个人吧？"

年子顿觉没好气。如果意念能杀人，她早已杀他千百次了。

他还是高深莫测地盯着她。

她脑子一抽，忽然问："当初，我……我撩你，你为啥不拒绝？"

"被一个长得还不错的女生撩，只要不是傻子都不会拒绝！"

这话好直接、好打她的脸！

不主动、不拒绝、不负责，这果然是标准的渣男三连。

年子的脑袋里是一万个大写的庆幸——幸好她趁早把这傻子给甩了！不然她就是大傻子了。

恰好这时候她的手机响了，年子看了一眼，如获大赦一般："我得回去了，我妈回家了……"

"你妈规定你十点之前必须回家？"

"这倒没有。"

"那你急什么？"

"我……我怕我再坐下去，你得勒索我七十万。时间就是金钱啊……"

卫微言哈哈大笑。

年子趁机溜走，走到门口，看到卫微言又跟在身后。

他冷冷地说："我送你回去。"

"不用了，我打车。"

"最近网约车奸杀事件频发。今天虽然是你登门来撩我，但如果归途中你出了点儿什么事情，我就说不清楚了。虽然麻烦点儿，我还是必须得送你回去！"

他说得好勉强！

年子走了几步，想起来还没买单。

"我们还没买单呢……"

"买什么单？难得吃一次霸王餐。快，趁老板没注意，快跑！"

年子狐疑不已。这家菜馆明明就他们这一桌客人，老板是瞎的？他们吃霸王餐的话是会被打断腿的！

"别看了，跑吧。"

于是，二人就这么跑了。

距离家还有一站路时，年子提前下了车。卫微言问："为什么在这里下车？送你到家门口不行吗？"

"不用那么麻烦了。"

"麻烦也不差这两三分钟的路程。"

"真的不用了，我在这里下就可以了。"

卫微言意味深长地说："莫非你家里的衣柜里还藏了一位奸夫，怕面对面穿帮了？"

年子落荒而逃。

第四章

教育女童便是教育一个家庭

春节快到了，大街小巷上，过年的气氛越来越浓郁。

无论情人节多么洋气、圣诞节多么热闹……可是，千百年来，没有任何节日比得上春节。

柏芸芸来看年子，说明天就要回家了。年子有点儿意外，问她："你们放这么长的假？"

"我有五天年假，凑在一起，早点儿回去。唉，不过说实在的，我根本不想这么早回去，但是我妈一直催我，说是我弟弟腊月二十六结婚，我必须早点儿回去帮忙。"

按照我国的风俗，弟弟结婚，姐姐出钱出力是免不了的。尤其是尚未结婚的姐姐，最好把薪水、积蓄，全部毫无怨言地双手奉上。

"唉，回去帮忙就罢了，可是我妈各种明示暗示，希望我出五万块钱，三天两头在电话里说，谁的姐姐帮弟弟买车子、房子，谁的姐姐给了十万八万，听得我头大。我卡上所有的积蓄也就三万块，我打算给二万块，总不能自己一分不留吧？万一我有个急事，他们又不可能给我一毛钱……"

年子苦笑。

"对了，昨天校方又给我打电话了，说秀秀的父母回来过年了，问你愿不愿意当面和他们沟通一下。你要是愿意的话，可以顺路跟我一起……"

柏芸芸的老家在本省一个十八线的偏僻小县城，定向捐助的那所乡村小学距离柏芸芸的老家不过十几千米。

她很是热切地说：“春运不好坐车，你要是去，我正好蹭你的顺风车，你看怎么样？”

“可我开车技术不太好……”

年子已经拿了四年驾照，但开车的时间少，平时都环保出行，所以对两个多小时的路程有点儿心怯。

“放心，我开车技术好得很，只不过我平常开的是公司的车子，春节公司不让我把车子开回家。”

年子很是踌躇，偏偏这时候，微信提示收到消息了，居然是林A发来的一张图片！林A果然捐赠了十万块钱，这图就是她拍摄的收据。

她急不可耐地问：“年小明，我已经捐款了，你今天下午有空吗？”

年子回了一句“改天吧”，转向柏芸芸道：“好吧，我明天跟你走一趟。”

“真是太好了，这样我也可以多带点儿东西了。”

第二天早上八点，年子开车到柏芸芸的租屋门口，被她的七八个大包镇住了。

“你居然买这么多东西？！”

“没办法，我一年多没回去了，我妈已经多次骂我没良心了。这次我多给他们带点儿东西，看他们对我的态度好点儿不。”

年子想：你若是一口气给他们十万块钱，他们的态度保证好得很。但是她没将这话说出口。

柏芸芸开车，一路上还算顺利，不到十一点，她们就到了连山桥村。小学就在村口，学校已经放寒假了，只有学校安排的一个负责此事的老师等在门口。见了她俩，老师很是热情，迎上来握手：“年同志、柏同志，你们好……”

年子不知道该怎么回答这个中年女教师，只是笑着点头：“刘老师，真是不好意思，放假了还劳你在这里等我们，给你添麻烦了……”

“没有，没有，你们热心出钱出力，这都是我应该做的……”

二人把刘老师接上车，车子驶上了一条狭窄的乡村公路。捐赠之事一直是刘老师负责跟进的，刘老师把大致情况向年子介绍了一下，末了叹道：“我们学校一共有一百五十多名小学生，其中一百一十人是不等程度的留守儿童……”

年子很吃惊：“比例居然这么高？！”

“唉，没办法，现在的年轻人都不愿意留在乡下，到了年纪结婚生子，然后小两口就结伴出去打工，把小孩扔给爷爷奶奶或者外公外婆。好一点儿的人家，母亲会留在家里带孩子，但是绝大多数孩子一年到头难见到妈妈一面……”

农村适婚女孩稀缺，高额彩礼的压力下，好不容易娶到儿媳妇的人家，自然不敢得罪这群“女神”。她们要随丈夫一起出去打工就出去，愿意在家带孩子的，那就真的是带孩子，此外什么事情都不干，往往是公公、婆婆、老公三个人做活供养一个人。年轻的媳妇只管吃好穿好，每天打打麻将、玩玩手机，不亦乐乎，所谓的“农村少奶奶”群体应运而生。

“恃高额彩礼而骄”的母亲们素质如此，当然也别指望她们能把孩子教育得多好。事实上，她们除了看一下孩子或者接送孩子上下学，其余的时间都花在麻将、手机上了。很少有人能做到真正辅导孩子、教育孩子。当然，她们凭借自身的受教育程度，本来也没这个能力。这些都还是好的，更多的孩子一年到头难得见到父母一面，一应事务全靠爷爷奶奶或外公外婆处理。

“当然，秀秀这种情况也是很少的，她没有任何监护人，我们都觉得不可思议，也多次跟她的父母沟通。最初她的父母还接一下电话，后来根本不接电话了……”

刘老师是个好老师，但是很悲观：“现在别说农村，就是小城市的教育资源也很落后，乡下的娃娃要赶上城里的娃娃，根本不可能。唉，越穷的家长越是不重视教育，简直是自断前程啊……”

她们谈话间，车子已经停在了一栋二层小楼门口。小楼的水泥墙外面没有任何装饰，但年子还是有些意外，秀秀家没有自己想象的那么穷。

一个三十来岁的妇女闻声迎了出来，很是热情：“刘老师，这二位就是……”

“是的，她们便是好心的捐赠者年同志和柏同志……”

“哟，二位小姐这么年轻漂亮，真是难得啊，快进来坐……”

秀秀和她的弟弟站在小院门口，怯怯地打量着两个陌生人。年子招呼秀秀，秀秀很害羞，小声地叫“阿姨”。

秀秀的母亲端了一盘瓜子和橘子，接连唉声叹气道：“她爸又出去打麻将了。唉，现在越来越挣不到钱，他一回家就只晓得打麻将……”

年子单刀直入道：“你们这么把秀秀一个人丢在老家，不怕她遇到危险或者出什么事吗？”

“她五岁就会自己做饭吃，现在已经八岁了，洗衣做饭都没问题，能出什么事情？”

“可是社会新闻版经常有小女孩遭到邻居或者熟人侵害什么的……再说，她一个人在家，晚上也怕啊。”

秀秀的母亲不以为然地说：“那是自己不要脸的贱人才会遇到这些事情。再说我们也没法啊，你看，我们这房子修好几年了也没钱装修，什么家具都没有，不出去打工，一家人喝西北风吗？而且两个孩子都带出去读书，我们根本供不起，大城市的消费你们也是晓得的……”

年子在一边，不经意地看到旁听的秀秀，心道：这八岁的小女孩听到自己的母亲这么说，会是什么感觉呢？资源有限，父母顾得了弟弟顾不了她，她会不会也认为这是天经地义的事？

末了，秀秀的母亲也不等年子开口，就说：“好心的年小姐，你能不能直接把那五千块钱捐赠给我们？这样开了年返回省城，我就可以给我儿子报一个兴趣班。唉，我儿子也是可怜，一个兴趣班都上不起，老师说他在学校很自卑……”

年子断然道：“捐赠只针对女孩。”

“为什么？女孩子不读书长大了也能嫁人，还能拿到一大笔彩礼钱，可儿子不读书不行啊，在农村老婆都娶不到……”

旁听的秀秀忽然扑通一声跪了下去：“年阿姨，你就把这五千块钱给我弟弟吧……我弟弟才是我们家的希望，我根本不需要的，求你了，我给你磕头了……”

虽然这是大人教的，可是年子还是很震惊。她不动声色地拉起秀秀道：“秀秀，为什么你觉得自己用不着？”

秀秀：“我是女孩子啊，花太多钱读书没用的。我只希望妈妈能经常回家看看我就好了……”

就连刘老师都听不下去了，好几次想张嘴，又不知道该说什么。柏芸芸也长叹一声，这是她小时候的现实写照，司空见惯！十几二十年过去，这里的人的观念还是没有改变。

年子还是和颜悦色地说：“秀秀，女孩子读书是很有用的。你读了书，上了大学，就会有好的工作，能挣许多钱，你的人生会因此改变，也能照顾到你的父母。怎么能说读书没用呢？”

秀秀的母亲不可思议地道：“你们拿钱做这些没有任何意义的事情也不给我儿子？我儿子才是会给我们养老的人啊……”

“我并不为你们的养老考虑，也不关心你们的儿子是否娶得到老婆。我只考虑秀秀或者秀秀这样的小女孩能不能尽可能地改变自己的命运……”

“你们简直是胡来！毫无意义地乱来！”

“至少会有一点儿意义！”

“什么意义？”

“秀秀她们长大后，不会再告诉自己的女儿：你天生就比哥哥、弟弟低一等，也不会再认为女孩子读书没有任何意义！”

秀秀的母亲连声冷笑道：“年小姐，你们简直是作秀，根本不懂得现实生活，也分不清楚主次……”

年子也不管秀秀的母亲高不高兴，直接打断她的话，说道：“开年后你们出去打工了，秀秀一个人在家很不安全。这样吧，我用原本该捐赠给她的钱，找人帮她在学校周围找一个安全住宿的地方。”

刘老师立即道：“这事好办，我去联系。”

三人在秀秀的母亲愤怒又失望的目光里出门了。

秀秀怯怯地尾随出来，八岁的女孩，穿着一件往外钻毛的廉价羽绒服，可能是长期营养不良，极其瘦小。而她身后的弟弟，一身新的运动服、运动鞋。

年子轻声问她：“秀秀，你想不想上大学，去外面的世界看一看？”

秀秀小声地说：“想……很想……我一直想像弟弟那样跟着爸爸妈妈去省城，我可以帮他们洗衣服、做饭、带弟弟，可是他们不同意……我晚上一个人在家的时候特别害怕，尤其是打雷下雨的时候，我老怕有妖怪钻出来……阿姨，真的可以给我找一间靠近学校的房子吗？”

年子很肯定地道：“是的。”

秀秀红了眼圈，低声抽泣道：“我也不想把钱给我弟弟，但我妈妈说，我不求你，她就要打我……”

年子摸了摸她的头，竟然说不出任何安慰的话来。这世界上，门槛最低的事就是做人父母，不需要任何资格考核。人类和动物其实有什么区别呢？到了年龄就被催着传宗接代，谁管你是不是真的有养育孩子的物质能力和精神能力呢？

要改变一群人的观念，真的比赚钱还难。

从连山桥村回来后，年子经常想起那个叫作秀秀的女孩。这世界上有很多秀秀，可是年子看了看自己的账户余额，第一次深刻感觉到钱的重要性。

不知不觉间，春天就来了。电脑开着，阳光从斑驳的树影间照射下来，细细的“天网”几乎让人感觉不到它的存在。

年大将军一只脚悬挂在横杆上半闭着眼睛，仿佛睡着了。金毛大王则端端正正地躺在茶几对面。金毛大王和年大将军都很宅，不爱出去玩，多年如一日地在这小院子里溜达、吃东西、睡觉。它们是不是自得其乐，年子就不清楚了。

金毛大王睡觉的时候，总是四脚朝天，而且必须像人那样盖一点儿被子，露出头，有时候也会打呼噜，还会说“梦话”——因为它总是睡着睡着，忽然叫一声，然后又归于平静。

有时候，年子怀疑：这老狗肯定以为自己也是人类。最明显的是有一年圣诞节，家里来客人，很多小孩逗着金毛大王玩，年子一时兴起，拿过小孩们的红帽子戴在它的头上，小孩们乐得哈哈大笑，拍手欢呼。可金毛大王好像觉得伤了自己的自尊，站在原地一动不动，神情漠然，任凭年子怎么招呼它，它都不吭声。直到年子把小红帽从它头上取下，它才恢复正常。

据说宠物们都不爱照镜子，可能是觉得照镜子会发现自己和主人之间的差异，从而深受打击。

年子自己也不爱照镜子，因为照着照着，就会埋怨：镜子怎么就不能自动美颜呢？

午后斜阳越来越偏，打开的笔记本电脑上还是空无一字。今天的稿子还没完成，可年子感觉脑袋乱糟糟的，理不出什么像样的灵感，干脆闭目养神。

金毛大王汪了一声，她懒洋洋地睁开了眼睛。

小院门口，白衣如雪的人背对着她，站在旁边的那棵小桃树下。风一吹，满树的花瓣便纷纷扬扬地撒了他一头一身。

“这个小院很美……”

他慢慢回头，抬起手掌，汪汪叫的金毛大王竟然如被催眠一般又懒洋洋地躺下去，再也不嚷嚷了。

年子眼睁睁地看着他走过来。他的面容和上次一模一样。年子怀疑，这就是他的真面目——所谓半年换一次面具，从不以真面目示人云云，根本就是他吹的，故弄玄虚而已。

不弄点儿神秘感，他也就不是妖人了。

他走到茶几边，很自然地坐在她对面。

茶几上有一碟小点心、半杯快冷掉的咖啡，他随手端起咖啡，喝完后道：“姑娘，这么久不见了，你是不是对我甚为想念？”

年子居然问：“你这两个月跑哪儿去了？”

“去瑞士的一个实验室做了个学术考察。”

“大开眼界？大有所获？”

“大失所望。他们在相同领域，没有任何进展，甚至远远落后于我的研究。”

年子好奇地问：“这么说来，你的水平已经是世界领先的了？”

“领先世界至少三十年！”

年子呵呵笑起来。

“年姑娘以为我在吹牛？这么说吧，现在好多医学实验室转向了长寿药以及治疗绝症药的研究，因为这些方面的经济价值可能来得更快、更明显……”

“难道你不知道按照购买力排序是女人、小孩、狗、男人吗？”

“非也。真正需要巨额资金的买家，基本上是男人。比如顶级别墅、豪华游艇、私人飞机、超级跑车……相比之下，美女们的花销简直不值一提。”

“好吧。如果你的研制不能变现，你的玫瑰农场是不是就保不住了？”

“你打算买下来？”

“如果七万块钱你就肯卖的话，我也不介意。”

“七万块？不，太多了。如果你肯接受我的DNA，我可以免费奉送。”

不知道是不是午后暖阳的关系，还是吃饱喝足后多巴胺的浓度会嗖嗖地往上蹿，年子总觉得这厮浑身上下散发着一股邪魅的热气，稍不注意，就会让人陷入罗网。

她下意识地坐正了身子，距离他稍微远一点儿。

他则饶有兴致地盯着她。

年子很是好奇：“你到底什么时候盯上我的？而且为什么非得是我？我自认长得虽可以，但也不是什么国色天香……”

“老问同样的问题就没意思了。”

好了，这天聊死了。

沉默的时间没持续多久，“林教头”云淡风轻地说：“你又和卫微言恢复联系了？

年子愣了一下，反问：“你在监视我？”

“姑娘，别紧张。这不需要监视的，很容易就能知道。”

“我跟他联系与你何干？”

“你还真的想嫁给他？”

“我说了，这与你无关！”

“林教头”意味深长地说：“一个人跌倒一次可以说是运气不好，可若在同一个地方跌倒两次，那就是愚蠢。”

年子不答。她不愿意和别人讨论自己的私事，尤其是和“林教头”。这妖人来去无影无踪就罢了，如今管到自己的私事上了。

“卫微言的外貌的确相当不错，可是你也很清楚，人家对你一直不来电……”

她冷冷地打断他的话道：“你怎么知道他对我不来电？”

“难道你以为他现在时不时地撩你一下，就是对你来电了？”

“……”

“姑娘，男人心最是莫测。根据我的研究经验，一般对你没有一见钟情的男人，一辈子都不可能出现对你‘疯狂迷恋’的奇迹。当然许多寻常夫妻从来没有对彼此疯狂迷恋过，照样结婚生子。这不过是完成动物本能的传宗接代的任务而已。”

“……”

“卫微言现在很可能是出于报复的目的而接近你。等你再次对他意乱情迷，以身相许，以为可以结婚的时候，就轮到他去告知众人：这婚没法结了，女方出车祸死了……”

年子哑然失笑。可是她暗暗想了一下，居然觉得真的有这种可能——自己狂追一年，卫微言高冷如一座冰山，没道理被自己整了一次之后，他反而对自己感兴趣了吧？两次重逢，她内心深处对卫微言的确再次起了“贪婪”之心，现在听到“林教头”这么一说，真不啻一瓢凉水兜头泼下来。

“姑娘，我说得有无道理，你自己应该很清楚。就像一坨屎，你看着就是屎，没必要非得用手指去戳来尝一下，然后呸一句：果然是屎！”

年子想打他，但是懒得动，所以闭着眼睛一言不发。

“姑娘，你还真的伤心了？没必要啊。以后你远离他不就行了？”

年子忽然怒了：“我凭什么要听你妖言惑众？卫微言至少是个正常人，我也了解他。可你跟个妖孽似的，连是不是人我都不清楚，我干吗听你的？”

“好稀奇，我怎么就是妖孽了？”

年子干脆地道：“我觉得你就是个玫瑰里变幻出来的花精，专门诱拐少女的那种妖人……”

“林教头”哈哈大笑。

不知怎的，他笑的时候，年子觉得一树的桃花都在跟着颤动，四周的空气都变得诡异。

“林教头，我知道你想放长线钓大鱼，可是你趁早死了这条心吧……”

“姑娘自认是一条大鱼？”

“也许，我身藏什么不为人知的藏宝库秘密；也许，我是某个高人的转世；也许，我天赋异禀而自己都不知道，却被你盯上了；再或许，我上辈子是你的杀父仇人……总而言之，你靠近我准没有什么好事……”

“哈哈哈，果然不愧是写小说的，你能给自己幻想出这么多身份也是不容易了……”

他忽然伸过头，距离她的脸不到两寸，神神秘秘地说：“姑娘，我不是早就说了吗？我接近你的唯一目的就是把自己的祖传 DNA 献给你……”

一片小小的花瓣刚好落在他的鼻尖上，他炽热的呼吸也散发出桃花的香气。

年子仓促地站了起来，避开他。

有句话是怎么说来着？有的动作，长得帅的人做起来，就是撩；长得丑的，就是骚扰。

年子觉得这话太正确了。明明她该甩他一巴掌，可是居然打不下去。她只是连退几步，满脸通红，结结巴巴地说：“那啥，林教头，我还有点儿事情，你还是赶紧走吧，别妨碍我了……”

他又坐回去，悠闲自在地拿了一块小松饼，玩似的丢在自己的嘴里。

“姑娘，有一件事情我得提醒你，你现在具有的‘透视能力’，是有条件约束的……”

“什么条件？”

“你必须一直保持冰清玉洁之身，否则你失身之日，便是透视能力消失之时。”

年子愣了一下，随即呵呵笑起来。

“你笑什么？”

“林教头，你以为我是白痴？这个透视能力的真正原理我虽然不完全明白，可大致上也是知道的。好比视网膜成像，理论上我们人眼所见识过的一切事物都会留在视网膜上面，只是一般人的肉眼看不到而已。就好像我们人脑中储存的海量信息，从出生的第一天起到死亡的那一刻，真不知如何堆积成山的？！只不过里面的绝大多数信息会被人类自动遗忘，可信息一直是储存在里面的，如果有合适的手段去调取，真是轻而易举。这跟我是不是处女之身有屁关系啊？”

“林教头”居然面色一红，咳了几声：“这都被姑娘你发现了……其实是我担心你某一天克制不住，就和卫微言那啥了……”他郑重其事地道，“这是万万不行的啊！你绝对不可以跟除我之外的任何男人那啥。”

年子抱拳：“失敬，失敬。”

“你什么意思？”

“真没想到林教头还是贞节派教主。以后谁要是做了你的老婆，岂不是还得被你穿上贞操裤或者戴上贞操锁？在你眼中，女人的价值就是那一层膜而已？”

“我本人洁身自好，想找个志同道合的人，怎么就是贞节教主了？我又不是自己花天酒地，却双标要姑娘们守身如玉。怎么，这不行吗？”

他一本正经地说：“我少年时代便有一种憧憬，遇到一个人，对其一见钟情，与其相守一生。你不觉得这挺好吗？”

她伸手过去。

“什么？”

“你说你洁身自好就是洁身自好？处男证拿出来看看？”

“林教头”哈哈大笑：“说真的，好些男女，尤其是暴发户，只要有几个钱，就放纵多巴胺的冲动，到处勾三搭四还自以为有魅力。其实那只是动物的本能，毫无意义。每天醒来，枕边都是不同的人，两人四目相对，彼此惶然，除却一闪即逝的那点儿可怜的快感，还有什么乐趣可言？”

年子懒得搭理他。

“林教头，你快走，别浪费我的时间了。”

“唉，这么久不见面，姑娘居然还是这么冷淡，也是够令人伤心的了。对了，我给你带了一份礼物……”

也不等年子回答，他从白色风衣的口袋里摸出一个锦囊，小孩子拳头般大小的锦囊，淡淡的香味若有似无。

年子问：“这是什么？”

“一种短效的多巴胺合成物，可以延长男女一年左右的热恋期。一年之后，药自动失效。”

年子十分警惕地问：“这该不会是毒品之类的东西吧？”

“林教头”没好气地道：“毒品这么低级的东西，顶多延续几分钟的快感而已，怎么比得上我的研究成果？而且这东西没有任何副作用，更不会给人体带来任何不可逆的损伤。这么说吧，如果同体积的毒品价值一万元的话，我这个东西价值一亿！相比之下，毒品就是垃圾，明白吗？”

不明白，但年子一转念，忽然道：“有客户曾经联系我，疯狂地想购买一种爱情药……呃，是我临时起的名字……就是那种可以让原本已经厌弃她的丈夫重新对她疯狂迷恋的东西……简而言之，就是媚药的升级版……”

“媚药本质上也是一种毒药，对人体伤害大而且延续性很差，跟我的这个东西没法比。我的这个东西是真正长效，一年之内可以让一个人对另一个人一直保持初恋般的兴趣……”

初恋般的兴趣，而不仅仅是为了某种欲望。

“咦，这么说来，你彻底研制成功了？”

“当然没有！否则药效就不止一年，而是一辈子了。”

年子拿着锦囊，笑起来。如果这世界上有朝一日真的生产出了多巴胺的蜜罐，让人的脑袋整天沉浸在里面，每天都感到无比高兴、快乐，这会怎样？

“林教头”忽然道：“姑娘，你该不会是想把这药用在卫微言身上吧？”

年子：“……”

她真的想都没这么想过。

“这世界上，没有任何男人达到我要对他用药的地步！”

“林教头”哈哈大笑。

年子却意兴阑珊，这世界上最不缺少的就是怨妇。她们挣钱养家、孝敬公婆、抚养孩子，在老公出轨的时候总是第一时间站出来保持贤妻人设。影视剧也最爱上演贤妻们如何大度地感化浪子丈夫这样的戏码。久而久之，是否原谅出轨的丈夫，居然成了女人是否大度贤惠的标准之一。这一个个“贤妻”，便是最渴望爱情药的群体，巴不得有一种药可以让她们的老公永不出轨……比如肯花一百万的现成客户林 A。

女人越怯，社会风气越坏！

“林教头”眉眼含笑地说：“姑娘，我可真没有看错人啊。我就说嘛，我这么强大的祖传 DNA 怎会瞎了眼呢？”

年子也嘿嘿一笑道：“不过，这药我是真的会拿去换一点儿钱。”

“你缺钱？”

“很缺！”

“林教头”很意外：“你要买豪宅还是豪车？还是……”

“我想改变一群人的命运……不对，是改变她们的观念和思维……”

她大致给“林教头”讲了一下连山桥村的秀秀的事，末了，问：“你能不能研制出一种可以改变一些人的惯性思维的药物？”

“林教头”苦笑着摇头：“你可别为难我。要研制出改变重男轻女观念的药物，简直比制造出多巴胺还要困难得多。多巴胺只需要通过血脑屏障，可你想逆转重男轻女的观念，我目前都不知道该用什么药通过什么屏障才能逆转……”

几千年的习性，早已烙印在人们的遗传基因里，哪能想改就改？年子也无可奈何。

“林教头”忽然问：“你为什么突然想到要去改变秀秀那类人的命运？”

她不是突然想到，是想了很久了。大学的时候她去做过志愿者，参加过相关的公益活动，目睹了许多秀秀这样的留守女孩的命运。从那时候起，她就已经有这个念头了。但她只是淡淡地说：“我现在能力不足，谈不上真正改变。”

“林教头”又笑了：“其实，很多事情根本无须靠药物改变，钱才具有最大的超能力。”

年子捏着那个锦囊，不得不承认，钱的确具有最大的超能力。

可是她转念一想，不对啊。既然这东西这么值钱，“林教头”为何不自己拿去变卖了，好维持他的玫瑰农场？

“林教头”察言观色，笑道：“量太少了，在常人眼里的巨款，对我来说，用处其实并不大。”

年子松了一口气。

“林教头”告辞。走到小院门口时，他回头道：“对了，我不叫林教头，我姓云，名未寒。”

云未寒。

她还以为是云中鹤呢！

“还有，这个锦囊就算是我送你的定亲礼物。你既然收了，就代表你已经默认了。”

年子呆了呆。等到她想起追上去时，那妖人早已大步流星地走远了。

她冲着他的背影大喊：“凭借一个锦囊就想套路我？滚远点儿吧，谁吃你那一套？！大不了我不拿去卖钱，下次原样还给你就是了！”

甚至就算我卖了钱，我也不吃你这一套。黑吃黑不行吗?

周末，年子和父母逛了商场。

一家三口看了一部好莱坞大片，年子一个人吃了大半桶全家桶爆米花，出来的时候饱得很，又和父母去一楼溜达，想买几件衣服。

溜达了一会儿，父母都去上厕所了，年子看厕所排了老长的队，估计父母短时间内不会出来，就一个人在周围瞎转悠。

又走到了那家咖啡书店，年子本是顺便瞄一眼，结果又瞄到了一个巨大的展牌“全职主妇如何美美地生活”，居然又是乔雨桐的公司主办的签售讲座。只不过这次的讲座主角不再是王女士，换成了另一位女德专家丁女士。

年子随手拿起一本书翻了翻，丁女士倒没有一门心思地鼓吹女人要遵守什么三从四德，但是极力鼓吹女人回归家庭，相夫教子，把老公、孩子照顾好胜过一切……一句话就是：全职主妇是这世界上最伟大的工作，如果没有这个职业，宇宙就要爆炸了。

“喂，年子，你怎么又来了？”

年子放下书，抬起头，看到乔雨桐满脸警惕。乔雨桐其实老早就看到她了，而且真不敢相信这二十几岁的大姑娘，竟然和父母手牵着手逛商场，而且站在中间跟个小孩子似的不时地蹦蹦跳跳。

这简直是白痴啊！她想，当初卫微言的眼睛可能瞎了，或者脑子里真的进水了。

年子也笑了笑：“别紧张，今天我不来砸你的场子，我是路过，真的纯粹是路过。”

乔雨桐还是很警惕。

年子没忍住，笑嘻嘻地说：“乔雨桐，我一直很好奇，你天天鼓吹妇女们回归家庭相夫教子，把职位让给男人们，可是你自己天天出来抛头露面，一门心思地挣家庭妇女们的钱。你不觉得自己是个厚颜无耻的精神分裂者吗？”

乔雨桐气得粉脸都黑了。

年子正要离开，忽然看到一位女郎从书店里姗姗而出。只看一眼，年子就呆住了。

乔雨桐察言观色，立即上前一步，极其亲热地挽住了女郎的手："年子，我给你介绍一下，这位是薇薇，卫微言的未婚妻，也是我最好的闺密……"

薇薇，这仙女叫薇薇。薇薇的背影很美，脸更美，整个人白得发光，又带点儿楚楚可怜的气质。

年子自己也算是很白了，可毕竟是黄种人，所以跟这个牛奶色的薇薇一比，竟然觉得自己像黑炭。薇薇旁边的乔雨桐，也像黑炭。

气氛一时间有点儿微妙。

薇薇向年子点头微笑，年子也强笑着点了点头。薇薇离开了书店，年子一直盯着她的背影，就像看着一片云消失在云雾深处，心底竟然是妒忌又绝望的。

"年子，看到薇薇有什么感觉？是不是特别惊艳？特别绝望？特别死心？"

年子冷冷地说："薇薇也不怎么样。"

"啧啧……"

"她能交你这样的朋友，人品就不怎么样。"

乔雨桐气得跳脚，正要反唇相讥，年子指着她的鼻子道："乔雨桐，你最好不要再惹我，否则我马上曝光你的几段地下情。还有，你再惹我，我马上就去砸你的场子，以后见一次砸一次……"

乔雨桐眼睁睁地看着她扬长而去，竟然真的没吭声。

年子忽然觉得很痛快。她当然不会去曝光乔雨桐的事，可是能吓一吓她也很痛快。痛快之后，她又沮丧无比。

回到家，躺在床上，年子看到了编辑发来的稿费单，上个月居然只有九千多。编辑的语气也不怎么好："年小明，你这样三天打鱼两天晒网是不行的，很久不出爆款文章就罢了，可你稿子的数量也在锐减，你这样放飞自我真的好吗？我已经做了十几年编辑了，从传统出版到网站再到新媒体，见过许多昙花一现的作者，耗尽一点儿灵气，就再无下文。究其原因，无非就是不能坚持到底，自以为可以凭借一本书吃一辈子……"

很多人尚未成江郎，就已经才尽了。

年子在编辑的教训下，觉得自己简直衰到家了——爱情、事业都一塌糊涂。她弱弱地说："编辑大人，我一定尽快构思好选题……"

"什么选题？"

"那啥……相亲中遇到战斗机之类的如何？"

"老套！不过也可以试一试。"

总算把编辑对付过去了，年子擦了擦额上的冷汗，看到"癞蛤蟆"的红包信息又闪个不停。

"小姐，快出来聊天，无聊死了。"

"小姐，你最近老不回答，到底是什么意思？"

她懒洋洋地回了一句："以后别再来烦我了。"

"什么意思？"

"你就当我死了，以后再也不许跟我多说半句话了。"

"小姐，你是不是遇到什么不开心的事情了？快说出来让我开心一下。"

她不回答了，想了想，直接把"癞蛤蟆"删除了。又想了想，她索性把"癞蛤蟆"给彻底拉黑了。

仙女薇薇和年子不是一个圈子的人，年子想要打听对方的消息难如登天。薇薇的背景如何不重要，重要的是，她一现身，所有人都会惊艳地哦一声："仙女来了！"

一般女子是三分人才七分打扮，薇薇却是真仙、真美，人才有十分。难怪年子当初在卫微言的眼中会看到那么一个仙气缥缈的影子，就像乔雨桐所说："是不是特别惊艳？特别绝望？特别死心？"

这分明也是乔雨桐自己的内心独白。很可能乔雨桐也曾暗恋卫微言，但是薇薇一现身，乔雨桐就明白自己和卫微言不可能了，所以早早退却了。毕竟她是个聪明人，知道白白浪费时间毫无意义。

年子却不是个聪明人，老放不下，所以当初逼婚不成才会恼羞成怒地宣布"卫微言出车祸死了"，事后，又对其骚扰不休。她终究还抱着某种程度上的幻想。可现在她明白，这幻想该彻底破灭了。

就像"林教头"对她肆无忌惮地嘲笑："你一直对卫微言心怀鬼胎，可是人家主动找过你吗？"

没有。直到现在，卫微言都从未主动找过她。

敢情他对自己敷衍那阵子，刚好是他和仙女薇薇闹矛盾（或者还处于他的暗恋期），于是，自己莫名其妙地凑上去做了个替补？！

年子想着，自己也曾自认为天下第一（至少在父母心目中是这样），怎么就沦为人家的替补了呢？

这天晚上，年子自怨自艾地折腾到大半夜，才迷迷糊糊地睡着了。

她是被信息提示声吵醒的，有人不停地给她发微信，她烦得要命，抓起手机正准备扔开，却看到那些信息全是连山桥村的刘老师发来的。刘老师说，经过和秀秀的家长反复沟通，他们把秀秀转到了临近的一个大村学校，并且在学校旁边给秀秀找到了一个落脚点。当然，那五千块钱也给了这处落脚点的主人。

真正引起年子注意的并非秀秀的转学，而是秀秀的落脚点。秀秀住进了一个私人的“留守儿童课外作业室”。

她来了兴趣，翻身爬起来，看了看时间，还不到九点半，当即决定去看看。

年子驾车到达约定地点，已经是下午一点。刘老师早已应约等着她，见了她极其热情。寒暄几句后，年子直奔主题：“我想去看看秀秀落脚的地方。”

秀秀落脚的地方是隔壁的包谷镇，学校也是附近最大的一个乡镇中心小学。小学旁边有一座私人的二层水泥小楼。说是二层，一共只有五间屋子，好在有围墙围着一个几十平方米的小院子。

房子的主人是一对姓杨的老夫妻。杨老伯一个月有三千多元的退休金，杨老太则在自家的几分空地上种了点儿蔬菜，老夫妻的日子本来过得不亦乐乎。

但不知何时起，杨老伯家成了留守儿童们做作业的地方。最初只有两三个孩子过来，后来变成了十几个，而现在已经有了三四十人。每天放学后，三四十个孩子会把小院挤得满满当当的。

杨老伯自费添加了十几张小桌子、几十张小凳子，但仍旧不够用。孩子们活动量大，放学后一般饥肠辘辘的。杨老太就试着给他们准备一些小点心、馒头、包子或者饼干、水果之类的。最初几个孩子还好，现在三四十个，渐渐地，竟把老两口吃得捉襟见肘，退休金远远不够用了。

杨老太开始另外想办法，捡了别人不要的荒地，多种了些蔬菜甚至土豆、红薯以及主食，但架不住人多，经济上还是很紧张的。于是老两口只好自己省吃俭用，勉强度日。

年子听得不可思议，问杨老伯："你为什么想到自己出钱给他们办这样一个课外作业室？"

杨老伯很面善，很健谈，也很爽朗："退休后，我们去城里帮着带过几年孙子、孙女，后来娃们都上学了，用不着我们了，我们就回来了。城里的孩子都有各种补习班、培训班，所以城里的孩子看着可机灵聪明了。我和老伴经常说，这些乡下孩子造的什么孽，大多是留守儿童就不说了，就算不是留守儿童，他们的父母也辅导不了他们的作业。这样下去，这些孩子一辈子也赶不上城里的孩子，考好大学只怕难如登天啊……"

老两口最初的想法是，闲着也是闲着，不如让那些特别可怜、没人照顾的孩子到自己家里来写写作业。

"我早年读过大专，小娃娃们的作业还是可以辅导一下的……"

而且杨老伯还会拉二胡、吹笛子，小娃娃们觉得好玩，也跟着学。只是他们没想到，周围的孩子们听说这事后，慢慢地都拥到这里来了，而且有越来越多的趋势。他们做这件事情已经近五年了，在这五年中，曾经来过这小院子做课外作业的孩子多达几百人。正是这前前后后的几百个孩子，把老两口给彻底吃穷了。

年子问："你们的孩子没意见吗？"

毕竟许多人即便不啃老，也不太愿意父母的养老金便宜了别人。

"我们有两个儿子，最初两个儿媳妇老是互相攀比，总怕我们偏心，比较照顾另一个。后来我们一合计，他们自己的娃娃已经大了，每一家的收入都不错，我们干脆一分钱也不给他们了……"

杨老太也很面善，接口道："我以前经常给孙子、孙女零花钱，可儿媳妇一个个都不安生，总觉得自己吃亏了，生怕别家多拿了。这几年一分钱也不给他们，她们反倒不争不吵，对我们客气多了，过年过节还买许多东西回来。以前她们可是一毛不拔的……"

不患寡而患不均，儿媳妇们争的不是那几个小钱，而是都觉得老两口偏心。现在好了，没的争了，她们反而和和气气的。

杨老伯说：“我的孙子孙女们在城里都穿阿迪、耐克什么的，一节钢琴课动不动就几百块，可这些娃娃穿地摊货就不说了，一年到头连老妈老爸都看不到几眼。小娃娃们造了什么孽？我们能帮一下也是无所谓的，反正吃多少、穿多少，日子都一样过，不如做点儿有意义的事情，每天看到小娃娃们，我们也觉得热闹多了……有些实在没有人看管的留守儿童，暑假、寒假都是在我们家里过的……”

杨老伯还说：“那些专家说，不要唯分数论，可这些乡村娃娃不靠分数靠啥？分数是非常重要的啊，如果这些娃娃小学都跟不上，那初中、高中就更别说了，一辈子的命运就很难改变了……”

他们做这件事情没有任何伟大的借口，唯一的理由只是，小娃娃们太可怜了，如此简单。

年子忽然不胜唏嘘。相比之下，自己因为貌不如人而泡不到帅哥，所以整天自怨自艾、伤春悲秋，简直显得太无聊了。

杨老太拉着她的手说：“姑娘，我们已经听刘老师说过你了，只是没想到你这么年轻，这么漂亮，真是人美心善啊……你上次给的五千块钱，我们全部买了米、面、油，真是及时雨啊，我们一定要替娃娃们感谢你……”

比起这对老夫妻，年子很惭愧。自己只是偶尔为之，而且还是顺手用的林 A 她们的钱，哪里比得上这对骨子里善良的老夫妻？

年子和刘老师一起开车去镇上的超市买了一大堆猪、牛、羊肉以及各种各样的面包、饼干、水果等，再次回到杨老伯的家里时，小娃娃们已经放学了。

年子目睹了三四十个孩子济济一堂，在小院子里摊开作业本的“盛况”。原本还算宽敞的小院，瞬间变得水泄不通。

杨老太大声说：“孩子们，抓紧时间写作业，今晚我们改善伙食，吃红烧肉，都是这位年姐姐买的……”

孩子们大声欢呼。

年子也看到了秀秀。秀秀奔过来，跟见了亲人似的：“姐姐，你又来了……”

秀秀的房间在二楼，里面有两张高低架子床，住着和她差不多情况的四个小女孩。秀秀兴奋得脸红扑扑的：“姐姐，住在这里我再也不害怕了，我昨天数学测试考了一百分呢……”

年子也笑了起来，很是欣慰。

那天年子很晚才回家，一到家就开始合计自己的私人账户。她决定筹划一个“留守儿童课外作业基金”，支持像杨老伯夫妻这样的人。

现在只有包谷镇小学一个点，如果她的资金多了，能不能扩展开去，变成十个、百个点，甚至更多？

但是资金从何而来？她不由得想起“林教头”送的那个“锦囊”。以前她是给这个贫困儿童几千块钱，那个几千块钱，其实意义不大，而且也不好操作，可若是变成杨老伯夫妻这种课外教室，那么意义就很大了。

她正冥思苦想时，听到母亲在门口喊：“年子，要不要来一碗银耳汤？”

年子出去喝银耳汤，并把今天的事情简要说了一下。李秀蓝听完就说：“你现在能筹集到的钱是十五万对吧？那我给你添加五万，凑成二十万好了……”

“不用吧？你和爸爸买了新房子后也没几个钱了，我另外想办法……”

李秀蓝笑眯眯地说：“我小时候是村里的学霸，每一次都是第一名。你外公本也重男轻女，但我的成绩非常好，他很以我为傲，渐渐地就非常爱我。我代表学校去参加过小白灵歌唱比赛，但遇到城里的孩子，第一轮就跪了，因为他们边弹边唱，我只能唱还跟不上曲调，因为根本不懂乐谱；后来我还代表学校去参加过珠算比赛、物理竞赛什么的，但是无一例外，基本都是遇到城里的孩子，第一轮就跪了。虽然最后我还是考上了大学，但是我进城多年后才明白，我这样的乡村学霸，因为家里没钱进行课外的培训辅导，光靠乡村中小学老师讲的那点儿知识，其实是很难成为真学霸的……”

留守儿童们正常混完中小学就算不错了，哪里有培训特长的机会？

李秀蓝一锤定音道：“这五万我很愿意出，也不影响我们的生活。”

年子欣然接受。

可她还是觉得这点儿钱严重不足，还需要大量筹措资金。

据有关调查显示：男人最讨厌女人的是，多嘴啰唆、喋喋不休；而女人最讨厌男人的是，沉默不语、任人说破嘴他也不吭一声。

年子无聊地翻着杂志，眼看一杯咖啡快要喝完了，林A才姗姗来迟。

见面是林A提出来的，地点是年子选的。因为年子意识到一个问题：尽管已经化名“年小明”了，但是她也不能在自己家里见客户啊。为了安全起见，她决定以后一律和人约在外面见面。

虽然她总共也只有过两个客户。

林A一坐下就迫不及待地问：“年小明，你真的有那种东西？时效能持续多久？是不是可以保证效果？”

年子问她：“你考虑好了？真的想要？”

“真的。年小明，价格不是问题，只要你有东西，我甚至可以跟你一手交货一手交钱，一百万以内随你开价，我都不还价的。”

她这么爽快，年子反而有点儿踌躇。

“我可否问一个很无礼的问题？”

“年小明，你问。”

“你老公都那样了，说真的，跟狗屎一样，你还这样处心积虑地挽回这段关系，又花费那么大的代价，值得吗？”

林A笑了起来，是一种奇怪的苦笑。她当然必须挽回老公的心——准确地说，是挽回老公的钱。真正面临离婚了她才发现，除了自己手里的私房钱，她就别想分什么财产了。公司账目自己一概不知，说是股权早已质押，一分钱没有，债务却有一堆，甚至房子、车子也暗中被做了抵押。她明知渣男早已做了资产转移，可是很难拿到证据。

“最初我也有一腔热血，觉得干脆离了算了。可后来一想，真要离了，我再也住不成大别墅怎么办？没有豪车、司机怎么办？每一餐再也不是用人端上来而是必须自己动手，甚至看到爱马仕、香奈儿这些东西，再也不能想买就买……”

装聋作哑，她依旧是人人羡慕的“阔太太”，真要较真儿了，没准从天上掉到地下，从此住小屋、开旧车，迅速沦为黄脸婆不说，还会遭受亲友的白眼儿和嘲讽。面对老公出轨，假装宽容大度的女人，当然不是内心深处还多么爱老公，而是权衡利弊后情非得已做出的选择。

“当然，损失最大的是我的孩子。父母不离婚，他们便是继承人，我凭什么要把这些好处白白让给狐狸精和狐狸精的孩子？”

“……”

“年小明，你还年轻，可能还不明白生活的丑陋与无奈，就像一双沾了狗屎的高档皮鞋，可是你又没条件马上再去买一双更新、更好的，于是只好把狗屎擦一擦，还是凑合着继续穿，对不对？如果你非要觉得恶心把狗屎和皮鞋一起扔了，就算再买一双，也许新鞋子更劣质还磨脚呢？”

年子没法和她争辩，只是拿出一个很小的玻璃瓶子，像是那些专柜里的香水试用装。

林A如获至宝，但还是狐疑地问：“这玩意儿真的可以让他对我重新产生兴趣，甚至是热恋一般的感觉？”

“是的。但是有效期顶多只有半年，半年之后，药会自动失效。”

“够了，有半年也足够了。至少我可以在半年之内尽力让他和‘小三’断了，再不济也能多捞点儿钱在手上，等那时候，我就没那么被动了。”

林A迫不及待地问最关键的问题：“年小明，你收多少钱？”

“三十万。”

“三十万？不是一百万吗？”

“你是第一个客户，我先测试一下。不过我丑话说在前面，这三十万不退的。”

“怎么付款？”

“老规矩，还是捐到指定账户上，你发收据给我。”

林A倒也爽快，这次早有准备，当着年子的面便痛痛快快地打款了。末了，她又问：“年小明，你真是一个怪人，自己又得不到一分钱，这样做有何意义？”

年子索性把秀秀们的故事大致给她讲了一遍。

“有这三十万，我至少可以建立三个‘留守儿童课外作业基地’，所能惠及的孩子也许成千上万……”

她这是从杨老伯处得到的启发。杨老伯说，这几年下来，周围没事干的老邻居们也时不时会去帮忙，甚至有外地的老朋友得知消息后也曾打算效仿，只不过因为种种问题，最后难以坚持下去而已。

如果有人牵头做这件事，其实普通人的力量汇聚起来也不可小觑。

年子对林 A 说："这也算是你的福报，别看太微小、太邈远，但积少成多，你要相信冥冥之中自有天意。"

林 A 长叹一声道："好吧，谢谢你的吉言。年小明，你的确是个善良的人，以后一定能嫁一个真正的良人。"

年子笑了起来："我其实不那么在意嫁不嫁人。"

"为什么？"

"因为我有收入，即使不嫁人也能愉快、开心地生活，而且我父母也不催我。"

一点点爱情药，卖了三十万，年子很开心。

回家的时候，她给金毛大王和年大将军买了很多零食，一路盘算着，如果林 A 用了那药真的有效果，那么下次自己必将对贵妇们翻倍或者十倍地提高售价。

年大将军刚道一声"参见大王"，年子的手机就响了。

"亲爱的姑娘，我送你的礼物派上用场了吗？"

"哇，你真的在监视我？不然你怎么这么快就知道消息了？"

"我在送你的锦囊上安了一个装置，只要里面的东西少了一点点，我就会发现……"

"不是吧？这样的话，我的一举一动岂不尽在你的监视之下？"

"别紧张，我只能通过东西的减少做出判断，至于详情如何，是无法得知的……"

毕竟已经收了别人的钱，年子终究有点儿惴惴不安。

"林教头，你说这药效真的可以保证吗？"

"你问这个问题，是对我的专业性的侮辱！"

年子呵呵地笑起来。那她就放心了。

"对了，林教头，这次算我欠你一个人情……"

"既然知道欠了人情，那你就赶紧以身相许好了。"

"喂，林教头，你在哪里给我打的电话？我怎么听起来，你的声音是从天涯海角传出的？"

"聪明的小姐，可让你给猜到了，我现在正身处北极圈……"

“你在北极圈干吗？”

对方没有回答，一阵忙音传来，电话再也没有信号了。年子企图回拨，但提示那是一个空号。

真是怪了，莫非“林教头”真的在北极圈？他跑去北极圈干什么？这厮好像是个谜，随时身在天南地北，让人根本不知道他下一刻会在何方。

年子根本没想到，第二笔大生意来得这么快。林A亲自开车来接的她，一路上林A谈笑风生：“年小明，我跟你说，这个人你一定要收她五百万。原因也很简单，实在是她来钱太容易了，而且是不义之财，能多收一点儿你最好多收一点儿……”

年子注意到，十来天不见，林A像变了一个人似的，青春焕发，精神抖擞，加上精心打扮过，竟显出了几分明媚少女范儿来。

林A见她打量自己，好生得意：“年小明啊，你可真是一个了不起的神医啊。你那个药真是太有效了。我回家当天就给那死鬼吃了，结果当晚他对我的态度就变了，从此看我的眼神……啧啧啧，比他第一天追我时还要那啥。这些天他都早早回家，什么话都跟我说，和我亲昵得连我都感到害怕……”

林A压低了声音道：“说来也奇怪，我本对他满腹怨恨，一心想着要报复他，可是他这样对我，我竟然又恨不起来了。现在我们就好像初恋时一样，彼此之间毫无保留……那时候他也是真心爱我的，我真希望他能一直这样，哪怕我们以后过得穷一点儿都无所谓……唉，年小明，你说我是不是很没出息？”

年子无言以对。也许女人都是这样吧，只要男人稍微示好，女人便被感动了。

“年小明，我一定要感谢你，真的，你不是个骗子！！！”

所以她的一位同病相怜的塑料闺密在向她诉苦时，她便马上推荐了年小明。

林A的这位朋友，年子私下里称其为冷C，因为她是一位冷姓开发商的第三任妻子。

江湖传说，冷富豪有一百多位情人。年子吓了一跳：“这一百多人，我可没法一一替她辨认啊，那岂不得累死我？”

“不用你去辨认，人家自己都是认识的。”

“都认识？！”

“她们不但都认识，还都是老熟人，因为她们全部住在同一个小区里。”

年子惊问：“怎么办到的？”

“你忘了冷大富豪本来就是开发商？人家自己专门开发了一个小区，里面全部住的是他的前妻、前前妻、现妻以及各种情人。一人一套房，不偏不倚……”

年子感叹，真是贫穷限制了她的想象力啊。

“这么多情人凑一块儿，不打架吗？”

“所以说这就是人家的高明之处啊。那些情人真的不打架，虽然不能说和睦相处，但是绝对不会公开扯皮，只暗地里互相争宠，花样百出……”

年子还是狐疑：“一百多人这么夸张，他真的认得完吗？每一个他都叫得出名字吗？”

“班主任会叫不出每一个学生的名字吗？”

人逢喜事精神爽，林 A 谈笑之间话语都幽默了几分：“其实我们自己也在暗暗猜测，冷富豪是不是每天开车回去时，在小区门口，守门的大爷就会端出一盒绿头牌让他先翻一下，翻到谁就去谁家里？”

年子被逗得哈哈大笑，可随即又觉得，怎么会有人下作得如此不可思议？她警惕起来：“既然冷 C 她们一直和睦相处，那她找我干什么？”

“她老公前段时间生病了，而且好像病得很严重，冷 C 怕他死后自己得不到太多好处，所以需要他提前立下遗嘱，或者尽力多分钱给自己……”

林 A 强调：“她们那种人，财富都是以百亿为单位的，不比我们。所以我才说你一定要多收她一点儿钱，越多越好……”

年子还没回答，看到信息又闪个不停，居然又是“癞蛤蟆”的小号。自从上次她删了他，他就不停换小号来加她。

“小姐，你为什么忽然这样对我？你总要说个理由啊……”

“小姐，你现在在干吗？”

又是一连串的红包发来，年子挨着点了。

“嘿，小姐，你好无耻！你每次领完红包就删我，想领红包又加上，你简直是个小人啊！你该不会马上又要把我删除了吧？”

年子没有马上删除他，只是不吭声。

“喂，小姐，你在哪里？”

“小姐，我怎么感觉你在外面？你去了什么地方？你去那里干什么？”

有好几次，只要出门，年子就会收到他的消息。这时候，年子已经有点儿怀疑这厮定位了自己——他这是想干什么？

“小姐，这都快天黑了，你跑出去干什么？你不怕有危险吗？现在奸杀事件频发啊……”

明明现在才下午四点多，哪里就天黑了？

“小姐，你要去的那个小区看起来好奇怪……天哪，小姐，你马上给我回来，千万别去啊……”

年子索性打开了导航，看到地图清晰地显示，车子已经停在了冷香小苑的东门口，也就是冷富豪金屋藏娇的专用小区的门口。

不知怎的，她忽然很是不安。姓冷的这种人，迟早会有报应的，自己跟他的老婆扯上关系，会不会以后说都说不清楚？

她当机立断道：“你让冷C自己捐赠一百万，然后把单据发给我，我就不见她了。”

林A：“不行啊，年小明，她非要见你不可。她这个人疑心病很重的，我做中间人，她会以为我在骗她，不见兔子不撒鹰……”

“她不信就算了，反正我又不是非要卖东西给她不可。对了，不要把我的电话以及一切联系方式告诉她，否则我再也不跟你合作了。”

“年小明，不是吧？她又不会把你怎样……”

“你也说了，她的钱全是不义之财。你想，若是我跟她的五百万扯上关系，会怎么样？再说，她们的情况那么复杂，我怎么知道她拿了药想要干吗？”

“你并不直接接受她的钱，是她自己捐到指定的账户，你何来危险之说？再说，你只需要把药卖给她，管她想干吗？”

年子摇头。这可是大不同的。比如林A，真的只是将药用于挽回她自己的老公，虽然自尊不足，可是也情有可原。

可冷C，谁知道呢？再说，她自以为出五百万天价，自己就得上门求着她？她们这么复杂的情况，自己还是少掺和为妙。

年子马上下了车："好了，我打车回去，你不用管我了。至于冷C，她只能遵守我的规矩，如果非要有什么别的想法和附加条件，那么你告诉她，我唯一的态度就是，免开尊口。"

林A眼睁睁地看着年子下车，一阵风似的跑了，苦笑道："这丫头，怎么就这么跩呢？"

打车回家的时候，年子看到手机上又是一溜儿的红包。她点开红包，全是五十块的。"癞蛤蟆"怎么这么大方了？

"小姐，你是不是缺钱了？你就是缺钱也别走歧路啊，小小年纪，走歧路是不行的……"

"小姐，你知道冷香小苑是什么样的场合吗？你怎么敢跑到那里去呢？你去干吗？"

年子不听他的啰唆，点完二十几个红包后，又干脆利落地把他给删除了。这一次她不但不打算再加回他，还顺带着把他的小号也拉黑了。

因为这厮居然胆敢定位自己，简直厚颜无耻。

下了车跑进小院时，还不到六点钟，年子草草地做了杯咖啡，吃了几块小饼干，打开笔记本电脑，坐在书桌前开始发呆。

阳光从树缝里一点儿一点儿地洒下来，年大将军拍着翅膀不停地嘀咕"参见大王，参见大王……"

年子叹道："喂，年大将军，你安静点儿好不好？我好不容易有一点儿灵感，又被你给吵走了……"

年大将军啪地扑棱了一下翅膀，虎虎生风，好像在说：你自己写不出东西，怪我喽？

懒洋洋的老狗忽然慢慢地站起来走了几步，看着小院门口，竟然没有狂吠。小院门口，有个人不知道已经四下打量了多久。

年子愕然地看看对方，又移开了目光。

他径直走进来，也不看年子，只四下打量，好奇地道："这个小院不错呀。喂，老伙计，你就是金毛大王吧？"

他顺手拍了拍金毛大王的头，又冲年大将军招了招手："嘿，伙计，快说'参见大王'……"

“参见大王，参见大王，参见大王……”

“哈哈哈，果然是好伙计……对了，年子，我好口渴，给我倒一杯红茶吧……”

年子坐着一动不动，冷冷地打量着这个不速之客。

长条书桌旁边有茶壶、茶杯，他自己伸手给自己倒了一杯茶，喝了一口，微微皱眉道：“绿茶冷了之后，茶香味会消失殆尽，只剩下苦涩。”

什么茶都一样，冷了就是废渣。

金毛大王在他旁边坐下，亲昵地看着他，自他出现开始，竟然从来没有发出一声犬吠，这也是难得了。莫非这老狗老得连叫的力气都没有了？更没节操的是，就算没力气叫，它也别让一个陌生人这样随便抚摸它的狗头啊。

“以前你老是跟我讲金毛大王多么好玩，年大将军多么好玩，真是百闻不如一见啊。尤其是年大将军，你听，它居然一直在叫‘参见大王’……”

他居然走过去，擅自抓起一大把鸟粮，把年大将军的食槽添得满满的。年大将军拍着翅膀叫得更欢了：“参见大王……参见大王……”

“哈哈哈，免礼免礼，朕已经赐你们平身了。不过，老伙计，敢情你就只会这么一句啊？”

转眼见到金毛大王充满期待的眼神，他又抓一大把鸟粮给它，那老狗立即十二分亲热地摇了摇尾巴。

“这俩老伙计，真是太有意思了，我一看就太喜欢了。来，来，来，金毛大王，坐我旁边，嗯，就是这样……真乖……”

这是卫微言第一次来她家里。以前她多次相邀，明里暗里，费尽唇舌，他都无动于衷，现在他却自己跑上门来，还在这里大放厥词。

“年子，你家这小院真是漂亮，我真该早点儿来坐一坐的。”

以前她邀请他时，他就像被敌方抓住的特工，怎么严刑拷打都不被腐蚀、不为所动，甚至有好几次，他从外面的街道路过，也绝对不肯进来坐一坐。现在他说这些是什么意思呢？

他自己坐下，气定神闲地环顾四周：“年子，你干吗一直不讲话？”

以前二人在一起的时候，总是她讲话。她叽叽喳喳的，什么都说，什么八卦都告诉他，还给他讲无数搞笑的段子……有时候自己都笑得肚子疼了，可他总是坐着，冷着脸，就像笑神经已经全部死亡。

这样的尴尬场面，贯穿了她狂追他的一年多的时间，她一度以为他真的是个面瘫，不是演技面瘫，是终生面瘫。

他盯着她和她面前的电脑，意味深长地说：“年子，你还记得一件事情吗？”

年子一脸疑惑。

“有一次你告诉我，你父母出去旅行一周，那一周的时间都只有你一个人在家里，所以你极力邀请我来你家玩。当时我就在琢磨，为什么非要趁着父母不在家邀请我？孤男寡女是想干什么？”

年子一口血差点儿喷出来，可她张了张嘴，又无话可说。

是的，那一周她疯狂地邀约卫微言，几乎每一天都要各种明骚暗撩，目的就是把他诓到家里，然后……嘿嘿嘿……

“我曾经看过一个新闻，一个俄罗斯美女把一个健身教练掳到她家里整整七天七夜，等被警察解救时，可怜的小伙子已经被糟蹋得不成人样了……喀喀喀，据我所知，年子你曾经练过十几年散打，现在也坚持不懈，是不是？”

年子终于恼羞成怒了：“你以为谁要囚禁你、强占了你不成？别做梦了好吗？”

卫微言老老实实地点了点头：“可我当时真的就是担忧这个。”

他居然好死不死地又补充了一句：“我记得那时候你每天看我的眼神，都像是要生吃了我似的，我一度好生惊恐……”

年子一口血真的吐出来了。他却懒洋洋地站起来，又往四周看了看：“好饿啊，年子，你家里有东西吃吗？”

“没有。”

“啧啧啧，干吗这么高冷？你以前不是最喜欢给我叫外卖的吗？要不你马上给我叫个外卖吧……哪怕榴梿的也行。”

别做梦了，叫外卖不要钱啊？现在谁还肯花钱捉弄你？年子端坐如泰山，内心冷笑：反正我不饿，你饿了你就快滚吧。

“也罢，我去看看你家里有没有什么吃的东西……”

年子不可思议地看着他，看着他就这么大摇大摆地登堂入室，走进了自己家的厨房。

花园连通内室的门，就是厨房门。下一刻，她便听到某人兴高采烈的声音："哈，年子，你家的冰箱居然是满的，这么多好材料。要不我们今晚自己动手，做几个小菜吃吃？"

年子本想追进去下逐客令，可听到这话，又坐着不动了：她好震惊，卫弱智居然还会做饭？！

"年子，你要不要给我打个下手？我做几道拿手好菜给你吃？"

"不去不去，要吃你自己做，休想我动手。"

"以前我还觉得你挺勤快的，想当初追我的时候，你不是二十四孝女友吗？怎么现在这么懒了？暴露本性了不是？伪装那么久不辛苦吗？唉，算了，我自己动手……"

任他怎么冷嘲热讽，年子就是不动。可是盯着笔记本电脑的屏幕，她却根本写不出什么东西，满脑子都是好奇，又听到厨房里乒乒乓乓的。这厮到底在干吗？他会不会把我家厨房给弄炸了？

一个多小时终于过去了，年子忍不住了，站起身刚蹑手蹑脚地走到厨房，就听到有人说："快别东张西望了，帮我把饭菜端出去，要开饭了。"

年子目瞪口呆地看着那一大盆刚刚起锅的仔姜鲜锅兔，上面一把翠绿的香菜，真正是色泽红艳、汤鲜味美。

"就我们两个人，一个菜、一个汤就够了……年子，快别发呆了，赶紧把菜端出去……"

年子真的把一大盆仔姜鲜锅兔端出去了，一边走一边嘀咕："这厮怎么就那么会找呢？冰箱里那么多东西，他偏偏把这只兔子给找出来了。这可是一个乡下亲戚特意送来的散养兔子。"

才七点多，初夏的天色很亮，漫天晚霞还在头顶。

一盆仔姜鲜锅兔、一个蔬菜汤、两大碗米饭，年子第一次在自己家里和一个男人一起吃饭，觉得怪怪的，而且还是那个永远一身灰色衬衣的"不食人间烟火"的男人。她曾以为，这一幕永远不会实现。

"年子，别傻坐着啊，快尝尝味道……"

这厮竟然反客为主，年子真不知道这是自己家还是他家了。

年子夹了一块兔肉。兔肉砍得很小块，很入味。

"哈哈，是不是觉得味道特别鲜美？怎么样，我的厨艺不是吹的吧？"

她不动声色地开始猛攻兔子。某人渐渐发现不对劲儿了，叫道："你慢点儿啊，吃慢点儿啊……这么多，你还怕被人抢完了不成？吃饭的速度不要这么快，吃饭快的人最终一般都会变成大胖子，因为不知不觉就吃下去太多东西……"

年子哪里会理他，一口气吃了两碗饭，把一大盆仔姜鲜锅兔吃得七零八落，只剩啃不动的小骨头。再来一碗蔬菜汤，年子吃饱喝足，瘫着简直不愿意动了。

"年子，此刻你是不是特崇拜我？"

她真的有点儿好奇："你什么时候学会做饭的？"

"这还需要学吗？做饭这么简单的事情，是个人都会！"

"……"

"有些人谎称啥都不会做，要么是矫情，要么是真的白痴。做饭是人类与生俱来的本领之一，就算有些菜不会做，网上随便搜一搜教程也就都会了，那些人怎么好意思厚颜无耻地宣称自己不会做饭呢？"

年子这下不好意思再矫情地宣称自己不会洗碗了，只好默默地、自觉地去把碗筷收拾了，把桌子也重新擦得干干净净的。

一应事情处理完毕，只见那斯早已泡好了一壶茶，怡然自得地站在花架前面逗弄年大将军："哈哈，再叫一声'参见大王'……嗯……就是这样……真乖……"

然后，他头也不回地道："年子，你看，今晚的月色多好……"

月亮很大，很圆，映着尚未彻底退去的太阳的暗影，形成了一种罕见的奇异景观，风一吹，淡淡的花香更是四散开来。年子将目光从月亮上收回来时，看到他已经走到了自己面前。

"年子，你爸妈今晚不会回来是不是？"

月色下，他的眼睛非常明亮。他灰色的影子，就像是精灵般，安静而缥缈，好像刚刚仔姜鲜锅兔所带来的烟火味道，忽然间就烟消云散了。

年子狐疑地看着他，疑心自己走错了场景，疑心那顿饭从来不曾存在过。

他还是沉默，距离她却更近了，近得两个人能感受到彼此炽热的呼吸。

这气氛不对。她低下头去，内心却不由自主地疯狂躁动，又隐隐地恐惧。明明这是她曾经幻想的一幕，事到临头，怎么忽然怕成这样？

她忽然后退，连退了好几步，差点儿踩住了金毛大王的尾巴，惊得这老狗汪的一声叫起来。

“呵……卫微言，你走吧，以后别再来找我了……”

他看着她，笑容定格在嘴角。

“为什么？”

“为什么？”她忽然怒了。

她忽然想起那个仙气缥缈的身影——薇薇。和他一起出双入对的薇薇，和他那么默契的薇薇，那是他眼中出现的唯一的影子……现在，他居然问自己为什么？

声音冷得出奇，她道：“卫微言，我们之间早已结束了，最好不要再打扰对方了……”

他若无其事地道：“我从未打扰你啊，一直是你在骚扰我。”

所以，他有了未婚妻还要继续享受被撩的滋味？反正他不主动、不拒绝、不负责？

她忽然想起了冷大富豪——回来的路上，她搜索过冷大富豪的许多资料。冷大富豪很有钱，目标也很明确：我这么有钱，就是要多找女人，多生孩子。冷大富豪还有一个规矩：他自己可以随意找女人，但是他的女人绝对不许出轨，否则就会让其一无所有地被赶出去。

一想到这天下的男人（卫微言）都可能和冷富豪一样“内心阴暗”，年子就真的忍不下去了。

“年子……”

“我们之间没什么好说的了，你快走！”

“你对我有误会……”

“误会？什么叫误会？难道乔雨桐说你有未婚妻还是假的不成？卫微言，你真是太虚伪了！呵，一边要结婚了，你一边又吊着我，享齐人之福很爽，是不是？我都没想到，你竟然是这样的人……”

他也不急于反驳，听完才淡淡地说：“原来如此！我就说嘛，当时好端端的，你却忽然要分手，还给我安了个得艾滋病死了的罪名……”

年子忍无可忍地道：“你早有心仪的对象了，却还继续吊着我，你不觉得自己厚颜无耻吗？”

他还是若无其事地道：“你有什么证据？”

“乔雨桐公开介绍薇薇是你的未婚妻，这算不算？”

“乔雨桐几时成我的代言人了？”

年子恨不得一耳光给他甩过去。

见她抬起手，他赶紧后退一步：“喂，年子，你想干吗？”

“我没想干吗。”

卫微言瑟缩了一下：“女侠，你其实不怎么样啊……”

“什么不怎么样？”

“听风就是雨，也没有独立的分辨能力，亏我还以为你和其他人不一样呢，结果还是一介莽夫。”

这话听着很熟悉，对不？每一个出轨被捉的男人几乎都先来这一套：打死不承认，除非你实打实地把他堵在床上。年子气极，反而笑了。

“年子，你笑什么？”

她冷冷地说：“卫微言，以前的确是我不对，是我厚颜无耻，可你放心，我以后再也不会骚扰你了。”

“凭什么你说不骚扰就不骚扰？”卫微言意味深长地说，“年子，是不是最近在忙一些奇奇怪怪的事情，所以你没空骚扰我了？有些人、有些事，是沾不得的，你一上歧路，终身无路。”

年子奓毛了：“我怎么了？我干什么见不得人的事了？”

卫微言摆手道：“别激动，别激动，我知道你凡事都有分寸。我只是提醒你，有些事情是很危险的，你千万别和小人为伍。”

“小人？谁是小人？”

“江湖比你想象的更险恶。单身女子，随时得多一个心眼儿。”

年子狐疑地说：“卫微言，你知道吗？”

“什么？”

“我认识你以来，你以前说的话加起来还没有今天一天说得多。”

卫微言笑嘻嘻地说：“我不说了，时间也不早了，先回去了，改天再聊。”

年子眼睁睁地看他离去，忽然追了上去：“卫微言……”

卫微言回头，笑嘻嘻地说：“你爸妈今晚真的不回家？”

年子怔住，竟忘记自己要说什么了，然后眼睁睁地看着他扬长而去。

那天晚上，年子躺在床上，失眠了，老想起卫微言那话：和小人为伍非常危险。那么问题来了，谁是小人？

第五章

女德专家

林A隔天再次登门，语气很急促："年小明，你给个面子啊，不然我这里没法交代啊……冷C非要见你一面不可，让我无论如何要代为安排……"

年子惊奇道："她为什么非要见面不可？她不相信我可以不买东西啊，我又不强卖。"

"她不光要买，还想买许多，所以非要跟你见一面不可……"

"药效无须当面验证！"

"她家三姐妹都巴结冷富豪。她本以为三姐妹可以彻底垄断冷富豪的宠爱，没想到冷富豪还是花心不改……"

年子听愣了，竟然还有这种操作？

"她可能是想彻底买断你手中的药，毕竟她也怕其他竞争对手知道后也找你买……"

年子并未说"我手里只有一点儿"，只是摇头："我感觉这个客户很难缠，算了，我不做她的生意了……"

话音未落，林A的手机响了，她接听后，面色有点儿难看，把手机递了过来："冷C！她说她要跟你说几句……"

年子摇头，林A索性开了免提，只听得电话里，冷C高声道："年小明，你听清楚，我给你钱！你要多少我给多少！我给你一千万，你把所有东西都卖给我，记住，全部给我，再也不要给其他了。你定个地点，这样吧，见面时我再给你加一百万。说穿了，你搞得这么神秘不就是想要高价吗？钱的问题好说，你开口就是了，没必要摆谱……”

我去，这人这么跩？隔着电话年子都能感受到冷C即将用钱砸死人的那种澎湃气势。

“年小明，你明天下午到我指定的地方见面，我带现款去。”

年子居然好死不死地回了一句：“你知道彻底买断要多少钱吗？”

“你开个价。”

“一百亿！一分不少！”

“年小明，你是不是傻？”

“你才是傻子，你全家都是傻子，一个比种马还不如的男人，你还三姐妹一起上，你不但傻，还贱，仗贱走天涯那么贱……”

林A看着已经挂断的手机，目瞪口呆，半晌才长叹一声：“果然还是年轻气盛啊。年小明，你怎么就这么冲动呢？这次你死定了啊。”

和客户在电话里对骂，年子自己都觉得有点儿那啥。可是这人不是客户，连“潜在客户”都不算。

林A喋喋不休地埋怨：“年小明，你真的是太冲动了，太冲动了啊……”

年子站起来，看着林A道：“你叫她今后彻底断了这个念头，就算她真出一百亿我也不卖了。”

林A也站起来，连连摇头：“年小明，我还是要提醒你，有些人你是惹不起的。比如这个冷C，她可不是一般人……”

“她不就是一个超级擅长宫斗的高手吗？还能怎么不一般？”

“年小明，这你就错了，她可不只是宫斗高手。她能从一百多个女人中脱颖而出，牢牢把持着冷富豪第三任妻子的位置，这就不是一般人能做到的。这些年下来，她凭借冷富豪的关系，手握大量财富就不说了，而且真正是有钱有势……”

林A犹豫了一下还是说道：“实话告诉你吧，冷富豪旗下的某个网络金融公司也是她在实际管理……”

“P2P？就是俗称的高利贷公司？”

“反正你跟她正面冲突，是绝对没好处的，说不定她会对你不利……”

年子很干脆地说："难不成她还上门抢劫？或者派她的高利贷打手上门打我？"

"年小明，你真的太年轻了，不懂世道险恶。"

"好吧，怀璧其罪，我索性把这东西全部毁了。"

"别，别，别，这么好的东西，千万别毁掉啊……"

年子拿出锦囊，在她面前打开，若无其事地将其倾倒出去——林A只嗅到一股奇怪的香味，随即便觉得里面的东西彻底消失了。

她惊呆了："年小明，你……"

年子还是若无其事地说："我卖钱也不是为了自用。像你所说，这玩意儿不但不会给我带来好处，还会带来灾害，我拿着何用？那我不如彻底将其毁了，让冷C这种人死心。"

林A目瞪口呆，半晌才徐徐地说："年小明，你真是个怪物！"

年子笑了笑："如果你们真要买这玩意儿，我其实可以推荐一个地方……"

"什么地方？"

"北郊五十千米外有一个玫瑰农场，农场主叫作云未寒，他才是这种爱情药的发明人。"

"云未寒？"

"云未寒是个医学博士，多巴胺提取物的全球领军人物。你找到他，便会解决一切问题，想买多少这种药就可以买多少。而且，只要费用合理，也许你们还可以找他量身定制爱情药。"

林A大喜过望："那可真是太好了。年小明，你有他的联系方式吧？"

年子不假思索地便把云未寒的手机号码告诉了她。

周五下午，柏芸芸打电话来，一定要请年子吃饭。年子赶去指定的餐厅，才知道这饭不是白吃的，她要帮柏芸芸把关，看看对方打算结婚的男友。

男友姓苏名南，据说是在某投资银行工作的青年才俊，也正是柏芸芸暗恋多时的男神。苏南一身休闲装，个子很高，长得很胖，跟年子想象中的青年才俊差距有点儿大。

苏南一看到年子，眼睛就亮了，笑嘻嘻地伸出一只肥厚的肉掌："年子小姐是吧？芸芸经常向我提起你这个好闺密啊。"

年子不动声色地抽回手，在他们对面坐了下来。

菜是早就点好的，年子一坐下就看到开始上菜了。其间二人不停地打情骂俏，肆无忌惮地虐狗，年子在一边只顾大吃大喝。过了一会儿，不知柏芸芸怎么不高兴了，噘着嘴发小脾气，苏南便说："你看你，脾气坏，性子急，除了我，没人受得了你啊……"

柏芸芸便瞋了他一眼，又高高兴兴地夹了一片蔬菜沙拉。年子见柏芸芸清瘦了很多，就问："柏芸芸，你都这么瘦了，怎么光吃蔬菜沙拉？"

柏芸芸还没回答，苏南先笑道："女孩子就得苗条高挑，胖了就显得痴蠢了。"

"苏南好细腰，芸芸吃沙拉。对了，年子，你也少吃点儿吧，现代男人都喜欢瘦子，没人喜欢胖子，微胖都不行……"

苏南也以极其熟稔的口吻说："年子，有男朋友了吗？要不要我帮忙介绍一个？"

柏芸芸："苏南，你认识那么多青年才俊，赶紧给年子介绍一个呗。"

年子摇头："不用了，谢谢。"

苏南："年子，你得抓紧时间啊，女生只要过了二十三岁，黄金时期就过去了，过了二十五岁价值就不大了，再过三十岁，基本上就没有优秀男人会问津了。你和芸芸一样都是二十三出头吧？供你们选择的余地已经不大了啊……"

"为什么女人过了三十岁就无人问津？"

"因为女人一过三十岁，生育价值就大打折扣，一只不下蛋的母鸡，你认为男人会感兴趣吗？"

年子很震惊，不知道柏芸芸是从哪个垃圾堆里扒拉出这么一号人物的。

年子放下筷子，不经意地看着柏芸芸："你们真打算结婚了？"

"是啊，我都准备辞职了……"

"辞职？结婚为什么要辞职？"

还是苏南抢先道："女孩子结了婚，就得在家相夫教子啊，不辞职怎么行？"

年子还是看向柏芸芸：“你好不容易读了大学，就这么辞职甘心吗？”

苏南道：“把孩子教育好，把老公伺候好，这才是一个女人最大的价值，上不上班有什么关系呢？再说，女孩子上班也无非一个月几千块钱，顶得了什么用？依我看，女孩子读大学还勉强，读到研究生、博士这种，真的就是‘灭绝师太’，根本不可能再嫁到什么像样的男人了。毕竟但凡有点儿志气的男人，都看不起这种所谓的女强人……”

大清亡于 1912 年，距今已经一百多年了。但是，年子并没有怼他，也不再多话，只是默默地吃饭。

中途年子去洗手间，柏芸芸也跟来。柏芸芸很是热情：“年子，时间还早，饭后我们再去逛一下商场吧。”

“我没什么想买的。”

“我想去给苏南买个钱包。他现在用的还是他前女友送的钱包，我看着很不爽，想买个新的给他换了……不过，年子，你别误会，他和他前女友早断了，是因为他的前女友劈腿他们才分手的，不怪他，只不过男人都粗枝大叶，没注意换钱包这些小细节……”

年子没忍住：“你真打算辞职跟他结婚？”

“他很希望我辞职。他说结婚后，希望每天回到家看到家里干干净净，有美味可口的热饭热菜，至于挣钱，本就不是女人的事，交给男人去做就行了……”

年子不得不提醒她：“男人所谓的‘我养你’，和我们想象的可是不同的啊，那就是给你一口饭吃，却要你生儿育女、包干家务、伺候他连带他的父母，这真是你想要的生活？再说，你苦读十几年，工作不过两年就回归家庭生儿育女做家务，这简直是对教育资源的极大浪费啊！”

柏芸芸甜蜜地叹了一声：“我的情况你也知道，家境不好，也没嫁妆，更不是什么大美人，能找到苏南这样的人已经算是我的福分了，哪敢再挑三拣四的？”

年子很意外。

“柏芸芸，你几时变得这么自卑了？”

“不是我自卑，这是现实啊。我也知道，苏南身边出没的女生全是白富美级别的，相比之下，我真的算条件最差的。如今他肯娶我，我哪敢再摆架子？再说，我那工作表面上看起来不错，其实经常被老板训斥，被同事排挤。苏南说，女人何苦去受那份闲气呢？不如照顾好自己的小家，那才是女人最大的成就……”

苏南说、苏南说……口口声声都是“苏南说”，年子竟不知道，才几个月的时间，柏芸芸就被洗脑成这样了。

那天晚上，年子并没有陪柏芸芸去逛商场，饭后立即独自回家了。躺在床上时，年子老觉得这件事情不太对劲儿，那个叫苏南的男人也绝非什么良配，可是这时候，她没法去劝说被恋爱冲昏了头的柏芸芸。而且，年子也没想好该怎么说，所以干脆沉默。

“癞蛤蟆”又发来红包：“小姐，聊天时间到了。”

她懒洋洋地点了红包，随手发了一句：“你对你未来的老婆有什么要求吗？”

“什么意思？”

“这么说吧，你希望你的老婆多生孩子吗？”

“哦，不愿意。”

“为什么？但凡有几个钱的男人，不都巴不得女人多生吗？有些人十个八个都不嫌多的……”

“法国总统马克龙在一次演讲中曾经说：非洲穷是因为孩子生得太多，生得太多是因为妇女没文化。”

“可偏偏有些大学毕业的女人也这么认为，觉得女人唯一的价值就是多生孩子。”

“大学毕业并不代表人格素质也毕业了。事实上，现代社会有许多女人，尤其是其父母受教育程度很低的女人，自小接受的就是重男轻女的思想，就算长大后上了大学，这样的思想也根深蒂固……还有，小姐，你要知道，现在男人们鼓励女人回归家庭多生娃，本质上有两个原因：一是韭菜严重不足了需要多栽韭菜；一是经济不景气，工作岗位大大萎缩，需要女人们做出牺牲让出位置。可要是男人直接喊女人让位，女人们会反抗的。但换一种方式，比如给她们套上‘生育（家庭）价值大于一切’的光环，那她们往往就很乐于接受了……”

年子一拍大腿，觉得这简直太有道理了。

“这社会，历来只尊重经济价值较大之人，家庭妇女们的贡献其实也蛮大的，但她们毕竟并不直接产生经济价值，所以往往很快沦为附属品，丧失在家庭和社会中的话语权。但是，要让她们承认这一点是很难的，因为她们早已在男权的洗脑中完成了自我催眠和自我感动……”

这话简直是一针见血啊。年子觉得，应该马上让柏芸芸看看这话。

“不对啊，小姐，该不会是你想要辞职去为某个男人生儿育女（做免费保姆）吧？”

年子哈哈大笑。

“小姐，你笑什么？”

“我本来一度很悲观，觉得男人都那样，没什么好东西，可从你身上，我还真的看到了一点儿希望……”

“嘿嘿，所以三观相投才能成夫妻。”

“我呸！”

年子又嘴贱了：“哥们儿，能问一句不，你和你前女友到底是为什么分手的？”

“前女友？你说哪个前女友？”

“难不成你还有好几个前女友？”

“……”

“这么说吧，你为什么会和你最漂亮的那个前女友分手？注意，是最漂亮的那个……”

“我没有什么前女友。”

“没有前女友？！一个都没有？！”

“没有！”

我去，这人也太虚伪了吧？年子忽然有些愤怒，觉得这厮简直是信口开河。他怎么敢如此明目张胆地撒谎呢？如果他连一个前女友都没有，那自己算什么？

“小姐，你干吗忽然问这么奇怪的问题？”

“你真的没有很漂亮的前女友？”

“很漂亮的女人，我倒是认识一两个，不过也不是我的前女友啊。”

“哈，不是前女友是什么？难道还是你暗恋人家？”

“暗恋有什么不好吗？暗恋可是恋爱里最省钱的一种方式！”

年子把手机扔到一边，再不搭理他了。

·

年子再次见到柏芸芸，是在柏芸芸的出租屋里。柏芸芸居然割腕自杀，虽然她的手腕上只有很小的一道血痕，可年子还是大为震惊。

“老天，柏芸芸，你这是怎么了，怎么忽然想要自杀？你疯了？！”

柏芸芸一把鼻涕一把泪地说：“都怪我……全都怪我……是我疑神疑鬼。我看到他和前女友通电话，以为他们还没断干净，就和他吵。他说受不了我的多疑，要跟我分手，可是我怎么能真的跟他分手呢？”

“所以，你就想通过自杀来挽留他？”

“我……我其实只是吓唬他……毕竟他对我那么好……”

年子问：“他对你怎么个好法？”

“他说要买一套房子写我的名字，还要买一辆车给我代步，还把婚戒都看好了，是一个两克拉的戒指……”

“那他买了吗？”

“这不全都让我自己给作没了嘛……”

就在这时候，柏芸芸的手机响了，她接听几十秒钟后，变了脸色，彻彻底底多云转晴。几分钟后，她挂了电话，满是泪痕的脸上露出笑容：“他还是惦记着我的，他很紧张，说马上来看我……我说你陪着我，不用耽误他的工作，我会自己回去的。他今晚在加班，最近都很辛苦，说想为了我们今后的生活多打一点儿基础……”

不知怎么的，年子想起传说中的那些 PUA 男。那些所谓的搭讪艺术家，最喜欢用贬低压制女性来彻底摧毁她们的自尊，然后彻底控制她们，其目的，是骗钱骗色。据说这样的 PUA 骗局非常广，几乎成了一个产业链。

年子不知道柏芸芸是不是掉进这种坑里了。她再看柏芸芸的枕头上，居然还放着一本书，正是女德专家丁某的《论一个家庭主妇的修养》，开篇就是：伺候好丈夫、孩子和家庭的女人是三代人的福分，女人最大的美德是隐忍和克制，比如有什么好吃、好穿的必须先给老公，被老公打骂也要忍着，最好反省一下人家为什么会打你，是不是你本来就欠揍？

“柏芸芸，你怎么想到买这样的书？”

“是苏南送给我的。他说这本书非常好，他们圈子里的哥们儿人手一本，都送给了自己的女友或者老婆。我看了看，里面的某些观点的确有一定的道理……”

年子忍无可忍地说：“柏芸芸，你还记得连山桥村的秀秀吗？她们想要上大学而不能上，你上了大学，怎么反而走了邪路？”

柏芸芸不以为然地道：“这怎么能算是邪路呢？女人的工作能力和机会都不如男人是事实，女人选择做家庭主妇，不和男人争抢地盘难道不行吗？”

“可家庭主妇的苦，你现在还不知道。”

柏芸芸的脸色很难看：“年子，你不上班，小白领的苦你也不知道。我每天在地铁上挤出一身臭汗，随时看老板的脸色，有时候还被客户骚扰，可每个月到手的也就那么几千块钱。上班真的就很有意义吗？”

年子并未说自己每天码字，经常是十二至十五个小时。她没去公司坐着上班，并不代表无法自力更生。而且上班的人还有周六周日，她全年无休啊！她只是就事论事地说：“好吧，我不跟你争论这个问题。我只提醒你，苏南一直在给你画饼啊。无论房子、车子还是戒指，他都是空许诺，没有一件事情落到了实处，对不对？”

柏芸芸：“……”

“那我换个问题：你和苏南相处这么久，他送了你什么昂贵礼物？给你花了多少钱？”

“爱情不是用金钱衡量的，爱情也不需要那么物质……我……我这不是还没辞职吗？我自己的收入足够花销，不需要他给我花钱。他说等我辞职后，会每个月固定给我家用的……”

年子没再对柏芸芸讲什么大道理，只说：“柏芸芸，你敢不敢跟我打个赌？”

“打什么赌？”

“你说苏南今晚在加班，你敢不敢跟我去看看，他到底在加什么班？”

柏芸芸笑起来，很笃定地说：“他是个工作狂，肯定在加班。别的他可能骗我，这一点是不可能的！年子，你输定了！”

车子快到苏南的公司门口时，年子忽然有点儿紧张。不知怎么的，她很希望是自己错了，自己输了——苏南真的在加班。她看着柏芸芸笑吟吟地打电话："喂，苏南，你还在办公室吗？还在加班啊，好辛苦……"

年子松了一口气。

柏芸芸脸上的笑容更深了："我给你煲了冰糖雪梨汤，马上给你拿上去……什么，你不在办公室里？你在哪里？"

柏芸芸挂了电话，脸上的笑容消失了，慢吞吞地说："他说他在应酬客户，没有在公司……"

套路，一样的套路，年子却硬着心肠道："既然他是在应酬客户，那我们就去看看是什么客户呗。"

"可是，我不知道他在哪里……他又不肯说，直接挂了我的电话……"

这还不简单吗？手机定位那么方便。

半个小时之后，车子停在了一家酒吧门口。

进门的时候，年子注意到，柏芸芸的手一直在微微发抖——柏芸芸的手其实只是划破了一点儿皮，根本谈不上什么伤，可现在，年子真担心对方随时会倒下去。

老远就听到莺莺燕燕的声音，烟雾缭绕中，年子一眼就看到了吧台前面左拥右抱的苏南——实在是这个高大的胖子太引人注目了，无处躲避。他抱着一个有着黑长直头发的美女，二人一边嬉笑一边喝交杯酒，周围的人则起哄叫好。

喝了两口，苏南干脆抱着美女一通狂啃，周围的人笑得更加狂野了。

柏芸芸都快站不住了。年子拉着她正要出去，忽然踩了擦身而过的人一脚，她急忙道歉，对方抬起头，大叫道："年小明，怎么又是你？"

被踩的人居然是乔雨桐。

听到乔雨桐的声音，苏南等人一起看了过来……好死不死，他们竟然是一个圈子里一起喝酒的朋友，好像今晚在搞什么聚会。也难怪苏南会带丁某的书回家送给柏芸芸了。

苏南看到柏芸芸，很不高兴，厉声道："芸芸，你怎么会来这里？"

柏芸芸还没回答，乔雨桐却连声冷笑道："年小明，你简直跟鬼一样，哪里都能见到你啊……"

她的声音很大，旁边一个男人立即走过来，一把推开她，死死地盯着年子："哟，你就是年小明？"

年子后退了一步："你是谁？"

"我是谁你都不知道？上次你不是还说要一百亿卖什么药给我老婆吗？怎么后来又不卖了？"

这人居然是冷富豪。冷富豪已经喝了不少酒，醉醺醺地斜着眼睛看年子。

"据说你有一双可以看到男人是否劈腿的透视眼？那你看看我，你能看出我玩过多少女人吗？"

一只咸猪手托住了年子的下巴，冷富豪极其轻浮地说："你要是能看出我玩过多少女人，我就让你也做我的女人……"

年子反手就是一巴掌打过去。

"哟，你这小妞儿还挺凶啊，居然还敢动手……"

年子拉着柏芸芸就跑。

冷富豪厉声道："贱人，你打了人还想跑？"

两个穿便装的壮汉忽然从人群里闪出来，一左一右拦住了二人。柏芸芸惊慌失措，年子拉着她往后退。冷富豪大摇大摆地走到她们面前。

可怜的柏芸芸，脸都吓白了，惊惶地往苏南的方向看去，多么希望他马上站出来，至少向冷富豪求个情。可是苏南彻彻底底地别过了脸，看也不看她一眼。

年子也把苏南的反应看得一清二楚，然后她还看到了乔雨桐。乔雨桐尽力隐在围观者中，一脸看好戏的表情。

年子一下明白了：乔雨桐早就处心积虑查过自己，否则，不可能知道自己这个笔名。

若不是乔雨桐大喊一声"年小明"，冷富豪根本不可能注意到二人，也不可能主动生事。乔雨桐分明是故意的，瞅准了机会，马上把人往死里整。

年子暗叹一声："乔雨桐，本来我都不想多事，可这次之后，我要不整死你，我就不姓年了。"

一群人围着两个女子，如一群狼围住了两只羊。

冷富豪早已有了几分醉意，肥胖的猪蹄子一把拉住年子的手，动作十分轻浮："这样野的妞儿我还真没有见识过，看在你颇有姿色的分儿上，我就费点儿心思好好调教调教你，让你知道究竟该怎么做一个真正的女人……"

一个耳光再次重重地落在冷富豪的脸上，他明明早有准备，竟然没能避开。

这一次，他彻底怒了："小贱人……"

又是一个耳光打到他的脸上，他还是没能避开。

"我练了近二十年的散打，就是为了有一天可以让傻子好好跟我说话！！！"

围观者都愣住了。冷富豪哪里还绷得住，一挥手，两名保镖正要冲上来，忽然听到报警器响了，有人大喊："警察来了，警察来了……查嗑药的来了……查嗑药的来了……"

冷富豪变了面色，围观者也本能地四散逃逸。

酒吧一阵纷乱。年子拉住柏芸芸就跑，两名保镖只能先去顾着冷富豪，分神之间，年子二人已经跑出大门了。一口气跑过两条街，跑到车子的临停处，年子二人匆忙上车，一溜烟儿地驾车跑了。

柏芸芸瘫在副驾驶座上，整个人吓得面色都白了。年子却稳稳地开着车，没事人一样。好半晌，柏芸芸才回过神来，愣愣地说："年子，你怎么知道要提前报警的？"

"这很奇怪吗？娱乐场所，多少都有点儿不清不白……"

年子第一眼见到苏南，就觉得这个面团似的白胖子有问题，至少是那种玩起来疯得要命的人。这种人出没的场合，怎会一点儿问题都没有？而且她胆敢孤身去娱乐场所，不做点儿准备怎么行？难道让她白白去送死吗？

所以年子进门之前，先报了警，然后还给了对面街道的两个乞丐一人两百元，叫他们在差不多的时间，就跑到门口大喊"警察来了"……如此，无论警察有没有及时赶到，至少吓人一跳是肯定没问题的。

年子从来不做任何鲁莽的事情。可是都准备得这么充分了，她居然还是碰到了乔雨桐，被人揭破了身份。

年子本以为悄悄地让柏芸芸看清楚苏南的真面目，让她死心就行了，现在好了，自己和冷富豪算是结下大梁子了。

柏芸芸忧心忡忡地说："你当众打了冷富豪三个耳光，他肯定要报复的。年子，我真是对不起你，让你为了我惹下了这么大的麻烦……"

年子也头疼不已。宁愿得罪君子，也不能得罪小人，从冷 C 的那副嘴脸来看，年子就知道冷富豪会更无耻。毕竟不是一类人不进一家门，物以类聚，臭虫的身边只会全部是臭虫。

柏芸芸瑟瑟发抖地说："年子，现在我们该怎么办啊？"

"回家。"

"我……我怕苏南找我……"

"你回我家，不用怕他。"

柏芸芸又瘫在座位上，也不知道是担心年子的安危，还是对目睹苏南的真面目感到悲哀。半晌，她才低声说："其实我有时候也很怀疑苏南是否真的爱我，因为我给他买过钱包，买过手机，买过衣服，可是他只送过我两个玩偶，而且还是从商场的免费抓娃娃机里扫码抓来的……"

"他向你要礼物的方式也很委婉是不是？比如手机是前女友送的，领带是前女友送的……什么都是前女友送的，你看着不爽，就想干脆自己买了给他替换掉。于是为了消除他前女友的痕迹，你快把自己榨干了，对不对？"

年子猜得完全正确。

二人谈恋爱期间，柏芸芸给他买过许多礼物，有些甚至是上四位数的单品……渐渐地，她每个月的工资除了自己必需的衣食住行的花销，竟然全部花在了他的身上。

可是，他给她的从来都只有甜言蜜语。他给她描绘了无数美好的蓝图，但是没有一样实现过，甚至绝大多数时候约会吃饭，也是她买单。而且他总说她脾气坏，长得一般，家境也不好，能找到他是她的福分……久而久之，她也真的觉得自己一般，离开他后，可能再也找不到比他更好的男人了。

可是她就算真的离开了他，他也是没有任何损失的。然后他会继续用这一套理论，让下一个女子继续心甘情愿地替他买单。

柏芸芸很是好奇："年子，你是怎么知道得这么清楚的？"

"我前段时间写东西时，专门研究过一个词，叫作 PUA。据说这个群体十分庞大，有几百万渣男，他们全部是利用'恋爱'的口号，打压洗脑女性，让女性在自卑中认同自己的女奴身份，然后达到骗财、骗色的目的……我第一眼见到苏南，就觉得他简直是为这个词量身定做的……"

也许是旁观者清，年子一眼就看出这男人有问题。如果苏南是别人的男朋友，她当然犯不着多事。可柏芸芸是她最好的朋友，她没办法坐视不理，才想到干脆来一个狠的方式，不然柏芸芸永远不会死心。

现在好了，她惹上大麻烦了。

“年子，大不了我和苏南分手，换一份工作，可是你……唉，我真的对不起你……”

年子呵呵笑起来：“你别担心，我不怕。”

“怎么能不怕呢？冷富豪是什么人？我们是什么人？真的惹不起啊。他可不是苏南那种小角色……”

年子强颜欢笑着，其实很是头疼。当晚她安顿好惊惶绝望的柏芸芸之后，一个人躺在床上发呆，半晌，拨通了一个电话。

“喂……天哪，可爱的姑娘，年大小姐，你终于舍得主动给我打电话了？今天是吹的什么风啊？”

“林教头，你听好了，有个叫冷大富豪的人，他现在要找我的麻烦，你快点儿去把他搞定。”

“老天！自从你把我卖给冷C后，我就猜到你会给我惹大麻烦。果然！！！不过你怎么会惹上冷富豪的？你们明明是没有交集的两个人啊……”

她把今晚的情况草草地讲了一遍，云未寒在电话那端大叫：“姑娘，你可真是太能惹事了。不过幸好你不是白痴，不然你今晚都别想全身而退啊……”

“所以，我才要你搞定接下来的事情啊。”

“要搞定冷富豪可不是简单的事情啊。”

“那我管不着了，这是你的事情。我虽然根本不知道你林教头到底是何方神圣，可是我想，你既然有那么大一片玫瑰农场，那你绝对不是泛泛之辈……”

一个在一线大城市近郊有上万亩土地的人，当然不可能是泛泛之辈。

“年姑娘，你可真是给我惹大麻烦了啊……”

年子毫不客气地说：“谁叫你给我弄了个什么透视眼？若不是因为这个，我就不会到处得罪人；若不是因为这个，我就不会惹上冷富豪。所以，归根结底，全都怪你，你不去搞定他谁去搞定？”

“好，好，好，都怪我，全都怪我好了吧？唉，年姑娘，下次你可要给我消停一点儿啊，要不然我真的分身乏术啊……”

年子好奇地问：“你还在南极洲？”

“北极圈！年子，你到底是什么记性？”

“噢、噢、噢，失敬、失敬，是北极圈。你在北极圈待这么久？”

“已经在回来的路上了，要不然，你怎么能这么容易就联系上我？”

“哈哈哈，那可真是太好了，要不然我就危险了。”

云未寒没好气地说：“你也知道自己危险了？既然知道自己危险了，那以后你就收敛一点儿。”

“好、好、好，我以后绝对收敛，绝对做一只缩头乌龟，再也不多事了，也不敢多事了……”

第二天，冷富豪没有任何动静，第三天也是风平浪静。龟缩（提心吊胆）了两天的二人，见没什么事情，也就慢慢放松下来。柏芸芸请的两天病假（逃亡假）也到期了，她必须回去上班了。

苏南倒是发来了几条消息，语气甚是痛心疾首。

“芸芸，你真让我失望，你怎么会和年小明这样的泼妇成为闺密？”

“芸芸，你是个单纯的好女孩，如果你从此远离年小明，我还是愿意再给你一次机会的……”

“芸芸，你为了自身安危也必须离开年小明，她这种蠢妇、毒妇、悍妇，简直是天下男人的噩梦，是人人得而诛之的对象，你跟着她混没有好下场的，她会把你带坏的……”

柏芸芸直接把他的联系方式拉黑了。可能是手腕上的自残血痕还有当晚目睹的场景……让她就像是一个忽然从迷梦中清醒过来的人，她竟然觉得一想起苏南就很恐怖。

一个魔鬼般的男人，自己当初怎么就迷恋上他了呢？柏芸芸觉得简直不可思议。

年子见她还是有几分惶恐，就叫她下班之后还是继续暂住自己家里，柏芸芸欣然接受了。

可等柏芸芸一大早去上班后，年子还是有点儿不安，她想再给“林教头”打电话确认一下，可连续拨打两次，电话居然不通。于是她又惴惴地想：自己会不会高估林教头了？若是他搞不定冷富豪，也许冷富豪的打击报复就在后面啊。可她转念又一想，这样提心吊胆也没什么实际意义，便横下一条心，反正兵来将挡、水来土掩，怕死也没用。

她开始码字，一口气写了一万字，抬起头就见已经快日落西山了。金毛大王忽然汪了一声。年子抬起头，看到了小院门口白衣如雪的身影。

她竟有点儿欣喜，几步迎上去：“林教头，你可终于现身了。你若是再待在什么北极圈，我得被你给害死了……”

“姑娘如此热情，我可真是受宠若惊啊。”

云未寒上下打量着她：“你那天晚上没吃亏吧？”

“这倒没有。可冷富豪挨了我三个耳光，我一直怕他打击报复。”

“嘿，我还以为你胆大包天根本不怕呢。”

年子长叹了一口气：“逞匹夫之勇，岂有不怕之理？实不相瞒，我这几天坐卧不安，老怕惹祸上身……”

逞能一时爽，事后吓破胆，这就是小人物的悲哀，实力不对等，她做对了也是错的。

云未寒笑道：“放心吧，冷富豪今后不会找你的麻烦了。”

年子好奇地问：“你是怎么做到的？难不成你真的比冷富豪还有钱？比他还牛？”

“我既不比他有钱，也不比他牛，只不过他有求于我，所以愿意在这种小事上妥协。”

冷富豪居然有求于云未寒？年子真的震惊了。

“他有什么事需要求你？”

“冷C想要跟我合伙开发那个爱情药。据我所知，冷富豪表面上超有钱，但实际上他的负债额惊人，如果无法成功转型，他的下场也许不会太美妙……对了，冷C对外号称是他的第三任妻子，其实并不是，他们没有领取结婚证。”

年子关心的不是这事。她很意外地问道：“你怎么说？你答应和冷C一起做生意了？”

“最初我也很犹豫，毕竟在这之前，我并未想要真的和谁合作。但是她很有诚意，反复和我的助手磋商，而且条件开得也越来越优厚，远远胜过之前多家找上门的风投公司……”

对方愿意投入巨资，他当然乐于接受，而且对方主动再三降低条件，他也免去了反复谈判的麻烦。

不知怎么的，年子竟然很失望。她明明知道“林教头”这么做是“双赢”的事情，可是一想到他居然能毫无芥蒂地和冷C这样的人合作，就满心不是滋味。

“冷富豪挨了几耳光，肯定觉得丢了面子，好在据说当天酒吧光线暗淡，混乱不堪，你出手又快，绝大多数人根本没看到你打他，看到的又全是他的跟班小弟，被严令封口，不得外传这事。否则就算我告诉冷C你是我的未婚妻，他们也不见得会忍下这口气……”

年子长吸一口气：“你竟然跟冷C撒这样的大谎？”

“不然呢？我还能怎么说？我说你只是一个路人甲，跟我毫无关系，然后让冷富豪放你一马？”

年子不吭声了，懒洋洋地坐在椅子上，感觉这世界越来越没有意思了。

可她终究还是忍不住道：“林教头，你就不能不和冷C合作吗？”

“为什么？”

“他们那一伙儿人全是人渣啊。你跟他们合作，不怕拉低自己的人品吗？”

云未寒不以为然地说：“任何生意都只是生意。如果这世界上的所有商人都要先看人品再做生意，那可能诸多跨国公司、百年老店就不存在了。”

云未寒这是在做生意，不是要挑选老婆，所以当然不会在乎对方“私品”如何了。年子既没法指责他，也没法劝阻他，有些意兴阑珊。

云未寒却一本正经地道：“姑娘，我有必要向你科普一下。这世界上的男人本质上是一样的，正因为荷尔蒙的冲动，多巴胺的转瞬即逝，所以花心可以说是其生物天性，否则就没必要研究长效的‘爱情多巴胺’了。有句话叫作‘有钱的男人都花心’，其实这是不对的。因为没钱的男人也花心，只不过他们碍于囊中羞涩，没有花心的机会和条件而已。事实上，只要你去各大低等红灯区走一走就会明白，穷男人偷偷去这种地方解决生理问题的现象简直是再普遍不过了……”

年子：“……”

云未寒在她对面坐下，凝视着她道：“这么久不见，年姑娘，你这态度有点儿令人伤心啊……”

“我的态度怎么了？”

“难道不该是一日不见如隔三秋吗？更何况，我们这么长时间不见了……”

年子懒洋洋地道：“一日不见如隔三秋，十日不见如隔三十秋，我们可能已经隔了三百秋，都到老年痴呆的地步了，哪里还热情得起来？”

云未寒哈哈大笑：“姑娘的意思是怪我离开太久了？要不今后我们试着朝夕相处看看？”

他笑的时候，年子盯着他的眼睛看。距离这么近，每一次都这样，除了自己的影子，她什么都看不到。

他眨了眨眼：“年姑娘，你这是在审视我吗？”

年子狐疑地道：“你这样的男人，不可能没有女人，可是我竟然什么都看不出来。你是不是使了什么妖法，把人给屏蔽了？”

“你认为我会蠢得把自己也暴露在实验对象的观察范围之中？”

“实验对象？你终于承认我是你的实验对象了？”

“姑娘，别抠字眼儿。我只是告诉你，你根本不用怀疑我，因为我早就说过了，在男女之事方面，我还是个纯洁的少年。而且我因为太过了解此道，反而对此并不那么渴望和猴急……”

“你都研究得这么透彻了，却从未经历此事，你骗鬼啊？！”

“科学家研制出各种抗癌药，但并不一定非要自己把各种癌症都得一遍。就如你自己写小说，可能塑造了一个超级坏的人渣，难不成你也要先亲自把人渣干过的所有坏事先干一遍？”

年子哑口无言。

云未寒站起身来，看着小院门口。年子顺着他的目光看着小院门口，愣住了。站在门口的人也看着他们，目光比他俩更加奇怪。

还是云未寒先走过去，微微一笑，极其客气地说：“是伯父吧，我叫云未寒，是年子的朋友……”

年爸爸也很客气：“原来是年子的朋友，请坐、请坐。”

云未寒和年爸爸寒暄了几句，再次很客气地说：“伯父，今天贸然登门，实在是太仓促也太失礼了，改天我再登门拜访。好了，时候不早了，我就不打扰你们了。”

“慢走。”

云未寒又看了年子一眼，笑道：“年子，再见。”

年子硬着头皮挥了挥手，勉强说了一声“再见”。

年爸爸一直看着云未寒走远，才慢慢回头。

年子站在原地，尴尬得要命。她早已告诉父母，柏芸芸要在家里住几天，所以这几天二老都不会回来。没想到现在老爸忽然回家，又恰好碰到云未寒，搞不好还以为自己撒谎。年子硬着头皮道：“那啥……老爸，云未寒只是我的一个普通朋友，他刚从国外回来，路过一下而已……”

年爸爸并没有急着对云未寒发表什么看法，只是点了点头：“我回来拿一本证件，因为明天要出差。对了，柏芸芸还没回来吗？”

“她已经发消息说在回来的路上了。”

年子为了不让父母担心，并未告诉他们发生了什么事情，而且柏芸芸来这里留宿是经常有的事情，年爸爸自然没有特别在意。

年爸爸进门去拿了证件，正要走，忽然看到小院茶几上的一个极其精美的小盒子：“年子，这是什么？”

年子一看，糟了，这是云未寒带来的东西，之前他没说是什么，她也没来得及问。她打开盒子，只见里面竟然是首饰三件套：项链、耳环、手镯。她看不出材质，但首饰璀璨斑斓，十分华丽。

就在这时，她的手机响了，正是云未寒打来的：“对了，年子，我给你带了一份礼物，就在那个小盒子里，希望你喜欢……”

年子仓促地道：“你如果还没走太远，就回来拿走吧。”

“这是我专门送你的。”

“我可不敢收你这么贵重的礼物。”

“不算太贵重，我只是偶然看到，觉得很别致，所以买了送你。好了，不说了，我在开车，改天联系你……”

挂了电话，年子看到父亲的目光，更是觉得有嘴也说不清楚了。她讪讪地道：“爸，我和他真的只是普通朋友，这东西我会还给他的，我对珠宝首饰压根儿一点儿兴趣也没有……”

年爸爸拿起项链十分仔细地看了看，连盒子都仔细地看了，然后将其放下，和颜悦色地说：“年子，你已经成年了，有些事情，我知道你是有分寸的，也无须向我们解释什么。只不过人心叵测，任何时候你都要想想，别人付出代价究竟是想从你身上得到什么……”

父亲走后，年子一个人坐在椅子上发呆，觉得很惭愧。当初她草率地宣布和卫微言的婚讯，又一怒之下宣布卫微言“出车祸死了”，还因为相亲得罪亲戚，让父母在亲友中很是为难……现在她仔细一想，自己竟然是个超级不让人省心的“熊孩子”，也真不知道这些事情发生之后，父母到底是怎么忍耐下去的。

柏芸芸回来时，已经是晚上九点多了。她瘫坐在沙发上，疲惫不堪地嚷嚷着：“好累，真是累死我了，休假两天，得连续加班五天，也难怪许多妇女宁愿看人脸色也不愿意出去上班，实在是在家做做家务、打打麻将，真的要比朝八晚九地上班的日子舒服多了……”

年子不以为然地道：“为了舒服一点儿，所以宁愿长年累月地看别人的冷眼？”

“当然不，所以我还是选择累一点儿，毕竟每个月万儿八千的，自己用还是很舒服的。算了，我也想通了，房子暂时买不起，也不想了，今后我把钱全部用在自己身上，小存一部分，生活质量就绝对高多了……”

“只要你今后不再给苏南这样的人花钱，你的生活质量就低不到哪里去。”

“唉，别提了，一提他我就觉得自己早前跟中了邪似的。年子，你知道吗？我上次给他买了一个四千多元的钱包啊。四千多，我自己都舍不得用啊……”

柏芸芸一边说，一边轻捶自己的头：“我真恨不得捶死自己算了……我当时怎么就蠢到这种地步呢？”

年子伸手去旁边桌上拿了一个小盒子给她。柏芸芸拆开盒子，见里面是一个金属链子的小包包。她大叫道：“哇，年子，你怎么送我这么贵的东西？”

“下个月就是你的生日，我寻思着送你一件什么礼物，想来想去也没合适的，就送这个了……”

毕业之前，二人去逛国金中心，在一溜儿的奢侈品店里徘徊时，柏芸芸一眼相中了一个金属链子的小包，可看看上万的标价，只能感叹自己可能一辈子也买不起这个包了。

现在，她拿着这个包包，真是百感交集。

“这可是我生平收到的最好的生日礼物，果然是一看到昂贵礼物，心情就好多了！唉，年子，若你是个男人，我一定二话不说就嫁给你了。”

年子哑然失笑。

“对了，苏南没有再骚扰你吧？”

“说来也奇怪，我拉黑他的联系方式之后，他竟然什么动静都没有了。我还生怕他纠缠不休，可是他就这么消停了。”

年子想，一定是“林教头”顺带打了招呼，毕竟苏南只不过是冷富豪的小跟班而已。

周五下午，年子去了商场，习惯性地在那家咖啡书店门口驻足，赫然又看到了巨大的展牌“养育孩子，是女人唯一的伟大！”

这一次的讲师是一位中年妇女。她最成功的是：在老公完全甩手不管的情况下培养出了一个上哈佛大学的儿子。于是她写了一本书，向大众分享自己的经验。

年子早早地去角落坐下了。果然，不一会儿她就看到乔雨桐带着那位“成功妈妈”出来了。然后，乔雨桐坐在了第一排的边儿上。

主持人做了简单的介绍之后，“成功妈妈”便开始侃侃而谈，其核心思想便是：女人最大的价值在于生孩子、养孩子、教孩子，否则哪怕你是硕士、博士甚至成为女总统，你的人生都毫无价值。这位有着二十年经验的全职妈妈，自认其价值远远大于任何女强人。

在如雷的掌声中，年子站了起来。

“我想问作者两个问题：第一，你怎么知道没有孩子的女总统们就不幸福，就没有人生价值？而且，你哪里来的那么大的脸，竟然觉得自己的价值大过一个女总统？”

乔雨桐看到她，脸色彻底变了。

年子根本无视她，继续问：“第二，母亲养育孩子当然是应该的，可丧偶式育儿本就是一个悲剧，却被你生生描绘成了喜剧，那你的丈夫在你们家庭中算什么地位？你就是借他的小蝌蚪用一用？还是说他只是你们母子的提款机？”

育儿专家尚未回答，乔雨桐先炸了：“年子，你是不是疯了？你专门跑来跟我作对是不是？”

“没错，我就是来砸你场子的。乔雨桐，你在做你闺密伴娘的那天晚上，干了什么还记得吗？”

乔雨桐气得浑身发抖，却真的闭嘴了。

年子也不搭理她了，只提高了声音道：“秋瑾女士曾经在《敬告姊妹们》中写，我们二万万女同胞，还依然沉沦在十八层地狱，一层也不想爬上来。足儿缠得小小的，头儿梳得光光的；花儿、朵儿，扎的、镶的，戴着；绸儿、缎儿，滚的、盘的，穿着；粉儿白白、脂儿红红地搽抹着。一生只晓得依傍男子，穿的、吃的全靠着男子……

“一世的囚徒，半生的牛马！当年秋瑾女士耗尽了力气甚至生命所争取的受教育和工作的基本权利，怎么到了你们口中，反而变得毫无价值了？”

前排一个男人也站了起来：“这位读者，你这么说就过分了，简直太极端了……”

“没错，女人只要能生孩子，读不读书、工作不工作有关系吗？”

“现在光棍儿那么多，人心不稳，就像那些无聊的剩女，国家真应该强制把她们许配给光棍儿……”

一群男人围攻着年子，年子无法招架了。

育儿专家笑了起来，泰然自若地清了清嗓子，可是她还没开口，又有一个男人站了起来：“我也说几句吧……”

主持人急忙道：“真没想到今天的读者分享会竟然来了这么帅的一位帅哥……帅哥，你请讲吧。”

帅哥笑了笑，语气很是温和：“其实男女是一个整体，而不该敌对，更不能互相轻贱。要判断女性是否该争取工作的权利，也非常简单，只要放眼全球就知道了。但凡女性地位低下、工作机会很少的国家，基本上比较野蛮、落后、贫穷。反之，女性受教育程度高、工作能力强，国家强盛的概率就大多了。因为女人和男人一样，都是生产力，四只手远远胜过两只手，解放女性，其实就是解放生产力……”

乔雨桐死死地瞪着那个男人，简直不敢相信自己的眼睛。

年子也愣愣地站在原地，心想：这厮怎么会来这里？

主持人：“这位帅哥说得可真好，是的，男女是一个整体，不能对立，相辅相成才能成就和谐社会……”

台下响起一片掌声。于是，育儿专家的新书分享会就在笑声中这么草草结束了。可能是怕年子再生事端，连原定的签售环节都取消了，一干人直接从后门通道走了。

年子也想趁机溜掉，可是刚走几步，就听到有人喊自己："年子……"

她只好停下脚步，讪讪地回头："你怎么来了？"

卫微言的脸上一点儿笑意也没有了："我早就听说你专爱砸人家场子，果然。你还真是不怕死！"

年子梗着脖子道："我……我听不下去，所以忍不住拆穿这些阳奉阴违的人……"

其实她真的打算"改过自新"，今天是专门来找乔雨桐一个人的麻烦的，结果又变成了砸女德专家的场子。

"好了，我不打扰你了，先走了……"

卫微言冷冷地道："若不想死那么快，你以后就少逞能。我要是你，以后再也不来这家咖啡书店了。"

"要不是乔雨桐想整死我，我也不会来的……"一看卫微言的脸色，年子立即变了口风，"好了，我走了，以后再不来了，连这家商场都不来了……"

也不等卫微言回答，她就一溜烟儿跑了。

年子气喘吁吁地跑回家，才发现母亲早就做好了饭菜。母女俩吃了一顿丰盛的晚餐后，在小院子里喝茶聊天。

李秀蓝不经意地问："年子，你是怎么认识云未寒的？"

年子吓了一跳，急忙跑去书房把云未寒送的那个小盒子拿出来。李秀蓝仔仔细细地看了全套首饰，说道："这东西价格肯定不便宜，你还是找机会还给他吧。"

年子嘟囔道："爸爸怎么跟你说的？"

"你爸也没说什么，只说那小伙子看起来有点儿阴，只见了一面，也没法准确评判。我没见到人，就更没办法评判了……"

年子愣了一下，大叫道："没错！没错！爸爸说得真是太对了。我就一直觉得云未寒很阴，就是阴，你不知道他到底是什么人那种'阴'……不过，妈，你放心，我跟他真的只是普通朋友，不会再有其余的关系了。"

李秀蓝竟似松了一口气。

年子立即明白了：父亲是不看好云未寒的。这年头，父母强迫你嫁的人，你可以不嫁；但父母极力反对你嫁的人，那你也最好不要嫁。毕竟古话说得好，“不听老人言，吃亏在眼前”。

年子心里一动，好奇地问：“那你们以前都是见过卫微言的，你们怎么说？”

她和卫微言交往期间，曾想方设法地让父母见过他两三次。

李秀蓝慢吞吞地说：“卫微言可能是我们见过的最质朴的人了，不过……”

年子替她接了下去：“不过再好我们也分手了，而且人家也一直没有真的爱上我，所以说什么都没用，是不是？”

“年子，你这是什么意思？”

年子苦笑道：“也没什么意思，我就是觉得遗憾而已。”

“你还是过不了这道坎儿？”

年子不吭声了。是的，她就是过不了这道坎儿。一想起仙女般的薇薇，她更是过不了这道坎儿。

第二天，年子决定去找卫微言。

出发之前，她翻遍了母亲的衣柜，想找一套“高雅、端庄又有范儿”的衣服。

李秀蓝是个很自律的人，多年下来身材保持得极好，审美眼光也不错，她买衣服讲究一个原则——买一件算一件。所以她的衣橱里全是历年累积下来的精品，其中不乏某些大牌的衣服，当然还有一应搭配的包包、首饰。许多年轻时的衣服，她早已不穿了，但年子正好用得上。

年子成年之后，但凡有需要盛装出席的场合，基本上都是去衣橱里翻母亲的存货。

找了半天，年子找到一件很新、很淡雅的蓝色连衣裙，试了试，刚好。然后她又精心化了一个妆，这才出门。

一路上她想了无数个场面：比如主动请卫微言吃饭，或者就在他的家里一起做做饭，给他打下手（增进感情）……至于借口嘛，也是很好找的，就当她感谢他在育儿专家的分享会上为她仗义执言。可是她刚刚走到卫微言的小区门口，就傻了。

小区门口，两个美女正谈笑风生，看样子在等人，而且已经等了好一会儿了。

一看到她，乔雨桐就不爽了："年子，你简直是阴魂不散啊，怎么会在这里？"

年子的目光却落在薇薇身上。这是年子第一次和薇薇面对面相遇。

薇薇依旧一身雪白的裙子，仙姿缥缈。对上年子的目光，薇薇只是点了点头，笑了笑，笑容很温柔，没有任何攻击性。

乔雨桐却警惕地上前一步，亲热地拉住薇薇的手："薇薇和卫微言要结婚了，我替他们约了一家第一流的婚庆公司，今晚核定一些细节。年子，你要不要也来听一听？毕竟卫微言也算是你的朋友……"

年子淡淡地说："你这么热心，我还以为是你自己要结婚呢。"

乔雨桐笑得很做作："我是单身狗，不着急。年子，你有合适的对象也可以告诉我一声，我介绍婚庆公司给你，包你满意……"

"谢了，你还是留着自己用吧。"

年子转身就走。偏偏乔雨桐还在问："哟，你特意来找卫微言，怎么不等一等？就这么走了，你不是白跑一趟吗？"

按照年子的脾气，当时她是真的要回去和乔雨桐她们一起等一等的。毕竟她用大脚指头都能想到：她们也在外面等，连钥匙都没有！

可是她加快了脚步，仓促地离开了，就像是一条落荒而逃的丧家之犬。

实在是因为那个薇薇真的太美了，美到年子看到她，便会有一种油然而生的自卑感。

如果年子觉得自己有几分姿色的话，那薇薇就是有十分姿色。所以明知乔雨桐很可能是在随口胡扯，可由于这种微妙的自卑心理作祟，年子竟然没办法再坚持下去。

年子很沮丧，茫然地回到家，看到一个身着白衣的人站在紧闭的小院门口。

真是讨厌，现在起，她看到穿白衣服的人就讨厌。可那个讨厌之人偏偏一看到她就几步走过来，目光带着审视和意外之意："年姑娘今天打扮得这么漂亮，真是少见啊……”

她懒洋洋地说：“林教头，叫你不要登门，你又来干吗？”

云未寒反问：“你今天打扮得这么漂亮，又是所为何事？”

年子破罐破摔了：“唉，打扮得再漂亮也没用啊，看不上我的人还是看不上我……再说，我也没人家漂亮，唉……”

“听你这口气，卫微言的新欢是个大美女？”

“超级大美人！保证你看了也得心跳加速。”

“男女审美目光是不同的，见仁见智，至少在我眼中，年姑娘才是一等一的大美人。”

年子被逗得笑起来，明知道这是假话，可人人都爱听假话。

云未寒目光闪烁地道：“既然从未享受过被人热烈追求的滋味，那姑娘何不试一试？”

年子还是很沮丧：“你的意思是要热烈追求我吗？”

“有何不可？”

她盯着他那张美得不可思议的桃花脸，哈哈大笑道：“好吧，我就肆意妄为一次吧。再说，有你这么帅的人追我，说出去我也好吹吹牛。”

“可不是吗？这世界上的男人并不是只有卫微言一个！”

“好吧，林教头，我们今天的约会怎么开始？先吃饭还是先看电影还是先干吗？”

云未寒双眼发光：“姑娘，你这‘先干吗’三个字耐人寻味啊。要不我们‘先干吗’？”

“别胡扯了。走，先去看电影，看完再吃饭。”

“唉，又是竹篮打水一场空。姑娘，不带老这么忽悠我的。”

走了几步，年子忽然想起什么，赶紧停下脚步：“对了，你稍等片刻，我先去拿一个东西……”

云未寒一把拉住她的手：“要是拿那套首饰，你就别去了。那不是什么太值钱的东西，你太过较真儿，反而显得小家子气。”

年子本能地要缩回手，但是云未寒很自然地和她十指紧扣，在她耳边柔声道：“如果你都不试一试，怎么知道最终我们合不合适？”

她没有再挣脱，可是一路上都觉得怪怪的，好像满大街的人都在看她——可事实上，压根儿没有任何人看她。

两个人走到电影院后，这种感觉就更奇怪了。电影院里人很多，到处是手拉手的情侣。年子忽然明白怪在哪里了——自己和卫微言也一起看过电影，但是从不这样手拉手——当然是他不愿意（至少，她以为他不愿意，也不敢频繁地主动去拉他）。

他们看的是一部文艺片，节奏很慢，年子看得昏昏欲睡。直到一个人俯身下来，轻轻在她的脸上亲了一下，当他再往下的时候，她清醒了。

年子感觉有些惊悚，赶紧挣脱他的手。云未寒微微一笑，在她耳边低声道："是我，别紧张……"

我去，就因为是你，我才更紧张。

看了电影，又吃完饭，上车后，云未寒拿出一个精美的大盒子。

"这是什么？"

"拆开看看不就知道了？"

年子拆开盒子，里面是一个大牌的口红套装，几十支口红，各种色号应有尽有。

她叹道："无功不受禄！当然，主要是我不差口红，而且一个人也用不了这么多口红。"

云未寒不以为然地道："别用功利的思想衡量恋爱。"

"可林教头，你这金钱攻势很容易腐蚀人啊？"

"三毛说的还是谁说的？如果恋爱婚姻不落实在吃饭数钱这些方面上，就没办法长久，是不是？"云未寒意味深长地说，"自然界法则如此，雄性动物求偶之前，要么展示自己美丽的羽毛，要么送雌性动物食物以讨好对方，具体到人类，基本上也是按照这个思路走，这有什么好奇怪的？毕竟人类也只是一种动物而已……"

年子忽然很好奇："林教头，像我这样的实验对象，你到底有多少个？"

云未寒板着脸道："别问这种无聊的问题。"

"如果对每一个实验对象你都这么花钱，那你得花不少冤枉钱啊。"

云未寒目光灼灼地说："年姑娘就是不肯相信自己是唯一的，对不对？"

幸好这时候到家了，年子不用再面对他快把人融化的目光了。他停好车，几步走过来帮她打开车门，待得她下车后，才轻轻搂住她，像正常的情侣一般亲了她一下。

年子第一次享受这种待遇，可是很不安——感觉在和一个机器人约会，对方做一切事情都是按照程序走的，哪一步该干吗，计算得恰到好处，分秒不差。这么熟练的动作，说“林教头”不是老手，鬼都不信。

那天晚上，月色很明亮，树影很斑驳，云未寒告别的声音有些沙哑，听起来特别性感。

“姑娘，我们明天再约。”

年子有些意外，这么频繁约会不像他的风格啊。

“你最近很闲？”

“不，我一直很忙。”

“那你明天还有空约会？”

“我想尝试一下真正谈恋爱到底是什么样子。就如姑娘你上次所说，我动辄消失三两个月，你都不相信我是在追你。所以我研究了一下普通人的恋爱心理和恋爱过程，决定这段时间多花点儿精力在你身上……”

年子好奇地问：“这段时间过后呢？”

“以后的事情以后再说。谁能真正把未来看得清清楚楚、明明白白？”

年子长叹了一声：“好吧，明天开始，我就带你在我的亲友圈亮相，在所有人面前嘚瑟一下，我也找到这么帅的男朋友了！”

云未寒似笑非笑地说：“主要是在卫微言面前嘚瑟吧？”

年子一把握住他的手：“知我者，林教头是也。”

云未寒反握住她的手，眨了眨眼，附在她的耳边说：“其实，如果你不这么说，今晚我都想留下来了，不过还是先等你死心塌地地爱上我再说吧……”

他的灼热气息实在是太暧昧了，年子顿时心慌意乱，赶紧避开。

“不过能让你在卫微言面前嘚瑟，这也间接说明了我的实力以及你对我的认可，我还是很荣幸的……”

月色下，那是一个如三月桃花般的男人。年子不得不承认：容貌上，他真的不输给卫微言。

“好了，姑娘，我们明天见。”

年子目送他的背影远去。他的身影、他走路的姿势，都有一种无法描述的意境，就像一抹雪在月色下的远山中渐渐融化。

年子回头，听到年大将军叫道："参见大王……参见大王……"

金毛大王也随即空洞地汪了一声。年子注意到，每次"林教头"来，金毛大王都要叫，从来不曾例外。这老狗好像不太喜欢他。

年子加班加点地写了一篇文，并非为了稿费，也不是为了名利，而是"扒"乔雨桐本人以及她的女德公司。年子"扒"的内容当然不是乔雨桐的绯闻，而是从她的公司如何年赚几百万着手，讽刺她一边打着女德的旗号呼吁全职主妇们放弃工作，一边自己拼命工作赚全职主妇们的钱。文中详细说明了乔雨桐的收入、豪宅、豪车以及她这些年因为"创业"所获得的无数荣誉。

这篇文经过几个大号的转载，竟然成了爆款，也是年子写文以来点击率最高、最热的一篇文。

年子不知道乔雨桐看到这篇文是什么心情，也不在乎。反正她文中引用的数据全是在公开场合可以查阅的，她也不怕乔雨桐去告。

第二天晚上，年子正要洗洗睡了时，手机来消息了。

癞蛤蟆："小姐，你的报复心真是太强了……"

年子发了一个冷笑的表情："是吧？我自己也这么认为。人打还打，人骂还骂，别人要我死，我也得让别人残。"

"癞蛤蟆"没有再回复消息。年子也没有再主动给他发消息。

年子的表姐在家族群里发了几个大红包，宣布她即将结婚的喜讯。抢完红包，说完祝贺的话语，亲戚们自然例行"关切"年子。

"年子，我们家族的适龄女性，现在就剩你了哈……"

"年子，你的要求不要太高了，差不多的就行了，岁数越大，就越找越差……"

偏偏堂姑姑好死不死地在群里发了一句："人家年子是非'高富帅'不嫁的，你们就别瞎操心了……"

年子装死，一声不吭。

这年头，大龄剩女就像有什么原罪似的，什么人都可以出来"关心"

几句。

面对这种“关心”，年子也有过无数憧憬——有朝一日，我要找到一个“高富帅”，带到他们面前，把他们的脸打得稀烂。

这“高富帅”疯狂追求我，我要风给风要雨给雨，天天珠宝、钻石、名车、豪宅地堆上来，几乎快要把我给淹没了……昔日嘲笑我的亲戚朋友，现在羡慕我羡慕得要死，妒忌我妒忌得要死，简直爽得不要不要的。

年子想着想着，忽然笑起来。

“姑娘，什么事情令你笑得这么灿烂？”

年子抬起头。这厮竟然像幽灵一般，无声无息地出现在小院里。

午后斜阳把他手里的红玫瑰映照成了一片金红色。

“这是我从玫瑰农场里提炼出的最新品种。”

七朵玫瑰，献给这天下唯一的姑娘！任何少女听到这话，都得醉了。年子都差点儿无法自控了。

这花、这人……她盯着玫瑰，呵呵笑起来：“林教头，你这么会撩，可你想过后果吗？”

“后果？”

“我若真被你撩动了，到时候你又想撒手离去，你知道会有什么后果吗？”

云未寒上前一步，凝视着她：“你说。”

年子别过头，竟然说不出话来。

云未寒微微一笑，手指轻轻指着她左侧的心口：“等你这里空了，我就坐到你身边来。”

他在她对面坐了下来。

她好奇地捧着花，生平从未见过这么漂亮的玫瑰，不是一般的玫红色，是火焰似的血红色，热烈、奔放、新鲜、娇艳，花瓣的边缘也没有丝毫枯萎的迹象，竟然如玉石雕琢而成。

“这就是你提炼多巴胺的原材料吗？”

“这是我特意为你种植的。”

“……”

“我自从见你第一面起，就想为你培植一种特别的玫瑰，经过反复试验，终于成功了七朵。”

说话的时候，他一直凝视着她的眼睛，眼神没有丝毫伪饰。

年子有点儿失神，感觉就像在看一出偶像剧，因为剧情太夸张，连自己都不敢相信。可一般人在这种强大的攻势下，很难保持理智和冷静，纵然是年子，也在此刻深感迷茫。

“年子，你今晚想吃什么？”

年子摇头。她不饿。

云未寒悠悠地说：“真的是看看我就饱了？”

年子喃喃道：“是啊，你秀色可餐。”

这世界上的男人，真的并不只有卫微言才是下饭菜。

晚餐地点也是云未寒选的。那是一家极其清静、花木扶疏的别墅式私房菜馆。音乐轻轻流淌，菜品精致如工艺品，高脚杯里的红酒有淡淡的玫瑰清香……年子从不知道吃饭可以吃得这么充满文艺气息。

“我打算在玫瑰农场里建一座开放式的厨房，年姑娘，你有兴致洗手做羹汤吗？”

想想看，在玫瑰盛开的世界里，偶尔做几个精致的小菜，和所爱的人一起品尝……年子好奇地问：“林教头，你会做饭吗？”

“当然会，不过我只能做西餐。”

“就不能做水煮鱼什么的吗？”

“一大锅油、一大锅调料，基本上是垃圾食品的标配。你不觉得这简直是在糟蹋食物吗？因为这些重口味调料早已湮没了食物本身的味道，你品尝什么都是同一个味道……”

道理是这样的，可快餐店的炸鸡就是比自己在家里炖半天的土鸡好吃。年子嘟嘟囔囔道：“如果不吃火锅，天天吃龙肉都没什么意思。”

云未寒的眼里满是笑意：“偶尔吃一次也是可以的。为了你，我愿意破个例。”

那天晚上，年子发了条朋友圈，一张照片是二人手牵手的侧影，一张照片是附带了心形卡片的全套首饰图。卡片上是精美的手写字：你被我锁在心里，我丢了唯一的钥匙，这样你就只能待在那里直到永远。

字迹当然是男性的，遒劲有力。

很快亲友圈就轰动了，年子收获无数点赞和评论。

“哇，年子，有男朋友了？看侧影好帅啊，赶紧来一张正面照让我们瞅一眼……”

“绝对的‘高富帅’啊，看侧影就让人流口水了。这首饰也是男朋友送的？出手可真大方啊。”

“我最关心的也是这套首饰啊，看起来太高大上了，快说说价格让我膜拜一下……”

就连表姐也忍不住了：“年子，你平常不声不响的，现在直接出王炸了？”

年子躺在床上，看着手机暗爽。

不一会儿，又有一条评论出现。这条评论有点儿长：

“这是末代沙皇的妻子阿莉克丝写给他的情书，原文如下：我是你的，你是我的，这是非常肯定的。你被我锁在心里，我丢了唯一的钥匙，这样你就只能待在那里直到永远。[PS：送礼物者，如此公然抄袭别人的情书，真的不怕被打脸吗？呵呵，连情话都要抄袭别人的，多少走点儿肾（心）行不行？]”

紧接着，此人又追加了一条评论：“对了，还得补充一点最关键的，末代沙皇夫妻的爱情故事看起来的确非常浪漫、非常动人，只不过尼古拉二世在外面还有一个舞女情人（据说此人才是他的真爱）。而且，尼古拉二世夫妻和他们的五个孩子，最后都被处死了，尸体还被浇上汽油，真正是被毁尸灭迹，惨不堪言。浪漫没好货，谁浪谁知道。”

年子一看这评论就气炸了。这个该死的“癞蛤蟆”，不多话会死吗？

“自己不会浪的人，就妒忌别人会浪。”年子本想回复这么一句，可打好字，又删除了，默默退出微信，没有搭理他。

搞不好人家会回一句：不在你面前浪，不代表不在别人面前浪。

这就打脸了。

年子不想多生事端。

第二天，她又发了一条朋友圈，还是一张侧影照，但侧得特别仙姿缥缈，而且可以看到很清晰的轮廓。纵然是年子自己多看几遍，也觉得这张照片里的“林教头”简直美得如一幅画，偏偏还搭配了他送的那份极其特别的礼物——七朵玫瑰。

不出她的意料，朋友圈再次炸了。

“哇，年子，快发几张正面照，我迫不及待地要看看这个帅哥的真容啊，光看侧影已经秒杀众小鲜肉了……”

“这七朵玫瑰看起来好特别，不像是常见的品种啊……”

“天天送礼物，好甜蜜，简直是虐狗啊……”

“年子，你也别藏着掖着了，选个好日子带这个帅哥给我们大家看看啊……”

“你那个前男友我们都没见过，你也没在朋友圈发过，这一次看来这人是真命天子了……”

以前年子不发卫微言的照片，是因为二人几乎没什么合影。而且卫微言也不喜欢人家拍他，年子不敢随意拿他去显摆。毕竟全程自己在玩单机版，强行“秀恩爱”的话，自己脸上都挂不住。再说，两个人交往期间，卫微言也没有送过任何礼物，年子根本没法秀（总不好厚着脸皮自己去买礼物冒充吧）。

可这次不同了。先不管“林教头”是何居心，毕竟这些礼物实打实地是他送的，年子晒出来也算是有底气。

可也有一些人的留言很奇葩：“敢不敢晒正面照？不然我们还以为你是从哪部韩剧里截下来的图呢。哈哈，我开玩笑的，年子你别生气……”

堂姑姑：“年子，你倒是晒张合影看看啊（现实中会有这么帅的人？）……”

年子没理他们。好牌怎么能一把出干净呢？

不过，“癞蛤蟆”没有对这条朋友圈进行评论，不知道是没看见，还是装没看见。二人已经好几天不私聊了，五毛的红包也绝迹了。

年子想，你不搭理我，我难道还要求着你？你能找到仙女，你以为我就找不到仙男？

柏芸芸一下班就气喘吁吁地赶来，老远就喊：“年子……年子，你真的有新男友了？那个谁究竟是何方神圣，我怎么没见过？”

年子大叫：“糟了……糟了……”

“怎么了？”

“我忘了屏蔽我爸妈了。”

柏芸芸：“……”

年子手忙脚乱，立即把父母都给屏蔽了。事实上，李秀蓝夫妻对朋友圈不感兴趣，也不怎么看，更主要的是年子的父亲出差了，还有几天才会回来。可是年子想，这么劲爆的消息，他们就算不看，亲友们也会主动询问啊。奇怪的是，他们居然没有追问此事。

年子想起父亲对云未寒的评论，还是有点儿心虚的，也不知道他们对自己的“叛逆”是装没看到，还是有别的考虑。毕竟子女大了，家长不可能凡事都管得严严实实的。

柏芸芸好奇死了：“年子，你为什么怕你父母知道这个男友的存在？”

年子苦笑道：“严格地说，此人还不算我的男朋友。”

柏芸芸大叫：“人家送你这么多礼物，又长得这么帅，年子，你还看不上人家？”

“也许是人家看不上我呢？”

柏芸芸以为她在胡扯，连声催促：“快把他的真人照给我看看，我真是好奇死了。”

年子把手机递给她。

柏芸芸一张张照片滑过去，惊叹连连：“哇，简直帅得不像是真人啊！年子，你确定这是真人？天哪，为什么以前我从未听你提起过？”

年子没有回答，只是摸了摸自己的脸，想起一句笑话：如果你看到镜子中的自己又胖又丑，那么请你不要悲伤也不要沮丧，至少你的判断还是对的。年子自认不胖也不丑，可是非要自认国色天香，那就是胡扯了。

“这帅哥好看得简直符合我们的想象啊！”

年子觉得这评论恰如其分，是的，她经常怀疑“林教头”是想象出来的人物，现实中根本不存在。

“对了，他要是看不上你，为什么送你这么多礼物？他疯了？”

“这些礼物，在你我看来也许非常值钱，可对有些人来说，就是花几块钱买个开心，逗乐一下而已。”

“逗乐？你说这男人是逗你玩？”

年子仿佛在自言自语：“谁知道呢？别说实验室的小白鼠了，就算我们买一只仓鼠，也得给仓鼠买一个玩具，让它没事就玩一下。”

天气很好，花开得很美，码字也很顺利，年子抬起头时，又看到那个“仙风道骨”的白衣人了。

这段时间他来得好勤，纵然不是天天报到，可两三天就会露一面。他站在夕阳下，就像一幅剪影。

年子奔过去：“别动，别动，就这么站着……”

他真的站在花架下不动了。年大将军落在他的肩上，咕咕叫着：“参见大王……参见大王……”

金毛大王昂起头看着他，好像已经习惯了，只懒洋洋地汪了一声，然后没动静了。

白衣、翠羽，电影也拍不出这样的镜头。

年子盯着镜头，竟有点儿窒息的感觉。

咔嚓……咔嚓，一人一狗一鸟，通通入镜了。

云未寒似笑非笑道：“年姑娘今天给我拍这么多照片，是要干吗？”

年子神秘一笑道：“显摆。我要拿去显摆。”

“……”

“我的亲友们怀疑我找了个假男友，有些人甚至讥讽我从韩剧里截图，所以我要用货真价实的真人照去打他们的脸……”

云未寒意味深长地道：“我该对此感到悲哀还是荣幸？”

“随你啦。”

“年姑娘，你这态度怎么让我有一种被利用的错觉？”

年子一本正经地说：“这可不是错觉！除了你，我还真的没法找到可以打脸众亲友的最佳道具。”

云未寒好奇地问：“那打脸之后呢？”

年子满不在乎地道：“谁管呢？走一步看一步。”

云未寒意味深长地道：“好吧，既然年姑娘有需要，那我干脆再给你添加几件道具……”

他居然带来一个小箱子，当着年子的面打开。好家伙，各种精致小礼物摆了满满一桌子，其中最引人注目的是一条项链和一对耳环，项链上有红色的宝石，晶莹剔透，煞是可爱。

“不是吧，你才送了首饰，今天又送？这是下血本了？”

“首饰中，项链和耳环用途最为广泛。在出席某些重要场合时，女士们必须每一次都更换衣服和首饰，不能每一次都佩戴同一款。”

“我重度‘死宅’，不大出门的，除了拍照显摆，其实根本用不上这些东西。”

“会用上的。”

年子不笑了，狐疑地看着他。云未寒云淡风轻地说：“我们是在谈恋爱，又不是做什么见不得人的事情，总会出现在公众场合的，对不对？”

“什么叫‘出现在公众场合’？”

“比如，出现在彼此现实中的朋友圈子里。”

“……”

“明晚我有个朋友聚会，年子，你跟我一起去。”

年子傻眼了。

“我今天来就是告诉你这事的。不过你不用紧张，都是很熟悉的朋友，大家吃吃喝喝，你随意就行了。”

这世界上没有免费的午餐，当然也没有免费的礼物。那天晚上，年子看着一大堆礼物发了一阵呆，然后又手贱地发了一条朋友圈。

这一次她发的，是云未寒的正面照。只不过她对他的面部做了模糊处理……饶是如此，他挺拔的形象也一下清晰而立体起来。当然，还有他旁边的金毛大王和年大将军……根本无须合影，熟人一看就知道帅哥这是登堂入室了。

这一次亲友们自然没办法再有任何质疑了。他们只认为年子走了狗屎运，居然真的有“高富帅”亲自上门，而且送了许多昂贵的礼物。

这简直太逆天了。

年子老神在在地躺在床上。现在她明白朋友圈里那些姑娘为什么那么爱显摆了：买个路易威登晒几十次，出国游一趟晒几十次，住五星级酒店也晒几十次……实在是被人羡慕（妒忌）的滋味，真的远远好过被人同情（鄙视）的滋味啊！

这一次“癞蛤蟆”又发评论了：“小姐，有本事天天不重样地晒礼物啊，我看你能不能晒足一百八十天。”

年子大怒：你以为是酱油？还得晒足一百八十天？

第二天黄昏，“林教头”准时来了。

年子站在花架下观察他，见他一步步走近，就像一幅会移动的水墨山水画，也像一幅雪白的、只能在月光下出现的漫画。就像那些黄昏时分出没的精灵，或者是吸血鬼。

小院的木门虚掩着，他轻轻将其推开。

看到她已经穿戴得整整齐齐，他有点儿意外：“姑娘已经打扮妥当了？”

“是的，我从不迟到。”

无论是上下学还是约会，年子都从不迟到早退，当然，也反感别人不守时。

云未寒笑了：“这是一种好品质，我很喜欢。”可目光落在年子身上时，笑容就有点儿奇怪了，“年姑娘今天真是漂亮极了，不过为什么不佩戴我送的首饰？”

年子一身湖绿色的裙子、米色高跟鞋，还有搭配的同色系项链——当然，这些东西都是她自己的。年子上大一起，父母每年都要给她置办两三套特别像样的衣服，其中不乏某些大牌的基础款，几年累积下来，衣服还是不少的。

这些经久耐用的单品，基本上是不会过时的。而且大学时代，年子穿戴这些东西的机会很少，所以这些东西基本上都保持了九成新。

按照李秀蓝的话来说：女孩子的衣服贵精不贵多，你得有足够压箱底的东西，如此，需要出席某些场合时，才不至于怯场。

这些东西也许不如“林教头”送来的那些昂贵，但是决不至于掉价。

年子当然也注意到了他的目光，微微一笑道：“林教头，我只是想告诉你，有些东西我自己也是有的，并不巴巴地等着别人送。当然，其余更好、更多的东西，我除了显摆、嘚瑟，真的是不怎么用得上的，毕竟欲望无止境，一山还比一山高……”

云未寒意味深长地说：“你年纪轻轻，竟然已经这么想了？”

年子满不在乎地道：“莫言在一次演讲中提到过，那些有一万双高跟鞋的女人是有罪的；有十几辆豪华轿车、私人飞机、私人游艇的男人也是有罪的，因为大家都在同一条船上，如果船沉了，无论你身穿名牌、遍体珠宝，还是衣衫褴褛、不名一文，结局都是一样的。”

地球的资源是有限的，你再有钱也不能为所欲为，否则必将付出代价。

云未寒沉默了一下，然后自嘲似的笑起来：“我本以为糖衣炮弹是最好的攻略，毕竟就像某个女明星说的，谁送的钻戒最大才能证明谁最爱我。”

年子眨了眨眼：“可能你们以前都觉得我虚荣，但事实上，我真的很虚荣。我每天晒你送的昂贵礼物，赢取大量艳羡的点赞，就爽到爆。如果你只送我一些不值钱的玩偶、口红，可能我就没法晒了……”

云未寒哈哈大笑：“我就说嘛，我研究过的，女士们在谈恋爱时都非常乐于收到礼物。精美的礼物会让她们容光焕发，漂亮可人。相反，若是她们的追求者都是铁公鸡，时间长了，会让她们相当沮丧甚至不耐烦……”

“可不是吗？卫微言就是这样‘下课’的。”

云未寒不笑了：“姑娘如此自嘲，如此豁达，是不是表明要彻底把卫微言这一页给翻过去了？”

年子用无所谓的口吻说：“难道不是早就翻过去了吗？”

那是一个小型的私人聚会，与会者都是云未寒的朋友，也是相关领域的学者。他们品红酒、喝咖啡，高谈阔论，也不乏激烈地争论。

年子坐在一边，只静静地听着。许多专业术语她听不懂，但大致是了解的，他们最初可能都是多巴胺的狂热研究者，但是现在出现了分歧。

其中一个瘦高个子、混血模样的中年人用了大量时间谈论，他从六点五亿年前就出现的水母身上提取出了一种真正的长生不老元素。有一种叫作灯塔的水母，到成年阶段会慢慢转变成不成熟的息肉，如此周而复始，便真正做到永生或者长生不老。

今天众人争论的焦点就在这方面上。当然大家并不是讨论这个长生不老元素如何提取，而是它的经济价值。

混血中年人说：“研究多巴胺这些年，你们也是知道的，经济价值要远远低于我们的预期，也就是说，变现是非常困难的。可长生不老元素就不同了……”

一个高鼻子男人接口：“没错，永生一直是人类的终极梦想。相比之下，专一效能的爱情多巴胺，无非只有一部分女人才对其有兴趣，但是女人们在真正的高消费领域是远远不如男人的……”

在柴米油盐吃穿用度上，买、买、买的的确都是女人，可飞机、游艇、名车、别墅上的顶级玩家大多数是男人。而且，这年头女人并不一味依附男人，相比之下，对“专一”的标准，已经变得更开放、更无所谓了。

激烈讨论了几句之后，大家都看着云未寒，意思是：你现在怎么说？

云未寒一摊手道：“老规矩，无法达成统一意见时，三次会议后集体表决，少数服从多数。”

众人又聊了一阵之后，作鸟兽散。年子看着最后一个人走出包房门。

她有一种很奇怪的错觉：这些人根本看不到自己，在他们面前，自己是隐形的——或者，他们根本不关心云未寒到底带不带女人或者带了个什么样的女人过来——他们一点儿好奇心都没有，问都不问一句，只顾着争论自己的学术问题。

云未寒先开口：“年子，你是不是觉得很无趣？听得昏昏欲睡？”

“不，我觉得非常有意思。”

“为什么？”

“我觉得你们就像一个……”她寻思了一下，“一个很邪门的小团体……”

“哈哈，邪教？”

“不，比这个还可怕。就像科幻小说里描写的，一群野心勃勃的人掌握了长生不老的秘密，把全地球的资源垄断了，让几十亿人全部变成了奴隶……”

“难道不是扔下地球，移民去天堂了吗？”

年子扑哧一下笑出声来。

“林教头，我可不可以冒昧地问你一个问题？”

“你问。”

“你是他们的小头目吗？”

“你可以这么理解。”

“因为你学术水平最高？”

“因为我最有钱！”他环顾四周，说道，“包括今天聚会的这个私人会所，也是我的。我还给他们所在的研究所注资，也因此快要耗光我祖上留给我的遗产了，所以才急于找其他生财之道……”

果然，钱才是最大的超能力。年子迷惑地看着他。

“姑娘，你这眼神有点儿奇怪啊……”

年子瑟缩了一下：“你让我知道你的这么多秘密，会不会某一天杀我灭口？”

云未寒哈哈大笑：“这不算什么秘密。他们的这些观点，都已经发表在一些科学杂志上了。当然，因为这些科学杂志太冷门，一般人接触不到，也不懂，基本上当科幻一般看待……就像我早就告诉你的，普通人所能知道的科技，至少比已经出现的落后三五十年。因为真正顶尖级的东西，各方面都是要等保密价值彻底消失才会公之于众……”

年子擦了擦额头上的冷汗，喃喃道：“那就好，那就好，我还真怕你有朝一日杀我灭口。对了，林教头，以后再有这样的机密事情，千万、千万别再告诉我了，我是真的怕啊……”

云未寒不笑了，若有所思地道：“我不知道，年姑娘竟然防备我防备到了这等地步。”

年子苦笑：“天上掉金砖，也会砸疼脚背，不是吗？”

云未寒送年子回家，就像每一对刚开始交往的情侣一样，约会时总会殷勤接送。

在小院门口，年子停下了脚步：“林教头……”

云未寒拉住她的手：“是要吻别吗？”

年子呵呵地笑起来：“以后别再送贵重的首饰了，我已经有足够嘚瑟的资本了。再说，你花钱的地方多，犯不着浪费在这些不切实际的东西上。”

“这些珠宝都出自我一个南非的朋友的矿藏，成本价，很廉宜。”

年子盯着他。云未寒摸了摸自己的脸，诧异地问：“姑娘何故用这样的眼神看我？”

年子慢吞吞地说：“其实，光晒你这张脸就已经足以显摆了，何须什么珠宝首饰？”

云未寒笑得差点儿就地打滚儿。

那天晚上，年子没有再发任何朋友圈。显摆几次之后，她觉得很无聊、很乏味。她不知道那些天天晒、天天秀的人到底是什么心态。反正她觉得累了，不想再嘚瑟了。

码字到凌晨一点，年子提前交了一周的稿子，就准备睡觉了。

“癞蛤蟆”的头像不停闪烁。

“呵呵，小姐，这么快就没的晒了？！说好的晒够一百八十天呢？”

“你这才晒几次啊，怎么就不继续你的表演了？”

“或者‘高富帅’破产了，没的送了，你晒不动了？”

年子反唇相讥：“真没想到哥们儿这么闲，还天天盯着我的一举一动啊，这说明了什么？”

“说明马戏团的小丑表演为什么会那么好玩，大家付费也要看！”

年子一巴掌拍在手机屏幕上，恨不得隔空打得他吐血。

如果朋友圈里没有天天表演的微商，没有天天晒各种东西的奇葩，大家都一本正经地发一些正正经经的状态，那该多么无趣啊。年子没料到自己竟然无意中充当了小丑的角色。她却呵呵笑起来，回了他一句：“我知道你在妒忌。那就妒忌死你好了。”

这一次，“癞蛤蟆”没有再回掐。

年子点开他的头像细看，发现是一只红眼癞蛤蟆，背上满是疙瘩，只有一双眼睛红得跟宝石似的。

她自言自语道：“人如其名，人如其名啊。”

第六章

年小明被黑得很惨

酒吧里人山人海，重金属摇滚乐令人头大如斗。尽管已经换到了相对最安静的角落，可包间门一旦打开，卫微言就觉得脑花都要被颠开似的。

他也搞不懂，为什么有人会喜欢这样的场所？所以来人刚到，他急忙道：“关门，快关门。”

薇薇是和乔雨桐一起来的。二人都做了精心打扮，尤其是乔雨桐，一身辣装，长腿红发，有一种热辣辣的妩媚妖娆感，过往的男人盯着她，眼珠子都变成了血红色。

卫一鸿的双眼也亮了：“雨桐，今天好让人惊艳啊……”

乔雨桐嫣然一笑道：“每一次跟薇薇一起，我都不得不认真打扮，否则你们懂的，我都不敢站在她面前了。”

卫一鸿：“雨桐，你这是谦虚了，你们各有各的美。”

身着雪白长裙的薇薇却只静静地坐下，静静地微笑。和昔日一样，每一次见面，她的目光都在卫微言身上。

卫微言一直低头玩着手机。

卫一鸿忍无可忍，叹道：“卫老大，你能不能不要每次都是换一个地方玩手机？游戏有那么好玩吗？”

“不能。”卫微言头也不抬地说道，继续玩游戏。

乔雨桐也叹道："好吧，微言，我们也不浪费你的时间了，就直奔主题好了。我们希望能找你拍个广告，就是你和薇薇一起出镜……"

乔雨桐和朋友们新开了一家婚庆公司，走高端路线。策划方案中有一个广告安排，她觉得找薇薇和卫微言一起拍摄简直再好不过了——请明星都没他俩颜值高就不说了，更重要的是省钱！为此她已经找过卫微言好几次了，甚至跑去他家找过，可每一次不是错过，就是没有开口的机会，所以今天她好不容易约到了人，自然就开门见山了。

卫一鸿在一边帮腔："你俩郎才女貌天作之合，广告效果一定惊人……"

"不行！"

可能是他太干脆了，众人有点儿反应不过来，都愣愣地看着他。

"我不爱拍照，更不愿意拍任何广告。你们找其他人好了。"

他说得斩钉截铁，没有任何商量的余地。

乔雨桐再是"温婉"，脸上也挂不住了。

卫一鸿急忙道："老大，你也太不给面子了啊，这么点儿小忙你也不肯帮我们？"

这个婚庆公司卫一鸿也有一点儿股份，他当然很积极。

卫微言淡淡地说："你长得也不丑，你和薇薇搭档不行吗？你俩还都是股东！"

众人都尴尬了。卫一鸿愤愤地说："我要是有你这样的颜值，也不求你了。"

卫微言拿着手机，站了起来："若你们三番五次找我都是为这事的话，那我先告辞了。"

乔雨桐低着头，几乎要哭了。卫一鸿彻底怒了："卫微言，你这是真不把我们当朋友了吗？"

"不能互相占便宜，就不是朋友了吗？"

"我去，谁占你便宜了？这个广告我们也会付你一点儿相关费用，跟请明星似的……"

"既然要付费，你们何不请真正的明星？那样还有个炒作点。你们请我，除了便宜，炒作点在哪里？"

他话不多，却句句砸锅。并不是只有年子一个人被他气得要死。

卫一鸿和乔雨桐都气得说不出话来了。卫一鸿一句“卫弱智”又要冲口而出，可是薇薇先开口了，她低声说道：“我可不可以单独和微言谈几句？”

卫一鸿噌地站了起来：“好，你们先谈。”

乔雨桐迟疑了一下，也出去了。包房大门彻底被关上。

卫微言松了一口气，捂着头道：“我感觉我的头都要被这重金属音乐摇晃成两半了，真不知道你们怎么受得了。”

薇薇凝视着他。她的眼睫毛很长，眼里有一层水雾，更衬得她雪白的小脸楚楚动人，有种落花人独立的出尘气质。

“微言，我一直想问你一个问题……”

“……”

“当年你为什么突然拒绝我？”

尴尬的沉默长时间持续着。

她却一直盯着他，企图得到一个准确的答案。这也是一个谜，她一直百思不得其解。

她是在乔雨桐的生日宴上认识卫微言的。两个人绝对是对彼此一见钟情的那种。

后来乔雨桐还多次半开玩笑半认真地埋怨：早知如此，根本不该请薇薇参加自己的生日宴。

出国之前，两个人已经是暧昧的男女朋友关系了。临走时，卫微言还送过她一条非常别致的绿松石手链。

出国的那两年时间里，两个人也会时不时地通电话、网聊……纵然谈不上热火朝天，至少也是水到渠成。虽然她也常常觉得卫微言寡淡了一点儿，没有期待中热烈追求她的激情和浪漫，但是大家都说他性情如此，这也无可厚非。

“卫弱智”这个绰号，当然不是白来的。按照卫一鸿的话来说：卫微言除了皮囊好，毫无优点。一般正常的姑娘都是受不了他的。

她记得很清楚，自己回国的前一天，卫微言前所未有地热切，还亲自开车来机场迎接她。可接到她，二人拥抱且十指紧扣之后，一切就变了。他松开了她的手，客客气气地送她回家，然后就再也没有下文了。

她是女生，他不主动，她也不好天天去缠着他。

不久后，她便听说有个叫年子的女孩在死皮赖脸地追他，缠他缠得非常紧，二十四孝女友那种。当时乔雨桐她们几个闺密是把这事当笑话讲给她听的。她们都讥笑那姑娘不自量力，“癞蛤蟆想吃天鹅肉”。

她自己也一度以为这是笑话，可后来发现并不是。

卫微言居然开始跟那个死皮赖脸的女孩约会、吃饭……就像一对真正的情侣，那女孩还混入了卫微言的亲友群，公然宣布婚期。

像卫微言这种心坚如石的男人，如果对女方一点儿感觉都没有，会“凑合”“将就”这么长时间？而且人家一追，他就答应，人家求婚，他也答应？

更奇葩的是，最后他还被那女孩给踢了。此事一度让他成为亲友圈里的笑柄。

当然，这也令薇薇深感欣慰，毕竟乔雨桐说了，就算到了谈婚论嫁的地步，卫微言也从未送过那女孩任何礼物。女孩愤而分手，可能也有这方面的原因。

薇薇认为，至少自己在卫微言心里是最特别的一个，至少是唯一收过礼物之人。要不然她也不会一得知他“得艾滋病死掉”的消息，就主动出现在他面前，企图还原二人初恋的美好时光了。

可是这件事情居然没完没了。那女孩分手之后也阴魂不散，天天砸乔雨桐的场子不说，卫微言居然公开向着那女孩。这算什么？

薇薇凝视着他，语气带着一种温柔的固执：“微言，我们当年一直好好的，可为什么你忽然就对我冷淡下来？”

卫微言也看着她的眼睛，淡淡地说：“可能是不合适吧。”

“为什么你觉得不合适？”

“就像你们喜欢重金属摇滚的热闹，我一听就头晕。”

“……”

他若无其事地继续说道：“我还有点儿事情，先走了。广告的事情就不要再找我了，你们另找合适人选吧。对了，我提前祝你们生意兴隆、财源广进。”

薇薇眼睁睁地看着他拉开门，头也不回地走了。

年子发现，最近批评（辱骂）自己的黑子越来越多。

每一篇文章下都有大量评论，其中大多数是自称“家庭主妇”的声讨。主妇们口口声声责问：你凭什么看不起家庭主妇？好多所谓的“职业女性”月薪不过两三千，丝毫谈不上具有社会价值，你们怎么有脸看不起全职主妇？还有，你们当不成全职主妇只能证明你们找不到好老公，我天天在家伺候老公总比你天天伺候老板强……甚至有几个很著名的男性大号站出来，公然讥讽年子“田园女权”。

年子知道，这些人其实并不是真正的“家庭主妇”——每个行业都是同行竞争，幕后踩踏。只有同行（对手），才巴不得弄死她。

可发表煽动性评论的水军多了，就会带动没有分辨力的大众，于是加入攻击年子的“职业妇女”团队的人越来越多。因为这些人的“不停举报”，年子新出的好几篇文无缘无故地就被封了，甚至当初首发“扒”乔雨桐的公司的那个大号都直接被封掉了。

年子对祸及大金主（稿费）非常愧疚，也寻思着可能会危及其他金主，所以干脆暂时消停一下，不写文了。

单枪匹马，她还真的斗不过有团队的乔雨桐。年子休战了。

人一闲下来，就慌得很。她深夜看段子时，“癞蛤蟆”的头像又亮了。

“小姐，你的‘高富帅’真的跑了？再没有礼物可晒了？”

连续几个五毛红包发过来，年子懒洋洋地全部收了。

她忽然忍不住吐槽了：“我写文原本也是好意呼吁家庭妇女们维护自身的权益，希望她们意识到经济独立的重要性，珍惜工作机会，不要轻易放弃好不容易争取来的权益。她们怎么反而把我当敌人一般辱骂？”

“小姐，你是哪壶不开提哪壶。许多家庭主妇其实知道自己地位低下，毫无保障，可是谁愿意痛痛快快地承认自己不如别人？”

“正因如此，所以更应该有人站出来呼吁，比如为何女性普遍在经济上不如男人？那是因为她们长时间从事无酬劳动，像是育儿、做家务、照顾老人等。男人们揣着明白装糊涂也就算了，可女人自己也装‘傻白甜’地认命，那就没意思了啊……”

“你又天真了不是？男人们又不傻，只要女人不反抗，谁会主动提出对自己不利的条约，而且还是以法律的形式提出？”

大家只见过女明星千里救出轨老公，有哪个男人不想整死出轨的老婆？

“小姐，你要知道，这不能全怪男人。在几千年的所谓人类文明史（体力比拼史）中，某些女人发现了一个秘密：依顺男人是有好处的，只要这个男人愿意和你分享，你就可以走捷径直达富贵荣华的巅峰。久而久之，一部分女人便习惯按照男性的思维来思考问题了。”

“哈哈，癞蛤蟆，你说的这话我给满分。”

“其实，你以后再和女德专家们争论时，只需反问她们一句：这世界上有哪个妇女地位低下的国家成了强国、大国的？抑制妇女，本质上是自废一臂。你一只手当然敌不过人家健全的两只手了！”

“癞蛤蟆，谢谢你。”

听君一席话，胜十年八卦。她干脆地给他发了一个红包。

“小姐，你今天怎么忽然这么大方了？”

“哈哈，我发现这天下唯有你才是我的知音啊。”

“啧啧啧，是不是发现你那‘高富帅’，除了钱一无是处？”

年子悠悠地说：“许多人除了没有钱，也一无是处！”

云未寒再来的时候，年子好奇地看着这个“除了钱，一无是处”的男人，只见他居然很罕见地穿了正装。

“癞蛤蟆”的话其实大谬——除了钱，云未寒还有“貌”。

这世界上，有钱有貌的男人其实并不太多。

“林教头，你整得这么隆重是……”

“带年姑娘去参加一个盛会。”

“什么盛会？”

“你去了就知道了。”

“可以不去吗？”

“不可以。因为你以后必须逐渐熟悉并适应这样的场合。”

年子第一次盛装出席所谓的“慈善晚宴”。

一进门她就觉得浑身不对劲儿，但见满场衣袂飘香，觥筹交错……跟自己熟悉的生活场景实在是相距太远了。

她跟在云未寒身边，也不怎么讲话，只赔着笑，看他和一干熟人打招呼。就在这时，她听到旁边一个年轻男子低呼了一声：“看……好漂亮的仙女……”

众人顺着他的目光望去，只见一位穿雪白晚礼服的姑娘姗姗而来，她整个人自带柔光，自带美颜效果，自带滤镜效果……传说中的仙女，可能也真的不过如此了。

更重要的是，她没有带男伴，挽着她的手的，是一位女士。所有来宾的目光都落在了这位美貌绝伦的“单身仙女”身上。年子下意识地看了一眼云未寒，只见他也好奇地盯着那位“仙女”。

年子忽然很想正面看看他的眼神。

四周都是啧啧的惊叹声。许多平素彬彬有礼的男人，此时也目不转睛地盯着“仙女”，好些人甚至忘记了自己身边的女伴。他们平素并非没有见过美人，许多人甚至是娱乐圈的常客。可是他们看惯了网红脸、整容脸，忽然见到这样的出水芙蓉，其惊艳之情可以想象。毕竟这样的绝色，是真的万中无一。

不只是男人，许多女士也目不转睛地盯着“仙女”，不知是同样惊艳，还是忽然就自惭形秽了。

爱美之心人皆有之。

年子对云未寒的反应就更好奇了。

所谓惊艳，本质上也是一见钟情。所谓一见钟情，本质上也是“我想把祖传 DNA”献给你。

可是她还来不及“不经意”地转到他前面，他就已经收回目光了。对上她的目光，他意味深长地低声道：“年姑娘这是在审视我吗？”

年子老老实实地道：“是啊，我想看你是不是被惊艳到了。”

云未寒点了点头：“是的，她的确很美。可是这又如何呢？”

坦率比虚伪好。

年子也点了点头，认认真真地看着他的眼睛。

他却好奇地问：“现在你看到了什么？”

他的眼睛里依旧空空如也，她什么都看不到，除了自己的影子。

他好奇地问：“年姑娘，如果我真的被别人惊艳到了，你会不会很伤心？”

年子低下头，沉默不语。

“年姑娘？”

年子幽幽地道：“如果你也劈腿的话，那我就再也不会相信钱了！”

云未寒愕然地张大嘴巴，忽然哈哈大笑。旁边的人听到这笑声，纷纷注目。云未寒不笑了，若无其事地挽着年子的手，向众人点了点头。

“仙女”和她的同伴也看过来，见到年子，二人的目光都有些诧异。可是围着她俩的“粉丝”实在是太多了，一时半刻她俩也走不到这边来。

云未寒低声道：“你认识这二位？”

年子苦笑道：“死对头来了。”

“莫非其中一位是乔雨桐？”

“乔雨桐和薇薇。”

一个是她的死对头，一个是她的情敌。

年子不相信这世界上真有彻彻底底的巧合，她觉得乔雨桐绝对早有准备。可是，她根本不在乎。

看到那二人慢慢走过来，年子还是若无其事的样子。

终于，面对面了，乔雨桐先开口道：“年小姐，真的是太巧了啊……”

“是啊，世界太小了，哪里都冤家路窄。”

“年小姐真会开玩笑……”

乔雨桐和年子说话，却一直盯着云未寒，也不掩饰眼中的好奇和猜测之意：天哪，莫非这个年小明真的有妖法？怎么能让她找到这么极品的男人？乔雨桐原本还以为传说中的神秘富豪就算不是老头儿至少也得是个中年人，可是单看外形，也绝对不输给卫微言啊。

再看年子，乔雨桐就更不爽了。年子打扮华丽也就罢了，而且容光焕发，绝非和卫微言分手那天晚上那蓬头垢面的样子。乔雨桐暗忖，这女人绝对是去微整形了。

薇薇也好奇地看了一眼云未寒。

乔雨桐：“年小姐，不给我们介绍一下这位帅哥吗？”

年子看一眼云未寒，云未寒客客气气地说：“我还是自我介绍吧，云未寒。对二位小姐我都久闻大名了，你们自己也不用介绍了。”

乔雨桐嫣然一笑："年小姐经常在你面前提起我们？"

"这倒没有。不过乔小姐非常人也，经常组织水军团队狂黑年小明，一般人想要不知道都难。"

乔雨桐面不改色地道："云先生这是说笑了啊。年小姐有你这么大的靠山，谁敢随便黑她？她不黑我们就谢天谢地了。"

"哈，那就这样说好了。彼此握手言和吧。"

乔雨桐压根儿没想到这男人会如此直白，居然在这样的场合直接说事，都不转弯抹角的。她很是酸溜溜地说："唉，有靠山就是好，不像我们这些苦命人，凡事只能亲力亲为……"

温柔如水的薇薇始终没开口，好像一切江湖纷争都距离她很远很远。只是临走的一刻，她又看了一眼云未寒，目中有难得的波澜，仿佛她才是那个被惊艳到的人。

回去的路上，年子很沉默。

"年姑娘怎么闷闷不乐的？"

年子坐正了身子，一字一顿地说："林教头，你以后无论爱谁都行，但是绝对不能爱薇薇。"

"我可以理解为年姑娘在吃醋吗？"

年子板着脸道："酱油的味道更好。"

云未寒哈哈大笑："那我就荣幸地当年姑娘是在吃醋了。不过我也得告诉年姑娘，我永远不会去爱薇薇，这一点年姑娘可以放一万个心。"

年子觉得这话有点儿问题，可是又不好多追问。

云未寒兴致勃勃地道："年姑娘，后天还有一场聚会……"

年子大叫："还有？我可不想再看到薇薇她们了……"

"你放心，这一次薇薇她们绝对不会来。"

年子对此将信将疑。

聚会地点依旧是上次云未寒的那家私人会所，难怪他说薇薇她们绝对不会来参加。与会者全是一干奇奇怪怪的医学家，他们牛饮红酒，高谈阔论，不时争论得面红耳赤。

年子注意到，这一次的人和上一次的没有任何重复，而且和上一次那群人的主攻方向好像也不太相同。他们讨论的不再是长生不老药，而是脑科方面的问题。

昨晚码字太晚没睡好，各种专业术语又听得人昏昏欲睡，年子借口上厕所，去洗手间待了很长时间。洗手间沿山而建，像个山洞一般，上面有密密匝匝的花架，盛开着紫色的小花，竟然是这会所里最漂亮的一道风景。

年子闲逛了一会儿，打起精神，准备出去认真听听这些学术大拿的超前观点。

一出去她就怔住了。她看到一干人中，竟然多了一张熟悉的面孔。她琢磨着赶紧退回洗手间去躲着，“林教头”却向她招手：“年子，快过来，我给你介绍一位新朋友……”

她只好硬着头皮走过去。

“这位朋友姓卫，大名微言，是脑科方面杰出的医学人才，已经在国际权威杂志上发表过许多篇论调惊人的学术论文，号称业界怪才。对了，他还出版过几本畅销的医学科普读物，不过他用的是笔名，你可能不知道……”

云未寒又挽住她的手，动作十分亲昵：“卫先生，这位是我的女朋友，大名鼎鼎的年小明，前段时间在网上被黑得很厉害，你应该听过……”

卫微言看了年子一眼，淡淡地点了点头。她也只好点了点头。

“对了，年子，这位卫先生在圈内还有一个很著名的绰号，叫作卫弱智。事实上他不但不弱智，还是一个特别杰出的天才……”

年子只能微笑，笑得脸都快僵了。她忽然觉得“林教头”这人好没劲儿，故意演这场戏有意思吗？

她干脆坐下去，自己倒了一杯红酒喝了一口。云未寒十分关切地道：“年子，我们的话题对外人来说很无聊也很晦涩，你会不会觉得太没劲儿了？”

年子若无其事地说：“没事，听你们吹吹牛，增长点儿见识也是好的。”

“……”

众人又开始高谈阔论，到激烈处，年子真担心他们掀翻这个屋顶。自始至终，卫微言都只顾着和众人争论，没有再看她一眼，就好像两人真的是第一次见面的陌生人。

直到聚会快结束了，一干人才作鸟兽散。落在最后面的卫微言这才伸出手，语气很平淡："年小姐，在这里都能遇见你，可真是太巧了……"

年子傻乎乎地伸出手去："是啊，真是太巧了。"

云未寒哈哈大笑："瞧你俩，整得好像真的初次见面一般。"

卫微言："不装出初次见面的样子，怎么好配合你处心积虑安排的这场会面？"

云未寒还是大笑："江湖传言，卫弱智表面弱智，内心敞亮，果然名不虚传。"

笑声中，他的目光落在那两双手上面——别人是两只手握手，他俩是四只手握手，看起来特别奇怪。

他暗忖：果然奇葩都是成双出现的，连握个手都显得这么诡异。

不过很快二人就松手了。

卫微言还是淡淡地说："年小姐，我有一言相告，你面前这个人算不上什么大奸大恶，但也不是多好的人，所以，你最好离他远一点儿。"

云未寒面不改色地道："好家伙，别人都是背后诋毁人，你这是当面拆我的台？"

"我来之前已经详细调查过你的身家背景。云未寒，你的确是个罕见的怪才，可是有些东西并不适合用来欺骗女孩子……而且你会发现，有些女孩子，你其实也是骗不了的。那样就很掉价了，是不是？"

"……"

卫微言看都不看他，径直对年子挥了挥手："以后他的聚会你最好少来，毕竟渐渐地你会发现，他的朋友很多是你的敌人。"

云未寒盯着卫微言道："难怪江湖上都说你卫弱智浑身是刺，很难相处，今天我也算是领教你的毒舌功力了。所以，你没什么朋友也就可以理解了……"

"牛羊才一群一群的，猛兽都独来独往。"

二人眼睁睁地看着他扬长而去。直到他的背影彻底消失，年子才回头，长吁一口气。

云未寒意味深长地说："看来我今天真的不该请卫微言……"

年子没吭声。

"今天参加聚会的全是脑科方面的杰出人才，其中好几个人提到了卫微言，认为这种聚会不能没有他……当然，我也是想试一试，看看你们俩面对面是什么效果……”他自嘲一笑，“看来我这冒险行为是失策了，搞不好偷鸡不成蚀把米……”

年子扑哧一声笑了出来：“你说卫微言是鸡？”

云未寒死死地盯着她的眼睛：“年姑娘，我希望他今天的言辞没有影响到你对我的观感……”

年子很平静地说道：“我有自己的判断力。”

“这就好。”云未寒低声道，“实不相瞒，其实我一直担心你对他不死心，而且我自视甚高，无法容忍我喜欢的姑娘眼中有比我更好的人，所以一直愤愤的，才这样画蛇添足，结果自我出丑……”

年子对他的举动本来是很不以为然的，可听到他如此坦率，反而释然了。真小人，远远胜过伪君子。

他忽然又笑起来：“最重要的是，他居然认为你是不会被我欺骗的姑娘。看来他对你的评价还挺高的……”

年子也笑起来。能获得卫微言的好评，是真的不容易，她不知道该受宠若惊还是佯装不知。

“但是，有一点我也得提醒年姑娘，一般男人对一个女人的评价越高，就越是意味着消除了她自身的女性魅力。举个例子，许多人高度评价默克尔，那便是把她当成了一个没有性别之分的政治家，而不是以一个女人的角度来看她。同理，卫微言对你的评价越高，越证明他对你可能没什么男女之外的想法……”

年子扬眉道：“你不说还好，一解释，我彻底糊涂了。”

“哈哈，我要的不就是这种效果吗？”云未寒收起了笑容，“年姑娘，我们不开玩笑了，我送你一件礼物，你看看喜不喜欢……”

“又送礼物？你是要用礼物砸死我吗？”

云未寒狡黠地眨了眨眼：“卫某人从不送礼物，所以他这是找死……”

年子哑然失笑。她以为他要从箱子里拿出什么真金白银，却见他拿出了一份文件：“年姑娘，你看一看……”

年子粗粗瞄了一眼，已欢喜不已，仔细看完后，忍不住满脸笑容了。

“林教头，真是太谢谢你了，这才是你送我的最好的礼物……”

云未寒很平静地说："专业的人才能做专业的事情。事实上，这个世界很大，社会分工已经深入和细化，一个人想单打独斗是不行的，个人英雄纵然不说是无用武之地，至少远不如团队之力……"

这是事实，年子深以为然，就比如她手里的这份"留守儿童课外作业基金"管理文件。

云未寒将几百万慈善资金，直接交给了一个专业的慈善基金团队打理，让团队定期拿出方案，公布账目明细，真正做到了专款专用。

年子一直想做这事，但是一直做不成。一来她的朋友都是普通人，她根本募集不到这么多善款；二来就算募集一点儿钱，可是以私人名义去各地接洽援助，当地人不见得会接待你，搞不好还会以为你别有用心。

可有专业团队出马就不一样了，他们经验丰富，知道如何跟当地人打交道，知道该如何最大限度地免费调动资源。

这份文件写得很明白，该管理团队已经准备到西部几个省的十几个偏远地区进行考察，先在留守儿童最多、最集中的地方定点修建课外作业辅导站，并招募文化程度较高的志愿者定期去辅导孩子，组织相应的文化活动，提高孩子们的素养，拓展他们的视野。为了杜绝挪用资金或者浪费等情况，团队还制定了极其详尽的方案，小到每一次考察人员的车旅食宿费等，都做了严格的规定。更重要的是，方案细化到附上了各地详细的物价水平，意思是，任何人都不要想谎报、冒领资金或者任意抬高价格。比如，当地的一斤土豆是八毛，工作人员不能采购的时候说是三元一斤。住一晚小旅馆是五十元，工作人员不能报账说是八十元。

年子不得不承认，云未寒是绝对严谨又认真的一个人。他把一件与自己无关的事情用科研的态度来精确处理。如果许多人做事是他这种态度，可以想象这世界会变成什么样。那些虚假成风的事情还有生存的土壤吗？

这一刻，她是真的改变了对他的看法——至少他是一个俗世意义上的好人。而且这件事情自己只是无意中对他提过一次，他居然上心了，还不声不响地做了这么多事。

她只是有些狐疑："林教头，你这几百万是怎么募集的？这该不会是你私人垫付的吧？"

云未寒云淡风轻地说："刷脸来的。"

"……"

"如果我愿意，还可以多刷比这多十倍、百倍的资金。但是我觉得这种事情不能操之过急，因为还在摸索阶段，暂时不知道效果怎样。"

"……"

"毫不讳言，其中一部分来自冷C或者跟他们一样的富豪。这年头，做慈善也是为自己脸上贴金，换个好的社会形象，就像有些人晚上杀人放火抢劫一万两银子，白天修桥铺路捐赠十两银子，于是他们就成了大善人。既然他们有这个需要，我们也有这个需要，何不一拍即合？坏人的钱也是钱！"

是的，坏人的钱也是钱！年子迷惑地看着云未寒，竟然觉得这个亦正亦邪的人物，自己其实从来没看透。

就如卫微言所说：他没她想象的那么好，但是也绝对没她想象的那么坏。

那天云未寒像往常一样送年子回家。每一次两个人约会前后，他都是亲自接送——至少合格男友该有的样子，他都是有的。

在小院门口，车子停下。年子正准备下车，他轻轻拉住了她的手。

"年姑娘，我们以后能不能真的全心全意地交往，而不是这样彼此试探，原地踏步？"

年子不知道该怎么回答。她很认真地想了想，慢慢地说："我现在还没有爱上你。"

"我明白，所以说我们才需要真正全心全意地交往。"他笑嘻嘻地说，"其实相处一段时间之后，你会发现要爱上我绝对不是什么难事。"

也许吧。年子其实也不知道。

返回的时候，云未寒在会所门口停了下来。

一名保安过来，对他低语了几句。他淡淡地说："我看看。"

那是会所的监控视频。监控显示，卫微言并未扬长而去，而是等他送年子的车离去之后才走的。

云未寒自言自语道："卫微言啊卫微言，难不成你还担心我用强的？你也太小看我了。”

那天晚上，年子彻底失眠了，老是想起卫微言的话：你最好离他远一点儿。

可是她又愤愤地想：我凭什么要离他远一点儿？

她忽然很后悔，当时怎么不面对面地问卫微言：你为什么要管我的闲事？（你和薇薇到底有没有在谈恋爱？）

或者，真如“林教头”所说：卫微言对她的评价越高越是把她当成一个男人？

越想越是心乱如麻，她忍不住给“癞蛤蟆”发了红包：“快出来聊五毛钱的天。”

“癞蛤蟆”没回答，红包也没人领。她连发了七八个红包，对方依旧没有丝毫音信。她索性气鼓鼓地直接发了一句：“喂，你说实话，你到底有没有喜欢过你的前女友？”

“没有！”

她没料到对方这么干脆、迅速地回复消息，反而傻眼了。回过神后她忽然觉得自己的问题有问题——这个前女友到底是自己还是薇薇？如果是自己——这也太令人伤心了。

她默默地放下手机，觉得这天没办法聊下去了。

“小姐，你这么问的意思是什么？”

“……”

“你是不是想问到一个结果，然后好给自己一个交代，进而安安心心地想劈腿就劈腿？其实你想劈腿也没啥，人之常情，根本没有必要故作姿态……”

年子当时就火冒三丈了。

“喂，哥们儿，你搞清楚一点儿，我单身！我单身！我单身！！！重要的事情说三遍！我想找谁就找谁，不存在劈腿不劈腿的事！就算我犹豫不决，那又如何？这是身为单身人士应有的权利，我有自由选择的权利，你懂不懂？”

“呵呵，我还以为你是对你的‘高富帅’不太满意了，想换一个人（比如我），原来是我理解反了，抱歉，抱歉……”

年子是真的差点儿一口血喷在手机上了。

过了一会儿，“癞蛤蟆”又发来消息。

“小姐，在你没和‘高富帅’彻底一刀两断之前，就别再来撩我啦。”

“嗬，你真是想多了！如果聊个天也算是撩你的话，那我的朋友圈里有几千人，我撩都撩不完了。”

“你的意思是，你绝对不会和‘高富帅’断绝往来了？”

“嘿嘿，你这是在给我下最后通牒？”

“是又如何？”

年子干脆利落地回道：“那你管不着。你看不惯，可以拉黑我。”

“癞蛤蟆”并未拉黑她，但是再也没有回复消息了。

年子也不再自讨没趣，只是觉得很沮丧又气愤。

她实在是气不过，又给他发了几句：“今天我想跟你谈谈我的前男友。如果说别的男人是铁公鸡的话，我的前男友简直是个不锈钢公鸡。铁公鸡怎么也得掉一点儿锈屑下来，可不锈钢一粒灰都掉不下来。最初我以为他是因为自负才这样，毕竟现代男人都这样，越来越少追女生了，自以为女生是凭借他们的魅力吸引来的，而不是送礼物送来的。可是后来我才发现，他只是不送我礼物而已，对他真正喜欢的女生，他一定还是送过礼物的。他不送我，只是认为我不值得吧，反正无论他送不送礼物，我都会巴着他、黏着他，他又何必再浪费这个时间和精力，对不对？

“我是过了很长时间才明白这个道理的。男人口口声声说讨厌拜金女，你要礼物的话，他会觉得你简直肤浅到爆炸。可若是你长成林志玲那样，他们卖血、卖肾养你都行……

“呵呵，好了，我是有感而发，你不用再回复我了，以后我也不会再跟你聊天了，免得引起你的误会……当然，你也最好别再找我了！”

“癞蛤蟆”真的没有回复消息。

第二天下午，云未寒给年子打来电话，主动告知行程，甚至发了一个小视频。这是他第一次天天报备行踪，就像个真正的男朋友一样。年子觉得有点儿奇怪，因为她根本没想要去关注他的行踪。

于是她就问了：“林教头，你干吗要事无巨细地告诉我？”

“因为谈恋爱的人都这样。”

年子好奇：“林教头，你以前真的没有谈过恋爱吗？”

“没有！”

“我真是你第一个喜欢的人？”

“你不相信？”

“……”

“该不会真的是卫微言的话影响了你对我的看法吧？”

年子觉得在电话里扯这些没什么意思，支吾了几句，挂了电话。

云未寒是第一个公开殷勤地追求她的人。每一个女孩子当然都曾经对爱情无限憧憬，她也不例外。

现在她糊涂了。她对着镜子左看右看：是啊，“林教头”这样的人物，这样殷勤地追求我，到底是为了什么？

亲戚们在群里问：“年子，什么时候把你的‘高富帅’介绍给大家认识认识啊？”

“就是，怎么一直藏着掖着啊？你得像萍萍（表姐的小名）那样，经常带‘高富帅’一起参加亲友们的聚会啊……”

表姐也私信她：“年子，我结婚，你要和‘高富帅’一起来啊……”

堂姑姑就很干脆了：“年子，你这‘高富帅’该不会又出车祸死了吧？”

年子一下就爹毛了。

她也不吭声，直接在朋友圈发了九宫格图片，还配文一句：“吃得粗粮，方为狗王。”

亲戚们立即炸锅了。

“哇，好多礼物……”

“这个‘高富帅’真是太大方了……”

“年子，你一定要请客……”

李秀蓝进来的时候，正好看到她堆了满床的礼物，各种花束、首饰以及女孩子们喜欢的小玩意儿。尤其是那些花束，和一般的鲜花不同，就算是凋零了，也会变成更美的造型，散发着淡淡的芬芳，竟如被特殊处理过的干花，可以长久保存。

年子一看到母亲的眼神，急忙就招供了：“那啥……这些全是云未寒送我的……”

李秀蓝随手拿起一束花，看到花束中央有一张小小的凝固画像——画中人眉目如画。每一束花皆有这样的手绘，可见送花者用心良苦。然后她的目光落在那几套精美的首饰上面——每一套都价值不菲。

她很震惊，却语气平静地问：“这个云未寒到底是什么人？为何他出手如此大方？”

年子慌了：“不……我从来没有用过这些东西……真的，我都放在这里，随时可以打包全部还给他……”

“我不是这个意思。男女交往，如果是以结婚为前提，适当收男方的礼物无可厚非……可是……”

年子慢吞吞地说：“可是如果动辄大把砸钱，这就必须得当心一点儿了，是不是？”

李秀蓝坦然地道：“按照江湖惯例，一般是‘土豪’们追求女明星才这么猛地砸钱。”

“我等凡夫俗子，不配和女明星并列，是不是？”

李秀蓝扑哧一下笑出声来：“这得看‘土豪’的目的了。毕竟有许多已婚‘土豪’猛砸钱，图的是一时之欢，猎奇而已。至于钻石王老五则很少这么花钱，因为他们不花钱也有大把姑娘扑上去。”

“我可以保证云未寒还是单身。”

至少这一点年子是可以肯定的。

李秀蓝竟似松了一口气。她只是若有所思地道：“恋爱的时候，只需要情投意合就行了，可结婚就得势均力敌了。这年头，男人比女人更精明，更看重条件。”

“妈，你的意思是我没法跟他势均力敌，对吗？”

李秀蓝看了看满床的昂贵礼物，直言不讳道：“至少从经济条件上来看是这样的。对方的经济实力跟我们是天壤之别。”

年子赌气道：“那像卫微言那样一毛不拔反而是好事了？呵呵，那只是因为他觉得我根本不配收礼物吧？”

李秀蓝还是和颜悦色地道：“和单身男子交往，怎么都不算是大错。

年子，要不找个时间让我们和云未寒见个面，吃个饭吧，至少也为你把把关。”

年子吓了一跳：“这……你们真的想见他？那好吧，我尽快找个时间。”

那天晚上，年子翻来覆去睡不着。她忽然发现，主动约云未寒上门其实不太好开口，毕竟他每次来接送自己，好像都刻意选择她父母不在家的时候。她隐约意识到，其实云未寒根本没有兴趣见她的父母。

约云未寒见父母这事，终究还是搁浅了，年子总觉得不到时候。

这天傍晚，年子去买狗粮，顺便在商场的小吃区吃了个套餐，吃饱喝足，才踩着暮色回家。

初冬了，小院旁的银杏树掉了满地的叶子。金毛大王亲热地摇着尾巴上前接驾，年大将军更是应景地叫着：“参见大王……参见大王……”

年子抚摸着金毛大王的头，又给年大将军抓了一把鸟食，两个好伙伴便一同去大吃大喝起来。

年子独坐在椅子上，捧着一杯热茶发着呆。金毛大王忽然发出一声奇怪的声音，如打招呼一般。

年子抬起头，随即诧异万分。小院门口，一个灰衣人闲庭信步一般走了进来。

他很自然地拍了拍金毛大王的头，大赞道：“你真是个不错的老伙计！”

年子本能地吐出一句：“你怎么来了？”

卫微言随手递过去一张卡，轻描淡写地道：“拿去吧。”

年子莫名其妙地问：“这是什么？”

“你想买什么礼物就自己买什么礼物。”

年子举起那张卡，仔细看了看，忽然笑起来：“你这是什么意思？”

“你狂追我的时候，我的确没送过你礼物。因为你不叫我送，我也不知道要送什么，也许那时候我是真的对不起你吧。现在，你想买什么都可以。”

“这可以理解成你对我的补偿吗？”

卫微言模棱两可地道：“算是吧。”

年子哈哈大笑：“得了吧。你要补偿我的青春还是肉体？”

"……"

"补偿青春？我比你年轻得多！而且是我甩了你，你根本犯不着补偿！"

"……"

"至于肉体嘛，我一次都没有睡过你，你补偿个什么劲儿？"

卫微言的脸色终于变了。他脸上那种一成不变的淡定和冷漠，终于消失了。

年子第一次见到他如此狼狈、如此难堪的样子，竟然觉得很痛快。当然，这也是她第一次让高高在上的"男神"如此狼狈，她觉得更爽了。

她满不在乎地说："没错，是我狂追你，你却一直看不上我，当然不用买礼物讨好我了。反正我也会倒贴的，是不是？不过交往期间，我在你身上花的钱早已经在分手之夜用那瓶昂贵的红酒付清了，而且还是加倍偿还。现在我俩互不相欠，你也就别惺惺作态了……"

她把卡塞在他的手里："你拿去给你的薇薇买礼物吧，今后再也别来烦我了。还有，我根本不缺钱！不缺钱！不缺钱！要什么礼物，我自己都买得起，无须巴巴地等着男人送，你明白吗？"

卫微言拿着卡，竟然手忙脚乱，满脸通红，好几次张嘴要说什么，但是什么都没说，只深呼吸，死死地盯着年子。

年子也瞪着他。

二人分手之夜都"各自潇洒"，现在反倒像是"清算旧账"一般。

两个人都如受到了天大的委屈，表情都愤愤的。

过了半晌，他转身就走。

他走得很快，脚步落在满地的银杏叶上，发出沙沙的声音，灰色的背影和金色的落叶，更是形成了鲜明的对比。竟然连仓促的背影也帅得惊人。

年子没有叫住他，只是眼睁睁地看着他的背影彻底消失在暮色之中。

她想，这一次二人算是彻底完蛋了。以后她再想厚着脸皮"撩"他，也绝无可能了。

年大将军不识趣地站在花架上大喊："参见大王……参见大王……"

金毛大王却席地坐下，也盯着小院门口。

年子回头的时候，看到金毛大王的目光竟然有点儿若有所思的样子。可能是和人类相处的时间太长了，这老狗也慢慢懂得了伤春悲秋的情绪，寂寥无比，仿佛故人离去，再无乐趣。

年子跌坐到椅子上，端起茶杯，发现茶水早已冰凉。她也不明白为何忽然就莫名其妙地想痛骂卫微言一顿，也可能是内心深处早就想痛骂他了，只是一直找不到机会。这一次，她终于如愿以偿，新仇旧恨都得到了释放。

第七章

留守儿童之家

年子接到杨老伯打来的电话，说希望她能去新落成的“留守儿童课外作业之家”看看。年子当即约了柏芸芸，第二天就驱车赶去了。

新的“留守儿童课外作业之家”就在杨老伯家隔壁，是用彩钢瓦在空地上搭建的三大间屋子，地面铺了瓷砖，买了很多课桌椅，还有一间像模像样的课外阅读室，只不过书架上空荡荡的，没几本书。

杨老伯介绍，这个“留守儿童课外作业之家”正是用年子的定向捐款建成的，目前为止花了三万块钱。

三万块钱能修成这样，还添置了这么多东西，可见负责承建的人，真心是一分钱也没赚。年子很是欣慰，毕竟这年头有善心的人比她想象的多。

年子想起云未寒拿给自己看的那份建议书，心里一动：“我们想去这村镇附近走走看看，可不可以？”

杨老太：“当然，我们陪你们去。”

那是年子自连山桥村的秀秀家回来之后，第一次深入去了解贫穷村镇。

他们去的第一站，叫作榆树村。榆树村里，留守儿童的比例高达百分之九十。一行人一路行来，基本上罕见年轻女性，甚至中年以下的妇女都很少见到，一眼望去全是灰扑扑的老弱病残。

年子问：“为什么一个年轻妇女都没有？”

杨老太叹道："这儿太穷了，男人们又喜欢打老婆。许多人好不容易花高价娶个老婆，可还是打，一言不合就打，于是，好多女人被打走了……"

话音未落，几人便听到一声尖厉的号哭，正是从旁边的一户人家里传出来的。众人疾步走过去，只见一间灰旧瓦房门口，一个男人正拽着一个女人的头发一边打一边骂。

女人的头都快被按到地上了，年子冲上去，一把拉住了男人。

男人破口大骂道："我打我婆娘，要你多管闲事？"

年子反手就是一嘴巴抽过去。男人没站稳，摔了个倒栽葱，爬起来要去追打年子，被杨老伯夫妻拉住大喊："不许动手……不许动手……"

男人悻悻地盯着年子，又看了看柏芸芸，可能是很久没看到这么年轻漂亮的姑娘，真的没再动手，只恶狠狠地一直骂老婆。几人从骂声里听出来，这男人的老婆已经生了三个女儿了，第四胎检查又是女儿，所以男人坚决要她堕胎另外追生儿子。可能是老婆顶撞了几句，于是他就这么打上了。

男人还满腹冤屈："你们看，这个不会生儿子的废物，都让我抬不起头了，还这么死犟，不如打死算了，反正也没用……"

柏芸芸忍无可忍地道："你家又没有皇位要继承！你也不看看自己，都穷成这样了，还非要生儿子干什么？再说，你打死了老婆，你还娶得到别人吗？"

"反正不会生儿子的女人就是没用，打死也无所谓……"

年子一直盯着那个匍匐在地的女人，按理推算，她可能不过三十来岁，可看起来苍老憔悴如五十岁一般。这已经是村里留下来的极少数的妇女了，可是并非如常人想象的那样被当成宝贝，而是照样十天九顿挨打。而她趴在地上只是哭自己命苦生不了儿子，也不敢反抗，因为越是反抗越是会招来更猛烈的毒打。

穷横、穷横，那是年子第一次深刻了解这个词语的含义。

以前人们说二胎潮之后，拼儿子之风又盛行起来，身在大城市的人还感受不深，可到乡村一看，她才明白，无论何时，中国人对"生儿子"的渴望从来不曾淡去，哪怕儿子们自小就是留守儿童，哪怕儿子们成年之后根本娶不到老婆！

一个人物质上的穷，可以通过捐赠治疗；心穷，什么都治不好。

但是这也不能完全怪他们，因为乡村历来如此——谁若和一个没有儿子的农民吵架，最厉害的莫过于攻击他“绝户头”“和尚命”……千百年来，这些词一直有效。

当然这话也不是没有道理的，因为农村的女人基本上是没有继承权的——农村分配田地，一般只分给娶进来的人；而宅基地这些更是约定俗成“传男不传女”，纵然是娶进来的老婆，夫妻二人一起打拼，修了新房子，万一离婚，女方也一毛钱都拿不走，因为宅基地是男人的，房子的所有权也是男人的。

农村女人的经济价值决定其经济地位低、家庭话语权小——父母也很难依傍女儿养老。

因为生女儿实在是不划算，所以再穷的人也巴不得多生几个儿子。

在整个榆树村走一圈后，年子注意到，小女童其实不多，新生的绝大多数是男童。就像秀秀读书的中心小学，男生数量也是远远多于女生。

杨老太绘声绘色地说：“放开二胎之后，但凡有女儿的人都不想再生女儿，所以打女胎的情况更多了，这几年出生的孩子，基本上全是男胎。我听说本地一家大宝是女儿的人，第二胎生下来又是女婴，女婴的奶奶闻讯赶到医院，一把抢过女婴想要送人，幸好被众人制止了……”

别说年子，纵然是乡村出身的柏芸芸也听得胆战心惊，抬起头的时候，看着昏暗的天空，忽然很是恍惚：哪有什么永远的岁月静好？阴沟里多的是血腥残忍的事。

回去的路上，一行人远远地听到学校里的孩子们在唱歌，正是那首著名的留守儿童之歌：《放心吧，爸爸妈妈》。

我有我的爸爸
我有我的妈妈
爸爸妈妈不在家
我是孤单的娃娃
…………
爸爸妈妈告诉我
过些日子才回家

哦，爸爸妈妈你们辛苦啦
在外你们也要保重身体啊
为国为家你们不辞辛劳
儿女为你们感到无比自豪
…………

年子不知道该怎么评价这首歌，因为没法评价。

她只是悄然站在校门口，看到孩子们陆陆续续地背着书包出来。

放学时间到了。

她注意观察了一下，的确如杨老太所说，男童的数量要远远多于女童。可以想象，一代人长大之后，男女比例失调的情况会更严重。

许多孩子习惯性地走进了“留守儿童课外作业之家”。因为当地的宣传，镇上文化程度比较高一点儿的几个人主动报名做了志愿者，每周轮流来辅导孩子一天。也就是说，这个点的孩子们，周一到周五，都是有人辅导课外作业的。

可现在年子想，除了作业，除了分数，他们更需要新的教育——比如从小要学会尊重异性，明白“女人和男人一样是有用的”——而不是继承父辈的“老婆三天不打上房揭瓦”“堕女胎很正常”的可怕陋习。

而要真正落实这种教育，唯一的办法是让广大农村女性真正拥有财产权和继承权，也一并承担赡养女方父母的责任——唯有经济上独立，才能让她们（至少是他们的父母）认为她们“有用”，而不是该死。

否则，谈什么都是空话。

秀秀得知她俩来了，老远就喊：“年子姐姐、芸芸姐姐……”

她长高了，气色也好了。之前面黄肌瘦的小姑娘，看起来竟然漂亮了许多。年子笑着拉住她的手，把礼物拿给她——那是一个小小的 iPad。她在里面预存了几百本书，希望秀秀经常看看，也拿给同学们看看。

秀秀高兴得直跳：“哇，我一直好想有个 iPad，我弟弟有一个，可从不给我玩，我求我妈也给我买一个，她说女孩子用这个是浪费钱……”

村民普遍认为，在女孩身上投资教育是浪费钱，毕竟女孩子除了出嫁时能收点儿彩礼，其他价值不高。

年子摸了摸秀秀的头，又看看那排空空如也的书架：“下次我给你们带一批纸书来。”

“谢谢年子姐姐。”

回去的路上，柏芸芸开的车。

她说：“年子，我真是后怕，如果我没读大学，早早在当地嫁了人，可能也经常被打被骂……所以无论我的父母现在怎么作，我都能容忍，至少他们让我脱离了火坑，这一点我得终生感谢他们……”

因为她读了大学，至少有可以自我矫正的机会！

为此，柏芸芸雷打不动地每个月给父母三千块钱。

她至少要让父母从经济价值上认为：养女儿还是有回报的。

年子长叹了一声。

如果说早前的连山桥村之行后，年子热血沸腾地一心想要改变留守儿童的命运，那么这次榆树村之行后，就让她产生了深深的怀疑：如果他们的父辈永不改变思维，如果他们自己继承了这种思维，那么她所做的这一切，到底有多大意义呢？

她不知道，只是很沮丧。

尤其她想起一句话：每一个孩子从出生开始，都是站在家族的肩头，传承世世代代的积累。他们有人继承了贫穷，有人继承了富裕；有人继承了琴棋书画，有人继承了暴力和恶习。

一个人想要改变一群人，仅凭一己之力，简直是杯水车薪。

年子回到家就翻出云未寒给的那份慈善资料文件反复研究。亲自走了一趟，她的心态已经有了很大变化：光给钱，不改变观念，其实意义真的不大。可是她到底如何做才能启迪一群人的思想呢？

她不知道。

折腾到半夜，年子好不容易才睡着了。迷迷糊糊中，手机一个劲儿地响，她也不睁开眼睛，直接挂断电话，可一会儿后手机又响了。

她闭着眼睛，愤怒地接起电话喂了一声，只听得对面的人声音比她还生气：“年子，我今天结婚，你还不早点儿来帮忙？你爸妈都早已到现场帮着招呼宾客了，就差你了……对了，务必带上你的‘高富帅’一起，大家都想见见呢……”

年子打了一个激灵，吓得跳起来，一看时间，快十一点了。今天是表姐的婚礼，她早就答应对方要去帮忙的，结果彻底给忘了。

年子仓促地洗漱，马不停蹄地赶到酒店时已经近十二点了。表姐的婚礼在一家五星级酒店举行，该酒店有一片很大的花园草坪，年子远远望去，只见草坪上满是气球和鲜花，来宾如云。

年子觉得自己今天肯定要丢脸丢到家了，众亲戚都等着看“高富帅”，结果自己孤身赴宴。

云未寒说有事情，这段时间不在国内，就算他在国内，年子也不敢约他来这样的场合。

年子不敢和亲友打招呼，仓促地把红包交给负责登记的礼宾，趁着混乱，溜到了宴会厅里。宴会厅很大，能容纳七八十桌人那种。年子一看就放心了：哈哈，这么大的地方，谁会注意到我呢？

她没去和父母坐，因为有熟人；也没去和表姐妹们坐，就随意找了个最角落的位置，看到满桌子全是陌生人，就更放心了。

还没正式开席，年子老神在在地坐着，拿出手机埋头打游戏。她甚至把长发也放下来，故意遮了半边脸，这样就谁也不会轻易认出她了。

台上已经在举行仪式了，都是婚礼上司空见惯的流程。其间菜也上得七七八八了，一声令下，大家就可以吃了。

年子终于抬起头，随意看了看对面，只见满桌人真的一个也不认识。窃喜之余，她又看了看自己旁边，旁边不知何时坐了个同样低着头正玩手机的年轻人。

年子再看一眼，愣住了。只见这身着一身灰色衣服的哥们儿，彻彻底底地埋头玩游戏，就像那万古不变的“消消乐”不知有多好玩似的。

这世界真是太小了，可事已至此，她又没法马上站起来就走，因为其他地方好像没什么空位了。

可能是因为他长得实在是太好看了，同桌的其他客人也纷纷盯着他看。

年子只能硬着头皮放下手机，干咳了一声。偏偏那哥们儿就像没听到似的，依旧全神贯注地埋首玩着自己的游戏——简直就像是专程来这里打游戏的。

年子没辙了。

其实，她也不知道该说什么，毕竟上次把卫微言大骂一顿后，二人就再也没有联系过了。

终于，开席的时间到了，宾主们纷纷端起酒杯，一声令下，开吃。

卫微言终于放下手机，抬起头，也端着酒杯，象征性地喝了一口。桌上许多目光好奇地打量着他，他微微一笑，特别客气地向众人点了点头，但是并未做自我介绍。

他一直没看年子，就好像压根儿没注意到自己旁边还坐了一个熟人似的。

年子昨晚熬夜又没有吃早饭，已经很饿了，加上这酒店的饭菜还不错，索性敞开大吃大喝。她正要夹一道小点心，同桌的一个小孩移动了转盘，她立即收了筷子，也觉得自己吃得有几分饱了，便决定放弃点心，再喝一碗汤就收工了。

下一刻，一个小点心落在了自己的碟子里，她抬头，只见卫微言不动声色地收回了筷子，依旧冷冷地吃自己的，动作之快，就好像点心根本不是他夹的。

年子本想道一声“谢谢”，可是又懒得说，也不吭声，三两下把小点心吃完。

过了一会儿，又一个小点心放在她的碟子里。年子也不动声色地吃了。可渐渐地，她发现不对劲儿啊：自己都一口气吃了五六个小点心了——桌上有三大盘小点心，可能是客人们吃其他菜已经吃饱了，所以吃点心的人很少。于是，那厮一股脑儿将点心往她的碟子里夹。

本着不浪费的精神，年子每次必吃，这样一口气吃了五六个，才发现自己已经吃撑了。

她瞪了他一眼，他却根本没接触她的目光，就像压根儿不认识她似的，这五六个小点心仿佛也压根儿不是他夹的。

他只顾玩游戏，眼里没有任何人，就像年子和他交往那一年多的时间一样。

年子吃饱喝足，这才感觉如坐针毡。她想走，可是满桌客人都还坐着，而且新人马上要来敬酒了。不走，她又觉得瘆得慌。

卫微言忽然抬起头，不经意地看了她一眼。

年子急忙低下头，简直如做贼似的。因为压根儿没有心理准备会在这里碰到卫微言，她还以为自从那天自己把那张卡砸在他脸上之后，二人再也不会碰面了。

终于，敬酒的新郎、新娘过来了。满桌的客人都站了起来，年子也只能硬着头皮站起来。

一对新人和伴郎、伴娘都花枝招展、珠光宝气。尤其是表姐，她本就长得不错，加上化妆师的高超手法，新娘看起来更是艳丽出众、光彩照人。

表姐的目光先落在年子身上，然后她又转向卫微言，竟愣了一下，很是诧异，竟不知道此人到底是谁。莫非这是年子的男朋友？

她还没作声，她旁边的新郎声音很明显提高了："微言！居然是微言！我还以为你没来，结果你俩竟然悄悄地坐在这里！"

语气分明是受宠若惊的，新郎满面笑容地说："我一直以为你忙，不会来。今天人多，之前也没注意到，微言，可真是太抱歉了，是我太失礼了，招待不周，招待不周啊……"

卫微言笑了笑："祝你们百年好合。"

"谢谢，真是太谢谢了。"

新郎又看了年子一眼，简直客气得不得了："年小姐，微言是我的朋友，你们俩能来，简直令我荣幸至极啊……"

年子暗暗地想：是卫微言令你荣幸至极，而不是我。

"对了，按照规矩，我还该叫你一声表妹……妹子，我真是失礼了，请你俩多多担待……"

年子也客客气气地举杯："祝你们白头偕老，早生贵子。"

"承你们吉言，谢谢啦。"

一对新人又向这桌的其他客人敬酒，十分热闹。表姐可能是看到丈夫的态度，所以对二人也特别客气，私下里却很是狐疑：这个卫微言不就是早前传说中"出车祸死了"的那个吗？怎么二人又和好了？

可这种场合，表姐当然不会多话，只是看着卫微言，极其客气地说："微言竟然如此一表人才，真是见面远远胜过闻名啊……"

新郎官哈哈大笑："这不，我们现在是亲上加亲、亲上加亲了啊，真是太好了……"

卫微言笑笑，年子也只好赔着笑脸。

新人一行远去，年子终于松了一口气。这桌的其他客人却纷纷好奇地打量他俩：这二人居然是情侣？一顿饭的时间两个人都不说半句话，全程也没什么互动，大家还以为他们是不认识的陌生人呢。年子受不了这些目光，只能尬笑。

终于，婚宴开始散场了。年子急忙随着人潮往外走。卫微言走在她旁边。

她干咳了几声，想和卫微言聊一聊，毕竟这么尴尬着也太那啥了。可是，她一时又想不到有什么话可以说，憋了半天，终于弱弱地道："真是太巧了啊……"

居然没有得到回答，也不知道卫微言是没听到还是故意不答，年子感觉更尴尬了。走出大门后，宾客们三三两两地彻底分散了，有人去打麻将，有人去喝茶，有人撤退了。年子正想趁机溜之大吉，可是听到一阵尖锐至极的声音："哇，年子，你瞒得我们好苦……"

年子一看，暗道"糟了"。只见堂姑姑率领众表姐妹、堂姐妹以及七大姑八大姨杀过来了。

很显然，她们是听表姐说了年子的男朋友的事情，都追来看稀奇了。

"哇，终于见到'高富帅'本尊了……"

"真人比照片还要帅啊，简直秒杀一干小鲜肉……"

"年子，你怎么这么会找？这简直是人间极品啊，看照片我都不敢相信，现在见了真人，彻底服气了……"

众人跟年子说着话，可所有目光都肆无忌惮地盯着卫微言，好奇得不得了。

年子真的是希望地底快点儿裂开——一干人歪打正着，把卫微言当成了云未寒……可是她没办法解释，也不能解释，只能装傻、尬笑。

偏偏她转过头时，对上了卫微言的目光。那目光简直带有毫不掩饰的嘲讽和讥笑，他好像在说：你晒不足一百八十天，只好拿我背锅了是不是？现在，我看你怎么解释。

这人竟然是幸灾乐祸的。

一群人围着卫微言七嘴八舌地说着话，就连一干长辈都被吸引过来，包括李秀蓝夫妻。

年子一看，坏了。她在亲友们面前装傻充愣就罢了，在父母长辈面前，那就不得了了。他们必须赶紧闪了，不然真的没法收场。可是她尚未抬起脚步，堂姑姑已经大喊：“大嫂，这边，我们正和你们的女婿打招呼呢……”

七八道长辈的目光齐刷刷地落在卫微言的脸上。

“呀，这位就是年子的男朋友啊？果真是一表人才……”

“你表姐都结婚了，你们俩也别拖久了，该办的事情就早点儿办了……”

这绝对是围观新女婿的态势。

李秀蓝夫妻情知这事情有点儿蹊跷，可是都没作声，只微笑着观察卫微言的表现。

卫微言看到他俩，倒是几步走过来，很是礼貌地打了招呼。亲友们看在眼里，更觉得这新女婿没跑了——你看，这人对丈人、丈母娘这么客气，这么恭敬。

内心备受煎熬的年子，就见到这厮居然没事人一样，而且他有一个本领：见人说人话见鬼说鬼话，绝对不会掉份，也绝对不是单独和她相处时那么呆！

她又暗暗想着：如果女人是花，这厮便是塑料花，虽然没什么香味，可是拿去充一充面子绝对是极好的——道具！

李秀蓝先看了一眼女儿，见到女儿的目光，心底就有些数了，悄悄对丈夫使了个眼色，年爸爸便笑眯眯地说：“微言，真没想到你和新郎居然是朋友。好了，我们下午要去打麻将，你们年轻人想干吗干吗去，去看看电影什么的也是好的，不用陪我们老家伙干坐着……”

卫微言恭恭敬敬地说：“那我和年子就先告辞了。”

李秀蓝笑眯眯地点了点头。

在闹哄哄的气氛里，年子趁机和卫微言溜了。快步走出老长一段距离后，年子才发现自己走反了，急急忙忙地回头，差点儿和身后的卫微言撞个满怀。

她结结巴巴地说：“那啥……很抱歉……刚刚他们是误会了……我……”

卫微言冷冷地说：“误会什么了？”

也许是他的目光实在太冷淡了，年子恼了：“那么多人，谁叫你正好坐在我身边？他们想不误会都难，你也怪不得我……”

“是啊，当初群发谣言说我出车祸死了，现在被当场拆穿西洋镜，结果自己下不来台，也算是自食其果，恶有恶报了！！！”

终究是自己理亏，年子愤愤地瞪他一眼，大步离开。去到停车场，年子去拿车钥匙，忽然想起自己是打车来的，拍了一下自己的脑袋，急匆匆地又走出去。

卫微言站在对面，冷冷地说：“我送你回去！”

这么冷的语气，年子觉得自己上车一定会被他给冻死。但她最后还是上了车。

人当然没被冻死，她一言不发地埋头玩着手机。卫微言也只顾着开车。

城里拥堵，车行速度很慢，半小时过去，车里一片死寂。

“手机有那么好玩吗？”

年子诧异地抬起头，看了一眼卫微言。这话竟然出自他之口？怎么可能？难道不是他一直觉得手机天下第一好玩吗？

她没吭声，又埋头玩手机。快到家了，她才放下手机，淡淡地说：“我就在这里下车好了。”

他靠边停了车，但是没有开车门，就那么盯着她。年子心里忽然有点儿毛毛的，自己伸手去拉车门。

“我记得你以前好像一直觉得我比手机好看！”

年子感觉一口血真的喷出来了——哥们儿，你也知道我以前觉得你比手机更好看？可是你觉得我比手机更好看过吗？

“没想到，我现在连手机都不如了！”

他的语气竟然是愤怒的。

年子想笑，可哪里笑得出来？她瞪了他一眼，拉开车门一溜烟儿地跑了，连“谢谢”都忘了说。

那天傍晚，李秀蓝直接回了小院。母女二人喝了一会儿茶，李秀蓝忽然问：“年子，你和卫微言到底是怎么回事？”

这问题终于还是来了。

年子支支吾吾道：“那啥，今天真的只是碰巧，我不知道他和新郎是初中同学，否则我绝对不会去自讨没趣的……"

李秀蓝不可思议地问道："你说只是碰巧？"

年子想了想，又说："上次我抱怨他是铁公鸡，从来没有送过我礼物，他就把他的卡交给我了，我一怒之下，把卡砸在了他的脸上……后来，他就再也不搭理我了……"

这次轮到李秀蓝说不出话了。

过了半晌，她才缓缓地说："我和你父亲，彼此都是初恋、初夜、初婚。从结婚到现在，他从来没有送过任何礼物给我！因为我俩认识不过半个月，他就把他的经济大权彻底交给我了，从此他再也没有见过他的工资卡。这二十几年来，我从不像其他女人期待来自丈夫的礼物，因为无论我要买什么都自由自在的，想怎么花钱就怎么花，你父亲从不会多说半句话……"

父亲只挣钱少花钱，一应开支都出自母亲之手——这场景，年子从小司空见惯。

李秀蓝没有对女儿的行为给出任何评判，只是笑了笑道："男人三不五时送你一点儿礼物很容易，可是你要让他彻底交出经济大权，许多人是不肯的……就看你怎么取舍而已。婚姻漫长的几十年里，如果你一直期待男人送礼物，那是很难受的。所以，如果是我的话，我坚决选择自己能随意买礼物的自由！"

许多夫妻离婚的时候，并不是外人所猜测的那样彼此出轨或者家暴，而是"过不下去了"。你和你的异性同事或者朋友相处几十年，你也没有资格要求任何礼物。可你要是和老公（老婆）相处几十年，经济上却得不到他（她）的什么好处，是不是太可怕了？如果两人再有了孩子，就更不可想象了。

所以，AA 制婚姻，八成坚持不到最后，中途两个人就分道扬镳了。

年子和母亲聊了很久，直到夜深了，才各自回到卧室。躺在床上时，年子想起一个问题：母亲居然没有问云未寒的事，甚至极少提起他，就好像根本不认为云未寒会有多认真似的。

年子还想起一件事：云未寒当初偶遇父亲时，曾说"改天我会登门拜访你们二老"。现在想来，这都是客气话而已。云未寒根本不打算见"家长"——也许任何女方的家长，他都不打算见。

年子想，幸好自己没有主动安排他和父母见面，否则岂不是自找没趣？

亲友大群里不停地提示有新消息。

“年子，下周有聚会，你带卫微言一起参加嘛……”

“年子姐，你拜托卫哥哥给我介绍一个同样帅的男朋友嘛……”

表姐也在小窗发来私信：“年子，你表姐夫很想单独邀请你和卫微言吃个便饭。你看看，你们什么时候有空？你们定个时间，我们随时可以……”

年子没法告诉他们，自己和卫微言根本不是男女朋友。

她只能装死，可是又不能一直装死。

她干脆爬起来，拿出手机在网上找了一张很漂亮的婚戒照片。

她先给“癞蛤蟆”发了一个五毛的红包，这一次，立即提示“癞蛤蟆”接受了。她很是高兴，马上就把那张照片发给他。

“哈喽，哥们儿，你觉得这戒指怎么样？”

“不怎么样。”

她欢呼雀跃地道：“呀，你居然在线啊？可是你为什么一直装死？”

对方没答。

“对了，哥们儿，你觉得我的订婚戒指如何？钻戒是不是很大颗？看起来是不是……”

“哈哈哈。”

“哈哈哈是什么意思？”

“这么小一颗破烂石头，小姐，你怎么好意思晒出来呢？你怎么好意思觉得人家会妒忌呢？”

年子不服气了：“烂石头？你知不知道这颗小小的烂石头要一百多万？？”

“癞蛤蟆”不回复了。

年子觉得他一定是气坏了。

过了一会儿，回复来了，是一张照片，照片上是一颗钻石。

年子基本不佩戴首饰，对首饰也没有任何研究，可单单是肉眼也可以看出图片上的红色钻石熠熠生辉，又大又漂亮。

“哈哈。哥们儿，你是QQ红钻贵族？牛啊！”

“癞蛤蟆”发了一大串鄙夷的神情：“我要是向女孩子求婚的话，一般送这种石头……”

“听你的口气，你已经求过几次婚了？”

“癞蛤蟆”：“小姐，长点儿心吧，没见识不可怕，可怕的是拿着垃圾当宝物。就像那个某某女作家说的，没见识的女孩子，一旦尝到一点儿男人给的甜头，就跟小老鼠偷到了一点儿油水似的到处炫耀，又low（低级）又蠢却不自知……”

年子：“……”

“就比如小姐你晒的这个破烂玩意儿，一般人不屑多看一眼，就你还沾沾自喜……”

就像朋友圈的有些姑娘，好不容易节衣缩食买了一个LV（奢侈品品牌，中文名为路易威登）的包，于是今天晒一下正面，明天晒一下侧面，后天晒一下发票，大后天晒一下整体……反正一个包包不出境一百八十天，简直停不下来。

“还有，小姐，你的那个所谓的‘高富帅’，也就只送得起这种档次的玩意儿吧？或者，你在他心目中就只值这个破烂玩意儿？会不会人家送给其他女人的东西比你的昂贵十倍、百倍……？”

不知为何，年子想起薇薇手上价值上千万的腕表。薇薇是个手表控，年子每次见到她，都看到她戴着腕表，从不例外，而且款式众多。可不知为何，年子老是下意识地觉得，其中最贵的一块是卫微言送的！虽然她没有任何证据！

年子忽然泄气了，没想到炫富都被打脸了，没意思。

“小姐，不吭声了？炫耀被打脸的滋味是不是不太好受？”

年子勃然大怒道：“那你牛，你送我一颗红钻试试？”

“啧啧啧，小姐，你是我的谁啊？我要送你红钻？这么值钱的东西，我送给一个不相干的人？你以为我傻？”

“拿不出来就别瞎叨叨。”

“哈哈，小姐，看在你恼羞成怒的分儿上，我还是送你一颗红钻安慰一下你吧，免得你羞愤难当想不开自杀……对了，你稍等片刻，我去找找，好像还有几颗很小、很不值钱的，但是至少比你的那颗破烂小石头好多了……”

年子真的等着。她有点儿好奇，想看他怎么送。

一会儿后，年子看到QQ提示，自己已经变成“红钻贵族”了。

“小姐，你看，拥有红钻，是不是与众不同了？”

QQ提示继续响个不停，年子看到一溜儿的钻石：黑钻、绿钻、紫钻、黄钻、粉钻、红钻，好了，齐活了。

年子顿时觉得哭笑不得。

“喂，哥们儿，还差一个，没法召唤神龙……”

“没钱了，我得先去搬砖了。”

“不是吧，你搬砖都可以搬出买红钻的钱？”

“我搬的是金砖。”

年子：“……”

夜深了，年子一直躺在床上欣赏自己收到的这么多“钻石”，过了半晌醒悟过来：不锈钢公鸡，这次拔毛了呀！

这简直太难得了！！！

六大钻合起来，也得不少钱呢。

年子哈哈大笑，倒在枕头上就睡着了。

第八章

被黑手追杀

交了一组新的稿子后，年子打算给自己放几天假，看看电影，吃吃饭，购购物。于是她约了柏芸芸去市中心一家不错的大商场。

她先到，柏芸芸还被堵在路上，又是下班高峰期，一时三刻到不了。

年子便先到处逛一逛。一楼全是各大奢侈品专卖店，出入的都是靓女、“土豪”。年子在橱窗里看到一条极美的裙子，高冷的店员客客气气地问：“小姐，您要不要试一试？”

年子还没回答，就听到一个人说：“好巧，年小姐……”

年子抬起头，只见金先生就站在距离自己两米的地方，而他旁边，是一个熟人——曾经登门拜访的金 C。

年子看了看门口，掉头就走。

金 C 居然追出门，一把拉住年子，亲亲热热地低声道：“年小明，金先生诚意想请你喝一杯……”

在不知情的人看来，这是两个年貌相当的女子手挽着手在闲逛，可是年子分明察觉到金 C 在用力，对方很用力地企图把她往前面的一家咖啡馆拽。

年子不动声色地甩开了她，金 C 差点儿没站稳，但是机灵，一下靠着墙壁，弯下腰去，好像不小心弄一下高跟鞋的样子。

年子回头，看到亦步亦趋的金先生，一字一顿地轻声说：“我不想喝金先生的任何东西！！！今后，请不要再来打扰我了！”

金先生的笑容很客气：“年小姐千万别误会。我和云先生是朋友，我是真心实意地想要请你喝一杯……”

“谢了。我不喝任何东西。”

走出二人的视线后，年子马上给柏芸芸发消息，告诉她自己可能碰上仇家了，得马上回去。去地下停车场的时候，年子一直很小心，但是直到车子上路，都没有任何异常。但她途经一条僻静的小街时，一个戴着帽子的人忽然从对面横穿过来，猛地跌倒在地。

年子吓了一跳，顿感不妙。她停下车，急忙下去查看。

倒地的人抱着头哀号：“啊……啊……”

可是年子分明看得清清楚楚，他距离自己的车子起码还有两尺，是一边哀号一边悄悄地滚过来的。

这是个碰瓷的人。而且这人块儿头很大，很年轻。

年子不动声色，马上掉头拉开车门，一阵风似的进去了。

果然，下一刻几个大汉便约好了一般从绿化带里跳出来，团团围住了她的车子，拍着车盖大叫：“停车，停车……小姐，你撞到人了还想跑……快下来……”

就连那个碰瓷的人，都直接跳起来了。

年子当然不会下车，直接将车门落了锁。因着谨慎，她一直开着行车记录仪。尤其那几个彪形大汉简直约好了似的，气势汹汹，她现在要是真的开门下去，就傻透了。

那几个人见她踌躇，更是拍打着车门：“快下来，马上下来……”

一个人居然直接砸车窗，砸得车窗砰砰作响，大肆叫嚣：“快点儿滚下来，你再死坐着，我们就不客气了……”

年子第一次遇到这种场面，说不害怕是假的。她把心一横，对着开了一丝缝隙的窗户忽然大喊：“滚开！再不滚开，我们大家同归于尽……”

那个碰瓷的人破口大骂：“瓜婆娘，你还凶呢？！”

年子也破口大骂：“老子今天才检查出得了艾滋病，已经是中晚期了，正觉得活腻了，今天我就跟你们拼了，能撞死一个够本，多死一个算赚的，谁怕谁啊，我正愁找不到人一起下地狱……”

言毕，她竟然轰隆一声就去踩油门。

那几个大汉见她来真的，尤其是堵在最前面的那个人，几乎是屁滚尿流地侧身就倒，狼狈不堪地跌了个狗啃泥……其他人也可能是被这种“杀气”所震慑，仓促中，竟然纷纷作鸟兽散。

在几人的慌乱之中，年子已经冲了出去。她想，那群流氓可能是没遇到过这种情况，暂时愣了，如果她稍慢一步，等他们回过神来，那就大事不妙了。

逃为上策！果然，车子刚开出去，那群流氓就回过神来，追在后面破口大骂：“停下……停下……”

有一个人甚至直接捡起半截碎石砸过来，年子听到车后盖发出砰的一声。

但是她没管。她一路逃命，一口气闯了两个红灯，也顾不得自己的驾照是不是马上就要被吊销了，真是逃命一般一口气将车子开回了家。

直到停下车，看到小区里拿着警棍走来走去的保安，她才伏在方向盘上，浑身都被冷汗湿透了。

过了半晌，她锁好车门，推开小院的门进去。金毛大王立即亲亲热热地迎上来，汪地叫了一声。年子摸摸它的头，好像见到了侍卫一般。

她想给父母打个电话，可是又担心歹徒们会盯上父母，而且也不想让父母担心。

她喝了一大杯咖啡，回过神来，这才给云未寒发消息。

云未寒没有回复她。

她又给云未寒打电话，电话居然不在服务区。难道这厮又去北极或者南极了？可是谁能告诉她，北极和南极难道就没有信号？还是说他干脆去了月球或者火星？真是个靠不住的家伙，年子在心里暗骂他一万次，垂头丧气地扔了手机，倒头就睡。

冷C的大别墅里，今天的客人并不多。

冷C特别爱混圈子，也特别爱组局，毕竟很长时间以来，她已经是圈中“女王”级的人物了。

几乎所有“闺密”都围着她转，讨好她。冷C当然知道自己的优势，所以气场也越来越足了。

今天的下午茶活动也是如此，只不过这个局很小，只有四五个“闺密”参加。

乔雨桐尝了一口新上的提拉米苏，大赞道：“冷姐家里的厨师真是天下第一，我从未吃过这么好吃的点心……”

薇薇却环顾四周的香花异草，啧啧称奇：“冷姐的品位才是真好，生活在这些奇花异木中，说是人间天堂也不为过……”

冷C笑道：“我们私下里总说，薇薇才是一干姐妹中最美貌、最有才的，不仅长得国色天香，还拉得好一手小提琴，可谓才貌双绝，真不知道以后要什么样的男人才配得上……”

乔雨桐笑道：“还得托冷姐帮我们留意呢。”

“你这丫头八面玲珑，不比薇薇沉默寡言，追你的人已经多得很了，哪里轮得到我介绍？”

“冷姐这是偏心啊，薇薇倾城倾国，追她的狂蜂浪蝶才是多如牛毛好不好？你知道我每次和她出去的感受吗？只觉自己成了柴火妞儿啊……”

在一边喝咖啡的林A打趣道：“美女就别自谦了，否则我这种中年妇女该怎么活下去？”

冷C端着咖啡在她对面坐下，笑道：“你老公最近真的老实多了。你说说看，那个年小明给的药，真的就那么有效吗？”

“也不见得吧，那死鬼不还是偶尔逢场作戏吗？”

冷C叹道：“要叫男人彻彻底底地收心，简直比让狗戒掉吃屎还难。”

乔雨桐冷笑了一声：“说到这个年小明，我就一肚子气。这贱人把我害惨了，这段时间生意都没有了……”

冷C叹道：“小乔，不是我说你，你混得真差啊……”

“……”

“年小明家里好像也没有什么特殊背景，你斗这个丫头怎么还要费这么大的手脚？而且你还一败涂地……”

乔雨桐叹道：“人家有云未寒这样的大靠山，我能有什么办法？”

冷C意味深长地说：“云未寒可不见得真是她的靠山。而且云未寒这样的男人，可能永远不会成为任何女人的靠山……”

乔雨桐急忙问："冷姐已经把云未寒的底细摸清楚了吗？"

"不敢说完全摸清楚了，可大体上是有些了解的。"

"那贱人不是他的未婚妻？"

"如果他愿意，他可以说任何女人是他的未婚妻……"

未婚妻又不是妻，加了一个"未"字，就差了十万八千里。

乔雨桐回味着这句话，忽然笑起来。

冷C："小乔，你倒是说说，你那个青梅竹马跟她是什么关系？"

乔雨桐的脸色彻底变了："唉，说来惭愧，卫微言就像被她灌了迷魂汤一般，别说我，就连薇薇也已经留不住他了……"

薇薇急忙道："别胡说，我跟他早分了，他要干吗跟我无关。"

冷C："你们别说，年小明这丫头还真的有几下子，警惕得像一只猎犬，泼辣又聪明，一般人还真拿她没办法……"

乔雨桐："冷姐，你也看到了的，这口气我怎么都咽不下去啊。这次还得劳驾你出手相助……"

冷C不徐不疾地道："贱人自有天收，这种嚣张的人，哪天怎么死的都不知道。不过她也不算什么，不值得我们动手。别扯这些不愉快的事了，姐妹聚会就要开开心心的，来、来、来，大家尝尝刚出炉的玫瑰饼……"

那天中午，年子吃过午饭，瘫在院中的懒人沙发上小憩。

午后阳光暖洋洋的，很快她就半梦半醒了。

手机突然响起，她慢慢拿起手机，喂了一声。

"年小明，你别作声，听我说完就行了。这些天你最好不要外出，就算外出，也尽量小心，或者与人结伴同行……"

电话居然是林A打来的。

年子低声道："多谢你提醒。"

"年小明，我是不忍心看到你这样的人遭遇不测，尤其是上个月，我亲自开车去你捐赠的地方走了一趟，更是觉得，如果你这样的人死了，就更是少有人会做这样的善事了……这世界上很多人可以死，但是我希望你不要死。再说你又是独生女，有个三长两短，你的父母可怎么办啊……"

林A语速飞快地说完，不等年子回答就挂了电话。

年子忽然很感动。

她完全没想到林A居然会主动提醒自己，不是因任何私交，仅仅是良心发现。

林A又发来消息："你最好给云先生打个招呼，我虽然不认识云先生，但是听她们的口气，冷C那几个人很忌惮他。他若是护着你，万事皆休。"

年子想：若是他不护着我呢?

她慢吞吞地站起来，自言自语道："冤有头债有主，我总不能这么坐以待毙啊。"

车子慢慢地行驶在弯弯曲曲的花间小道上。

风卷残叶，斜阳昏黄，红色的花海摇曳起伏。各种各样的玫瑰闯入视野，红的、蓝的、粉的、黄的、紫的……浓郁的芬芳让整个天空似乎都跟着黏腻起来。

年子停下车，极目远眺，但觉生平也从未见过这么大片的花海，简直像海洋一般，浩瀚无边。

前面是一片蓝色的玫瑰园，尽头有一架蓝白色的风车。风车后面是一栋全木质结构的小别墅，别墅四周也爬满了红蔷薇，吸引了无数彩蝶、蜜蜂围绕着翩翩起舞，一片嗡嗡的声音。

年子走过去，敲了敲门。

门也是蓝白色的，犹如童话故事中画出来的。

她先是砰砰地敲，然后是用脚踹。最后她停下来，回到了车上。

她给云未寒发了一条消息："如果你十分钟内不赶回来，我就开车碾压你的玫瑰农场，然后放一把火烧掉你的风车别墅。"

年子看着时间，掐着车速，准备要是云未寒不按时赶到，就直接碾压玫瑰农场，直到车子开不动为止。

第九分钟过去了，她开始准备发动车子了。

前方忽然传来一阵呼啸声，年子见到一辆跑车风驰电掣而来，几乎快擦到她的车了，那车才停下来。

车主跑下来，擦了擦额头上的汗，很夸张地气喘吁吁道："小祖宗，你就算想我想得再厉害，也别这样火烧连营啊，简直吓死我了……"

年子面不改色地道："林教头，我还真以为你上火星去了呢。"

"唉，我这不是为了生活四处奔波吗？前段时间出差去了，累得半死，这不，今天刚到机场，就接到你的短信，还在半路上又收到你要纵火的恐吓信息，吓得我半路把司机赶走，自己超速赶来……"

云未寒一身白色便装，一尘不染，哪里有半点儿风尘仆仆的样子？

"好吧，年姑娘，你这么急着要见我，我其实是有点儿高兴的，这可不可以理解为，我在你心目中还是挺重要的？"

年子打开后备厢，拿出一个包装完整的大箱子。

"林教头，你送我的礼物全部在里面。"

她甚至没有使用过这些东西，东西分毫不曾折损，还是十成新的。她只拍过照片。

她用了一点儿力气，才把箱子放到他的车子前面。

她笑了笑，若无其事地说："我也不知道当初怎么莫名其妙地就认识你了。直到现在，我都不知道你是一个真人，还是玫瑰变的花精。不过，林教头，我自认从未真正得罪你，也从未骗财骗色，今后还请手下留情……"

还君礼物，他们也两清。

云未寒一直凝视着她："为什么？"

年子直言不讳地道："我真的发现了，你的朋友全是我的敌人。我如果再和你纠葛不清，不但会被人追打，可能哪天怎么死的都不知道。"

"虽然我不知道事情究竟是谁干的，但年姑娘放心，我一定尽快解决这个问题。"

"谢了。"

就在她即将拉开车门的刹那，他忽然冲上去一把拉住了她的手。

"林教头……"

"年姑娘，陪我吃一顿饭再走。"

告别的晚餐？年子迟疑了一下，还是留了下来。

云未寒的晚餐非常简单，不简单的是吃饭的地方。那是花海中的一片空地，不过二三十平方米，四周有玫瑰栅栏，地面铺着防腐木地板。

小方桌上有蓝白色的玫瑰花纹，二人对坐，把彼此看得清清楚楚。

别墅里一名穿着制服的工人端上了两碗面条。

碗是极其精美的景德镇玫红瓷器，筷子也是年子从未见过的特殊材质。

原本是普普通通的一碗面条，可因为碗筷不同，立即就特别高大上起来。

尤其在这花间、风里，面条里不知添了什么特殊东西，竟然芬芳扑鼻。

年子挑起面条，发现面条极细，头发丝一般，而且十分柔韧。

她从未见过这么细的面条，好奇地尝了一口，结果就一发不可收了。她一鼓作气，把一碗面条吃得干干净净，汤底都喝得精光，还意犹未尽，生平从未吃过这么好吃的面条。

对面的云未寒却只是看着她吃，连筷子都没有动一下。

年子想，这么好吃的面条，凉了就真是可惜了。

可是她尚未开口，忽见四周的灯光暗了一下，随即眼前又亮了起来。

千万朵玫瑰从前面、左边、右边冉冉升起，自动盛开成了三面花海。

三面花海中是三个大字：我爱你。

千万朵玫瑰组成的一句话，正好将二人围在中间。

年子惊呆了，眼睛睁得很大很大，根本不知道这到底是真实存在的还是幻境。

花墙是真的，玫瑰也是真的。

只不过每一朵玫瑰的中间都镶嵌了一颗小小的发光石，千万朵玫瑰一起，星辉灿烂，蔚为壮观。

尤其这些玫瑰根本不是一朵一朵剪下来的，而是依花枝而生，灿烂怒放，居然全是活的，而且会自动升降。

三面墙壁，是三面绝佳的风景。

再高明的浪漫大师，也设计不出这样的景致，除了云未寒。

年子呆呆地看着眼前的景象，情不自禁地站起来走过去。

她正面看到的是那个“爱”字，由千万朵花组成，就像是一颗活生生的心脏于绿色的叶海之中跳跃。

她屏住呼吸伸出手，轻轻抚摸那朵比拳头还大的玫瑰。这朵玫瑰便是“爱”字的中心点，大得出奇，就像是一朵塑料雕花，可她细细抚摸，却感觉有一股生命力直接流淌到掌心之间。

这里的一切全都是真的，恍如活生生的心血。

一眨眼，她以为自己眼花了——那朵巨大的玫瑰中心竟然有一张脸，一张美丽到极点的人像面孔，但见那人时而娇嗔时而欢笑，就像花的精华所孕育出来的一个小小仙子……

那分明就是年子本人。

可是年子根本不敢相信这是自己——不，不，不，这只是人在想象里幻化出来的一个幻象。凡夫俗子，纵然再加一万倍的滤镜、柔光、美颜，都达不到这样的效果。

我化了妆，都不如她化成灰好看。

带着这个疑问，年子竟然伸手去摸那人的脸，可是掌心所触及的，只是一片虚空。美丽的小小仙子如受了惊吓一般，倏地消失了。

年子忘了，这只是投射而已。

她恍如身处梦中，忽然忘记了所处的境地，忘记了来时的路，忘记了身后坐着的那个男人，甚至……忘记自己是谁。

不知何时饭桌已经消失，干净整齐的橡木地板散发着林中橡子的淡淡香气。

旁边有清冽芬芳的玫瑰茶水，在玫红的瓷器里，映出月光粼粼的水纹，就像一杯忘忧水，喝一口就能让人满口留香，如入幻境。

年子盘腿坐下，一直正对着那个“爱”字。

花间，夜风送来笛声，那是一首古老又陌生的曲子，仿佛有人从远古洪荒踏雪而来，一路驭风而行，偶尔会停下来，于山巅之间、云海之上、彩虹之旁、湖水之畔……于时光隧道里，行走千万年，只留下乐声回旋缠绕。

每走一路，他身后就留下一地红花，一直走到生与死的分界线，一直走到黄泉与地狱之间的奈何桥。

年子抱着膝盖，然后慢慢将头伏在膝盖上。

半梦半醒之中，她感觉到有一双温热的手轻轻环抱住自己，那个声音也如夜风送来的玫瑰的淡淡香味：“年姑娘……”

短短的三个字，比无数句“我爱你”更厉害。就像有人站在时光里，找寻了千万年，曾经有无数设想旁白，最后通通浓缩成了短短的几个字，却胜过千万句甜言蜜语。

风慢慢地凉了，花香却更加浓郁。星辉暗淡之后，千万朵玫瑰里的发光石就像无数双明亮的眼睛，让四周清晰得就像是一场迷梦。

有好几次，年子悄悄地掐自己的手背，不动声色地感受到双手交叠时，一只手偷偷掐自己所传递出来的那种隐隐的疼痛，可还是不明白这一切到底是真的还是假的。

直到他拥抱住她，就像是有炙热的风拂过。

她居然慢慢地站起来，挣脱了他的拥抱。

她退后了几步，背对着玫瑰花墙，刚好把那个“爱”字拦腰斩为两截。

她低着头，并不对视对面那双如夜空般深沉的眼睛，声音很是虚弱：“林教头……我……我很害怕……”

“为什么？”

连疑问都像是被夜风送来的。

她没回答，也无法回答。只是有一个声音悄悄地盘旋在脑海里：我忘不了这个夜晚。此后，纵然失去了全部记忆，纵然老年痴呆，纵然在生命的最后一刻，我也一定忘不了这个场景，永远也忘不了今夜的场景！

她只是本能地转身，大步往自己的车子的方向走去。

直到上了车，一直将车子开上弯弯曲曲的花间林道，年子才放慢速度，透过车窗看到了远远站着的那个白衣人。

他已经在夜色之中变成了一抹奇异的剪影，就像一个被抛弃的夜行人，谁也不知道他最后的目的地到底是何处，就像谁也不知道天涯海角到底哪里才是他的尽头……

第九章

合格的准女婿

年子想给秀秀们的“课外作业之家”增添一些高质量的课外读物，曾经在网上发起过一次“募集旧书”的行动，没想到竟然收到了陌生网友寄来的近千册捐赠图书。

她的编辑又和出版社接洽，同时募捐到了上千本绘本。但这几千册绘本是有条件捐赠的，年子必须和出版社一起，带着他们的作者到乡下走一趟，在各所学校轮番进行讲座。

按照出版社的意思，是要大肆宣传一番的，这也算是替他们的书炒作，这样在大城市书的销量便会暴增，同时作者的名气也出去了。

年子想了想，答应了。毕竟人家做了善事，宣传一下也是应该的。

只是年子没有想到，走一趟山区居然有这么多事情。

这些事情，当然都出自那个出版社。他们召集了七八辆车，除了他们力捧的三四位明星作家之外，还有各助理、工作人员以及宣传人员、摄影师等。

年子跟他们会合时，见到这等阵势，简直吓了一跳。

出版社的负责人老于倒是和蔼可亲，一再问道：“年小明，你也和我们一起宣传吧，毕竟你也是著名作家……”

年子急忙摇头：“不，不，不，我只是个网络写手。再说，我也没有纸书出版，就不宣传了。”

她和柏芸芸一辆车，车子开到县城，一行明星作家去学校宣讲，年子坚持和众人分道扬镳了。

她和柏芸芸最先去的还是老杨夫妻俩的那个“留守儿童课外作业室”。她们此行是要把小零食带给孩子们，然后再去下一个点。

适逢周六，活动室只有十几个孩子，众人见了年子和柏芸芸，欢呼着一拥而上。秀秀一把抱住年子，咯咯地笑道：“姐姐，我一直等着你。杨爷爷说你要来，我简直高兴坏了……”

年子拿一套新买的画板和画笔给她。她高兴地说：“我正希望有一套画板，这下好极了……”

年子送她画板，是听说她的绘画参加县上的书画比赛得了个鼓励奖，虽然只是安慰性质的奖，可是聊胜于无。

她们和孩子们寒暄了一会儿，杨老太带着一个小伙子走了过来。

小伙子先自我介绍：“我叫赵理想，这名字有点儿拗口，一般人叫我找理想……当然，我也不知道我爸当时怎么想的，为什么会起这么一个奇葩的名字。哈哈，所以到现在，我还在寻找理想的途中……”

二人都被逗得笑起来。

赵理想是这次负责陪同她们前去调研的志愿者，也是杨老太的一名远房亲戚。赵理想是个中等个子的小伙子，特别开朗大方，是本县土生土长的人，读大学后才去了省城，毕业后留在省城工作。他很早就知道杨老伯夫妻的善举，所以很早就成了这个活动的志愿者。

一路上赵理想详细介绍了本县的情况，可是当车子停在当地刚刚落成的“留守儿童课外作业之家”的第一个大点时，年子还是吃了一惊。

不是因为这里破旧，相反，这三大间屋子修得很好、很新，比杨老伯那里气派多了。

她吃惊的是，这个点旁边就是一个茶馆，茶馆里乌烟瘴气，一屋子的男女老少在打麻将。

可能是周末的原因，这个点的留守儿童并不多。但是年子注意到，十来个孩子中，有一大半穿着阿迪或者耐克的鞋子和运动装，有的还拿着 iPad 在打游戏、看剧什么的。

赵理想说，现在乡村两极分化十分严重，有些家庭有两三个成年人在外地打工，经济还算宽裕，他们为了“补偿”孩子，总会给孩子远超当地平均水平的生活费，让留守在家的孩子吃好穿好。所以单从表面上看，这些孩子比起城里孩子是没什么差别的。

赵理想还没说完，忽然传来一声尖叫，年子循声望去，只见一个老妇跌跌撞撞地冲进麻将室，一把揪住麻将桌边的一个黄毛小子，呼天抢地地道：“你这个背时（四川方言，倒霉的意思）的娃娃，你说，你到底欠了多少高利贷？”

接下来便是一番打骂哭喊。

年子从老太婆断断续续的哭骂声里听出来了：她是这黄毛的奶奶。黄毛顶多二十岁，又瘦又矮，满脸稚气，但脖子上挂着金链子，手里拿着苹果手机，嘴里的半支烟被打歪了也舍不得吐掉，面对奶奶的打骂只是东躲西藏，一边躲闪，一边怒道：“放开……放开我……再不放开，我要发毛了哈……”

黄毛欠了网贷，最初是欠一家，后来为了还债，在网上到处借钱，到现在已经欠下了几十家网贷，没法还了……于是，一家小公司按图索骥，上门把他的一辆电瓶车和奶奶喂的八头大肥猪通通拉走了，另一家小公司还扬言要起诉他。据说，他把宅基地的本子都拿去抵押了。

黄毛不堪奶奶的责打，趁其不备跑了，老太太趔趄着追了上去。黄毛的麻将搭子们也骂骂咧咧地散去了。

年子注意到，他们都是不到二十岁的年轻人。

周围的人七嘴八舌地道：“老太婆命苦啊，好不容易把孙子养大，以为可以享福了，现在却欠下几十万的高利贷，可怎么还得起啊……”

“老太婆还不起没关系，不是还有他妈、他爸吗？”

“他妈、他爸都在外面打工，几年也不回来一次，谁会管他？”

“又不是他一个人欠债，你们看看这镇上，有几个年轻人不欠债的？爸妈在家的一样欠债……”

“其实这些年轻人都该出去打工，待在家里就是事多……”

“你说得倒是容易，哪有那么多工可打？一个个的全在家里做直播，直播也挣不到钱，全靠借网贷活着……”

赵理想见她俩愕然，低声给她俩解释，说这几年乡村青年也不怎么出去打工了，一个个在家做直播，但直播能挣钱的人是极少数，于是这些没有生活来源的年轻人就弄网贷：贷款买手机、买衣服、打麻将、打游戏、追女孩子，甚至付房子首付。一应买、买、买，都是网贷来的。许多人越陷越深，根本还不起贷款。

年子看看这个“留守儿童课外作业室”，又看看旁边的麻将馆，两边最多相距二十米。

近墨者黑，她想，选址的人当时就没有考虑过这一点吗？

柏芸芸也低声道：“这里距离学校近，他们也不可能选择太远的地方，太远了，学生们根本不会去，家长也会担心其安全问题。”

这也是事实，年子无可奈何。

返城的路上，赵理想负责开车，两个女生昏昏欲睡。

年子眯了一会儿，便打起精神看手机。

根据融 360 发布的消费调查数据显示：90 后在借贷市场上的占比高达百分之四十九点三，他们的负债额是月收入的十八点五倍，人均负债十二万多，在亚洲同龄人中排名第一。

年子看得胆战心惊。过了半晌，她才把手机放在一边。

她再次想起鲁迅先生的名言：国民的肉体素质如何，其实并不是最重要的，重要的是精神素质。

如果一代青年尚且如此，那么未来的几十年光景，让人如何期待？

年子应编辑的命令开始写“巨婴”男人，因为她学到了一个新词——云配偶。也就是说，中国绝大多数女人的丈夫，是云配偶，只储存在云盘里，大多数时候是一种虚拟的存在，女人要使用时，还需要下载，可往往因为网速或者各种问题，根本下载不了。

这种狗血题材，对年子来说简直手到擒来，她写得正酣畅淋漓时，听到金毛大王汪汪地叫了好几声。

她抬起头，居然看到了卫微言。

她诧异地站起来，揉了揉眼睛，确信对面的确站着一个灰扑扑的人影，于是小心翼翼地问：“那啥……你怎么来了？”

卫微言抚摸着金毛大王的头，老狗吐出舌头舔了舔他的手，显得极其亲热。

他环顾四周："我路过这里，顺带进来瞧瞧金毛大王……"

年子："……"

他又走到花架下面，年大将军扑棱着翅膀跳到他的肩头："参见大王……参见大王……"

翠绿色的羽毛，衬得他灰扑扑的夹克煞是好看。

他哈哈大笑道："老伙计，好久不见了，你越发精神了。"

年子忽然觉得自己的地位比金毛大王和年大将军差远了。

这厮闲庭信步地走过来，顺手摸出一个塑料口袋，云淡风轻地说："金毛大王，这两块石头，你要不要拿去玩一玩？"

那的确是两块石头，装在一个货真价实的塑料袋里，年子怀疑那是卫微言逛超市的时候，像那些老太婆一样顺手扯的那种超市免费塑料小袋。

有一段时间，贪便宜的老太太们特爱在收银出口扯这种免费袋子，有些人一扯就是十几个，逼得商场不得不贴出醒目的告示：非保鲜袋，多扯无用。

现在，这两块石头就这么被装在免费的塑料袋里，而不是世人通常以为的被放在红丝绒盒子里。

当然，宝石也只是石头而已，可能卫微言觉得用塑料袋装已经足够了。

两块石头一红一蓝，红的如小孩拳头大小，蓝的如大人拳头大小。

年子从未见过这么大的宝石，一时被镇住了。

说不惊愕是假的，她的目光一会儿落在红色石头上面，一会儿又落到蓝色石头上面，越看她越觉得这两个大家伙真是太漂亮了。

年子还注意到，那块红色的石头，外面居然套了一个黑黝黝的铁手环，粗粗一看，简直像是一枚拳头大小的"戒指"，但看起来又大又丑又蠢。

她太好奇了，所以径直拿起这枚巨大的"戒指"。"戒指"没法戴在手指上，只能戴在手腕上。

这天下最有钱的"土豪"，也不可能在手腕上戴这么一枚硕大无比、奇丑无比的"戒指"。年子看着看着，扑哧一声笑了出来。她取下这块沉甸甸的石头，哈哈大笑："这是什么玩意儿？根本没法戴啊……"

戒指？得压断手指。

项链？得压断脖子。

手环？看来只能作为手环戴了。

可就算这是手环，也得压断手腕。

这玩意儿戴哪儿都不行。

卫微言伸手拿过“戒指”，套在金毛大王的前肢上，刚好。

年子傻眼了。

金毛大王却极其兴奋，连声大叫，好像对自己的这个新奇玩意儿满意得不得了。

红色的原石反射着夕阳最后的光芒，璀璨、华丽，仿佛让这老狗戴上了一顶王冠。这居然真的是红、蓝两块宝石，虽然没有精雕细琢，可宝石还是宝石，而且是巨大的宝石。

年子目瞪口呆，继而哈哈大笑。“癞蛤蟆”是怎么说的来着？

——我送姑娘宝石都是送大的，别拿小玩意儿在我面前显摆，太贱了。

果然，这宝石够大。

她拿起另一块沉甸甸的蓝宝石，笑得上气不接下气：“哈哈，这一块是给年大将军的吗？那得把可怜的年大将军的脖子给活活压断……”

“这种粗笨的东西，年大将军玩不了，都给金毛大王好了。”

金毛大王闻声立即转向这块蓝色宝石，晶莹剔透的蓝色宝石几乎把它的眼珠子彻底照亮了。

金毛大王再次发出汪的一声，一双昏黄的老狗眼也要发出光来似的。

年子简直叹为观止。何止是女人，哪怕老狗，也对珠宝有一种天生的渴望。

她哈哈大笑：“你哪里来的这么大的两块石头？”

卫微言云淡风轻地说：“再大的宝石也只是石头，无非碳元素而已，没什么好稀奇的。”

再看看那个装两块“大石头”的免费塑料袋，年子真的觉得该给他的这次显摆打一百分。不、不、不，该给一万分，一万分都不怕他骄傲。

她笑得上气不接下气：“难怪金毛大王特别喜欢你，你俩真是……真是……意气相投、意气相投啊……哈哈哈……”

卫微言这才转向她，轻描淡写地看了她一眼，转身就走。就好像他真的是专门给金毛大王送两个石头玩具似的，送来了，他就完成任务了。

眼看他就要走出小院门了，年子急了，冲上去一把扯住他：“喂，卫微言……”

他停下了脚步。年子死死地扯着他的袖子，差点儿把他的夹克都拉歪了。

他的目光落在她的手上。她面上一红，笑嘻嘻地说：“金毛大王有礼物，为啥我没有？”

卫微言：“……”

她理直气壮地又道：“我跟你的交情，怎么着也比你跟它俩强吧，你不送我礼物，是看不起我吗？”

卫微言：“……”

年子上下打量他，估摸着浑身上下可能真的搜刮不出什么礼物了，笑嘻嘻地说：“没有礼物也没关系，不过你得以身抵债，出体力也行……”

卫微言的目光动了一下，眼神变得非常奇怪。她避开他的目光，天真无邪地欢呼：“我好饿，要不你出点儿体力，给我煮点儿东西吃吧……”

卫微言：“……”

“我记得你上次做的仔姜鲜锅兔好好吃，你今晚再给我做一次嘛……好了，好不容易来一次，你不做也说不过去啊，快去做……”

年子不由分说，扯着卫微言就往厨房走去。

一个多小时之后，芋儿烧鸡上桌了，另外还有一盘手撕包菜和一锅番茄鸡蛋汤。

两菜一汤，摆在干净整齐的新桌布上，很是赏心悦目。

卫微言看到桌上居然还放了一瓶尚未开封的红酒，指了指：“这是什么意思？”

年子先嗅到他身上淡淡的烟火味儿，想着，他身上这味道，真是太好闻了。

她佯装大大方方地说：“这么多好菜，你是不是也觉得我们该喝一点儿红酒？”

“红酒下芋儿烧鸡？？？”

“有什么不妥吗？难道你觉得茅台才配得上芋儿烧鸡？”

卫微言看了她一眼。

年子忽然有点儿心虚。

“你根本不是想喝酒，是想灌醉我……”

年子急了：“我灌醉你？我灌醉你干什么？”

“你图我的美色，想灌醉我酒后乱性。你以为我会上你的当？！”

年子：“……”

卫微言冷冷地道：“这种红酒，我喝十瓶都不会乱性。小姐，你还是省省吧，做人要正派！何况我也不是随便的人……”

你随便起来不是人，可年子又不敢这么说。

红酒没的喝，两个人只好吃饭。

年子气鼓鼓地拼命吃饭，一口气吃了满满一大碗，直到去盛了第二碗，才放慢速度：“哇，芋儿烧得又软又糯又入味，好好吃。小卫啊，你以后都可以去开餐馆了……”

卫微言淡淡地说：“吃饭的时候最好不要讲话……”

“为什么？”

“你讲话的时候，别人很可能已经把好菜吃完了。”

年子：“……”

卫微言慢悠悠地吃饭、喝汤，把剩下的菜肴也一扫而光。

年子吃太饱，瘫在椅子上有点儿无法动弹。但是转眼看到满桌子的残羹冷炙、杯盘狼藉，就变得愁眉苦脸了——按照江湖规矩，该她洗碗。

她忽然想找一个不洗碗的借口，可是想来想去，又想不到，只好捂着头，自言自语道：“我怎么觉得自己的头晕晕的？”

卫微言语气平静地问：“食物中毒了？”

“好像有点儿……好像是感冒了，头好晕……”

“吃多了撑的吧？”

年子：“……”

“吃太多了，你最好运动一下，所以洗碗便是你最好的运动……”

年子只好去洗碗。

等她收拾好一切，也不过晚上八点多。这个时段，出去逛晚了一点儿，睡觉又早了一点儿。

年子出去的时候，看到卫微言在书房里盘腿而坐，正翻一本相册。

金毛大王就躺在他旁边，懒洋洋地拨弄着那两块石头，偶尔还会伸出舌头舔一舔他的手背。

年子怀疑，这老狗也很市侩——谁送它礼物，它就对谁亲热。

比如，云未寒从未送它礼物，它每一次都会对着他叫，哪怕是后来对他已经很熟悉了，也从来不曾这样亲热过。

只有卫微言能入它的狗眼。一人一狗，就像是一幅安静的画卷。

尤其是卫微言，低着头的侧颜，真的是……太、太、太好看了。

年子忽然又有点儿心跳加速。她悄无声息地走过去，悄悄地站在卫微言的后面，正想说点儿什么，忽然瞄到卫微言翻开的那一页相片，顿时恼羞成怒："喂，你怎么私下里翻我的这本相册？"

这是她的出生纪念相册。从她呱呱坠地到一岁期间……全是咧嘴大哭、皱眉蹙额，或者各种丑得不得了的照片，有些还是穿着尿布或者光穿着个兜肚……

卫微言指着一张年子几个月大时号啕大哭的照片，很中肯地说："你看这张，好像一只皱皮青蛙……"

年子一把抢过相册，怒道："你干吗老翻我的丑照？"

卫微言不以为意地道："长得丑还不让人看了？"

年子只好在他对面坐下，佯装摸金毛大王的头。

问题是，金毛大王又不配合，一个劲儿地玩自己的石头，明显对金主比对她这个旧主热情多了。

可坐下了，她又不知道该干什么，忽然有点儿尴尬。毕竟这厮以前可从未这样在自己的书房里待着撸狗，而且他光撸狗，又不怎么讲话，气氛就暧昧了。

她急急忙忙地没话找话，挤出点儿笑容道："话说，卫微言，你到底有没有什么兴趣爱好？我认识你这么久，都不知道你真正的兴趣爱好到底是什么……"

卫微言淡淡地说："我不抽烟、不喝酒、不打麻将，也不爱去旅行，基本上算是没什么兴趣爱好吧。"

年子点了点头，接口道："哦，那你可能只剩下一个兴趣了……"

"什么？"

"好色。"

卫微言："……"

年子趁机坐过去一点儿，假装伸手撸狗，不经意间碰到了他的手，却不再移开。

他的手很烫——当然，更可能是她自己的手烫。

理智终究斗不过冲动，她竟然不知不觉间已经坐到他身边去了，几乎贴着他的身子，就差他大手一挥，抱住她的肩头了。

偏偏这厮就像一块木头，好像没有察觉她的任何反常，忽然笑起来。

他这一笑，室内的暧昧气氛一扫而光。

年子直勾勾地看着他，不明白他为何突然发笑。

卫微言还是轻描淡写地说："对了，你上次的'大姨妈'不调，现在好了吗？"

年子简直想给他一耳光。

偏偏两个人距离这么近，他的脸对着她的脸，呼吸炽热，彼此能看见对方眼中的影子。年子竟然下不去手，这张脸实在是太好看了……要打她都不忍心。

"年子，年子？"

她恍恍惚惚地问："怎么了？"

"我问你，病好了吗？"

"神经病？！"

卫微言："……"

年子沮丧得几乎瘫倒在地上。

她不甘心，弱弱地说："那啥，卫微言，如此良辰美景，你就不想做点儿什么有意义的事情吗？"

他坐直了身子，抱着膝盖，悠悠然地看着书房的窗户："明明是雾霾漫天，落叶凋零，一个黑漆漆、光秃秃的夜晚，你哪只眼睛看到良辰美景了？"

他伸了个懒腰，干脆懒洋洋地躺了下去："今晚的芋儿烧鸡咸了点儿，现在好口渴。要不，麻烦年子你去帮我倒一杯清茶吧。记住，茶叶少一点儿，有那么个味道就行了……”

年子傻傻地看着他和金毛大王并排躺在一起，忽然觉得，他俩简直才是绝配。

年子只好去倒茶，一路上都是愤愤的。什么女追男隔层纱？这人简直是铁纱罩，刀枪不入。

红茶、普洱、铁观音都一样，有一个共同功效：一杯下去，平心静气，欲壑消失。

年子喝了一大杯清茶，脸上的滚烫慢慢地平息了。她干脆把茶壶直接提到书房，先给卫微言倒了一大杯茶，气鼓鼓地说：“喝吧，刚泡好的。”

他接过茶杯，并没有马上喝，而是盯着她，似笑非笑道：“我怎么觉得你倒个茶也心不甘情不愿的？”

年子赌气地坐下去，顺手拿出了茶壶后面的红酒。红酒是在厨房里就开了的，她给自己倒了一杯，喝了一口。

卫微言意味深长地说：“年子，你现在是在干什么？”

年子摊手：“喝酒啊。”

“是借酒消愁还是借酒壮胆？”

年子大怒：“就是想喝不行吗？”

卫微言懒洋洋地说：“许多人喝酒其实只有一个目的……”

“什么目的？”

“就是想借助酒精的力量做一些平常想做又不敢做的龌龊事。”

年子：“……”

“你想，你若是滴酒不沾，直接做龌龊事，总是拉不下脸，对不对？可喝点儿酒就不同了，三分的酒意可以当作七分的醉意……事后你也好有个借口，比如喝醉了犯糊涂之类的。要不然你总不好意思喝了几杯茶，清醒地干了龌龊事，事后却叫人原谅你吧？”

“……”

“总而言之呢，酒其实就是一块遮羞布而已。这也是它最大的一点儿功效了……”

如果茅台集团听到这话，肯定要把这哥们儿拉进黑名单。

卫微言看了看她手里的酒杯，笑得十分诡异："对了，年子，还有一句俗话，你可能也是听过的，'酒壮㞞人胆，酒壮色人胆'，你属于哪一类？"

这酒真的喝不下去了，年子干脆瘫在懒人沙发上，准备呼呼大睡。

睡了一会儿，她听到有人缓缓地说："小姐，你可真是心大。有个男人在身边，你居然也能这么肆无忌惮地睡着……"

年子含混不清地说："男人？你吗？你不算男人的……"

她的手忽然被人一把抓住。这动作实在是太突然了，年子被吓得瞌睡都消失了。

她瞪大了眼睛："你……你想干吗？"

卫微言盯着她。年子从未见过他这样的目光，忽然觉得浑身有点儿冷飕飕的。

"年子，既然你这么想要我，以后就再也别去撩别的男人啦，哪怕逢场作戏、阳奉阴违都不要，有一万个理由都不要再继续了。"

谁想要你了？谁想了？年子梗着脖子，可又无法辩解。

"要是你一边撩别人，又一边撩我，那我是坚决不接受的！"

你还独家专撩了？

"本来我也不会管你的闲事，可是看在你一直苦苦暗恋我的情分之下，我也不愿意眼睁睁地看着你掉进坑里，有义务把你给拉出来……"

这世界上有一万个女人暗恋你，那这一万个你都去拉吗？你拉得过来吗？你是起重机啊？

卫微言一字一顿地继续说："有些人接近你，并不是对你有兴趣，而是另有所图。你可能以为敷衍一下无伤大雅，但是许多女人这么想的时候其实已经输了，因为男人没你想象的那么简单。真正论阴谋和算计的对抗，许多女人根本不是男人的对手，轻则被骗财骗色，重则性命堪忧……"卫微言说得语重心长，"有些人的世界，比你想象的还要复杂得多，你若是非要仗着几分小聪明，自以为可以与之周旋，那就真是死定了……"

年子悻悻地说："你直接说云未寒想谋色害命不就行了？"

"你以为我是因为妒忌才这么说？"

年子没好气地道："你会妒忌吗？你简直顽固得跟个太监似的，我以为你身上的妒忌细胞早就死光了……"

她的声音忽然停止了，整个人身子一软，就像一片叶子被风吹了起来。

她的嘴唇彻底被封住了。

小院的大门突然被人砰砰地敲了两声，接着金毛大王便汪汪叫着摇着尾巴跑了出去。有个熟悉的声音传来：“哈，金毛大王……”

年子吓得浑身打了一个冷战，语无伦次地道：“糟了，糟了，我爸回来了……”

卫微言立即松了手。

年子的面色都变了：“这可怎么办啊？你……我爸可能要误会我们怎么了……”

卫微言似笑非笑地道：“怎么就是误会了？”

年子理了理自己微乱的头发，低声道：“要不，你先躲起来？”

“哪有躲老丈人的道理？有什么好怕的？！”

卫微言面不改色地笑了笑，若无其事地说：“官宣男友，何必鬼鬼祟祟的？我又不是见不得人。”

官宣男友？谁给你官宣了？

年子还没站稳，只见这厮已经推开书房门，大大方方地走了出去：“叔叔，你回来了？”

年爸爸忽然看到他，很是意外，但并不惊讶，客客气气地说：“小卫，你们吃晚饭了吗？”

“吃了。我给年子做的芋儿烧鸡。”

“咦，你也会做这道菜？我最擅长的就是芋儿烧鸡……”

“哈，我也会。芋儿烧鸡、仔姜鲜锅兔都会做。”

年爸爸大笑：“那可真是巧了，这几道菜我都拿手。小卫，下次你来我都做给你尝一尝……”

“那我一定要来好好和叔叔切磋一下厨艺。”

年爸爸十分热情地说：“对了，既然你们已经吃过饭了，小卫，我们喝喝茶吧……”

“好呀，我正想和叔叔聊一聊，上次在朋友的婚礼上太仓促了，人多也说不上话，还请叔叔原谅……”

“那天人太多，也真说不上什么话。今晚我们正好聊一聊……对了，上次我的一个朋友送了半斤极好的蒙顶黄芽，今天我们正好品尝一下……”

“叔叔也喜欢喝茶？那我下次给叔叔带一些竹叶青来……”

年子原本躲在门口不敢出去，却见二人已经径直去了茶桌，很熟稔地你一杯我一杯地喝起茶来。

茶是年爸爸的藏品，极好的蒙顶黄芽，有着淡淡的茶香，味道极佳。

二人边喝边聊，显得其乐融融。

年子顿觉自己的存在感太低了，简直跟个小透明似的。于是她只好自己走出去。

年爸爸好像这才看到她似的：“年子，你也来喝一杯。这茶味道不错……”

年子心虚万分地在父亲旁边坐下，端着茶杯，低眉顺目地喝着。她听到卫微言正人君子似的说道：“叔叔休闲的时候，喜欢打麻将什么的吗？”

年爸爸：“我不抽烟、不喝酒，也不打麻将……”

年子感觉这话听起来好耳熟。

年爸爸：“我唯一的爱好算是钓鱼吧。”

“钓鱼？叔叔也喜欢钓鱼？”

“怎么？小卫，你也喜欢钓鱼啊？”

“我倒谈不上喜欢，只是偶尔无聊的时候，会去钓鱼，枯坐半天，一条也钓不上来，那种感觉真是太爽了……”

年爸爸一拍大腿，如遇知音：“哈哈，我也是这样。我经常在鱼塘旁边坐半天，虾子都钓不到一只，可是那种感觉无法形容……就是特别轻松，特别释然……”

“是的。我每次一放下钓鱼竿，就想：这得多蠢的生物才一门心思地赶上来送死啊？不过，鱼嘛，也只有鱼的脑子，偶尔还是会有上钩的。每次有鱼上钩了，我就想，活生生的一条鱼，就这么自杀了。人类何尝不是如此？天天前赴后继地跳各种坑，各种花式作死……”

“对、对、对，我也是这样。我觉得钓不到鱼才说明生物的警惕性和智商在逐渐增加……”

年子在旁边听得目瞪口呆。果然，物以类聚人以群分。不知情的人，还以为是谁在说单口相声。

两个人聊了好一阵子，年子光听着，也不插嘴。

直到时间差不多了，卫微言才站起来道："今天太晚了，我改天再来和叔叔一起喝茶……"

"行、行、行，小卫，我们约个时间一起去钓鱼。"

"好呀，我下个月起休假的时间就多了，我们一定好好去钓个鱼……"

二人谈笑风生，然后卫微言告辞。

年爸爸亲自送卫微言出了小院的门，就好像卫微言走这一遭，专门是来和年爸爸一起喝茶的。反倒没年子什么事了。

年子抬头，就见爸爸一直盯着那两块极其璀璨的石头，似在自言自语："这两块石头，应该挺值钱的……"

年子还是弱弱地道："那啥……这是卫微言送给金毛大王的。爸……你说……我要不要收这两块石头呢？"

年爸爸斩钉截铁地说："收！怎么不收呢？既然卫微言是送给金毛大王的，你就替金毛大王收好了，以后但凡卫微言送的礼物，你都大大方方地收着。这也是应该的。"

年子点了点头，正要回房间，听到爸爸又说话了："金毛大王收一个人的礼物就行了，不可再收取其他人的礼物了。"

年子怔了怔，很慎重地点头道："好的，爸爸，我明白了。"

夜深了，年子抱着两块石头毫无睡意。虽然这石头卫微言是送给金毛大王的，但自己是金毛大王的"唯一继承人"。她想着想着，咯咯地笑起来。

你还想让我还你石头？别做梦了。

好不容易拔了铁公鸡一撮毛，谁会还呢？自始至终，她就没想过不要这两块石头，要了也坚决不还他。就算两个人不在一起，她也不还给他。

年子睡了个懒觉，第二天起床就收到编辑的消息，说在附近开会，约年子出去喝个下午茶。年子稍作打扮，赶到指定的商场，陪编辑喝了两个小时的下午茶，挨了两个小时的训，接了一个任务，兴冲冲地回家了。

推开小院门，看到旁边有一个包裹，她捡起来，拿进去拆开，看到里面是三大罐子茶叶。这一次，茶叶就不是用免费塑料袋装的了，而是用了极其精美的瓷器茶叶罐，包装得很是高档。

三种茶叶分别是竹叶青、龙井和大红袍。上面还有一张字条，说是他这五天连续加班，没法亲自送来茶叶，所以托人送来的。年子自言自语道："卫微言这家伙，送这么多茶叶，这是要喝几年吗？"

继上次募捐绘本之后，年子发出的第二份广谱调查问卷是：你为什么要堕胎？

这是编辑布置的任务，这一次年子只收到了几十份有效回复。她看着统计，居然绝大多数是未婚女性回复的，而且都很年轻。她们堕胎的原因不一而足，当然，最普遍的是：男人不肯用套，自己也没有安全意识，一不小心中招了，男人又不靠谱……于是只好打掉。

有女孩因为彩礼谈不拢打掉的，有因为男友忽然劈腿了打掉的，有男人坚决不认账而必须打掉的，也有双方经济条件都不好养不起孩子必须打掉的……

抛开一切道德因素，清宫、刮宫、流血，轻则身体受损，重则以后不孕不育或者有些被血淋淋地直接切掉了子宫甚至危及性命……这一切，难道不是女性独有的悲剧吗？年子一遍又一遍地研究数据，希望能写出一篇"耸人听闻"的科普读物，以警醒世人。

可是她觉得这很难，或者说她的水平有限。半夜，她感觉头晕眼花，又睡不着，给"癞蛤蟆"发了个五毛的红包，好半天才收到回复。

"小姐，你深更半夜骚扰我干什么？"

"癞蛤蟆，你如何看待女性未婚流产这种事情？"

"当初脱裤子的速度有多快，后来承受痛苦的程度就有多深。"

这厮好毒。

"小姐，我给你讲一个实例：我有一次在医院看到一个被抛弃的女子，她才二十二岁，但是已经为前男友打过五次胎，最后一次大出血，被切掉整个子宫，于是前男友的母亲出面阻止了他们结婚，理由是，他们家不能养一只不下蛋的母鸡，不能因她而绝后……"

年子好奇地问："你难道不觉得那个堕胎五次的姑娘很可怜吗？"

"小姐，我坦率地告诉你，在我眼中，第一次犯错情有可原，第二次犯错就真的是自轻自贱，不值得任何人同情了。很简单，这世界上最需要为自己负责的是你自己！如果你自己都这么轻贱自己，别人凭什么要可怜你为你买单？其实这世界上正常的人大多一样，但犯贱的人，各有各的贱法……”

好有道理，年子竟然无法反驳。

这时候，她的手机忽然响了。

“林教头，这么晚了，找我干吗？”

“电话一响，年姑娘就接听，很明显是还没睡，对吧？明天下午六点，我准时去接你。”

年子立即拒绝：“我没空。”

云未寒的声音在电话里非常平静：“年姑娘曾经多次要求我取消你的透视能力，现在我答应了……”

年子迫不及待地问：“真的吗？”

“我可以答应年姑娘的一些要求，但是年姑娘也应该适当答应我的某些合理要求。”

“可是……”

“年姑娘放心，我云未寒并非什么毒蛇猛兽。”

挂了电话，年子一直在思考一个问题：这要求真的合理吗？可是她别无选择。自从上次疑似被金先生的人追打后，她就非常强烈地想失去透视功能。她认为，只有彻底失去这个能力，自己才能真正摆脱云未寒。

第十章

你不能嫁给他

第二天六点钟，云未寒的车子准时到了。他出现在小院门口的时候，年子已经换好衣服，整整齐齐地走出来。

他打量着年子，从头到脚，又从脚到头。年子笑嘻嘻地道："林教头，你是不是觉得我这一身行头会给你丢人？"

云未寒摇了摇头。年子不知道他摇头是什么意思，但是也没有继续追问。毕竟她自认这一身行头已经不算丢人了。

到了现场年子才发现，又是一个小规模的慈善晚宴。她就不明白了，为什么富翁们的慈善晚宴就这么多呢？可是她有个原则：自己不懂的事情，就不要乱问。藏拙比出洋相要好一点儿。

她和往常一样，只是面带微笑，少说多听。云未寒一路和人打招呼，显得热情又亲和。

年子看不出任何异常，也不明白他今晚带自己来这里的目的和意图。四下环顾，这一次她总算没有看到冷 C 和金先生等人，甚至也没有看到薇薇和乔雨桐。

她正松一口气，忽然听到啧啧的赞叹声："我们漂亮的薇薇又来了……"

所有人的目光都投向门口，众人就像看到了一个亮闪闪的发光体。薇薇一身白色晚礼服，窈窕得就像是一朵刚刚盛开的深谷幽兰。不只是男人，许多女客看到她，也移不开目光了。

薇薇不是一个人来的，而是挽着一位很年轻的男子。这男子好生面熟，年子看了好几眼，恍然大悟：这位张公子是一位很著名的网红，一个巨富之子，经常出现在各种商业娱乐新闻中，真可谓天下闻名。

瞎子也能看出张公子面上心满意足的神色，显然他对这位绝代佳人般的女友满意得不得了。

薇薇的脖子上是一条亮闪闪的钻石项链，翠绿色的翡翠耳环把她的一张雪白面孔衬得透明一般。

她手腕上的名表是刚出的新款，价值几千万人民币的那种。年子忽然意识到，自己每次见到薇薇，薇薇的腕表都不相同，而且一次比一次昂贵。她再看看云未寒，立即明白为啥自己越来越看他不爽了：因为他也如此，不时更换腕表。当然，这些腕表全是顶级价格。俗话说得好："穷人玩车，富人玩表。"年子彻底意识到：云未寒和薇薇才是一类人，而自己和他的世界差异真的太大了，大到一块这样的表她都永远买不起，别说频繁更换新款了。

薇薇和张公子进来后，没和云未寒打招呼，甚至好像没看到二人似的。

年子下意识地去看云未寒，正好撞上云未寒的目光。见他似笑非笑的，年子不好贸然开口，只是陪着他，看他和众人应酬，就像一朵会自动行走的塑料花。

当然，这一次她和云未寒保持了一定的距离。毕竟爸爸是怎么告诫她的来着？她收一个男人的礼物是幸福，同时收几个男人的礼物很可能会造成悲剧。普通女人是没有这个周旋能力的，所以她最好老老实实的。

云未寒当然早就意识到了这一点，所以当二人身边稍稍清静的时候，他低声道："年姑娘这是急于跟我划清界限吗？"

年子狡黠一笑，也低声道："不然呢？难道我们还来真的？"

云未寒盯着她。灯光下，姑娘的雪白面孔上有一抹粉红色彩，就像是午夜盛开的玫瑰，一双眼睛又大又圆，长长的睫毛扑闪扑闪的，眼里满是狡黠之意。

年子避开了他的目光。

"林教头，我喝水喝多了，先去上个洗手间……"

正好有人来和云未寒打招呼，年子趁机溜走了。她再次出去的时候，大厅里早已人满为患，各种香水味弥漫在空气中，让敏感的人都快无法呼吸了。

“年小明，好巧，你也在这里啊。”

年子敢发誓，乔雨桐这一声“年小明”是故意的，因为“年小明”的名声，最近已经在富婆圈子里传开了。她们都听过传说了，年小明有透视眼，可以帮人捉奸，只要肯付钱，她保证帮人把情敌一网打尽。

年子因前几次的危险，一直想撇清这一点，可乔雨桐这么一喊，果然，富婆们就像看稀奇似的，用目光包围了她。年子赔着笑脸，也不讲话，只点点头算是打招呼，然后溜之大吉。

乔雨桐却上前一步，状似不经意地阻拦了她的去路：“年小明，上一次的慈善拍卖会，云先生拍下了好几件价值连城的珠宝，你今天没有戴出来吗？”

上一次拍卖会是什么时候，到底是干吗的，年子通通不知道。哪里来的珠宝？

可富婆们听到这话，都从头到脚打量年子，每个人的目光都变得暧昧而复杂，甚至有毫不掩饰的轻蔑：这个传说中的云未寒的未婚妻，非常、非常、非常寒酸，跟云未寒的身份极其不符！

年子还是笑嘻嘻的，既不开口，也不觉得尴尬，若无其事地背着手，打算不动声色地离开这群八婆。可乔雨桐偏偏又叫住了她，还亲亲热热地道：“年小明，上次就听你说，你和云先生婚期已近，你们什么时候请喝喜酒啊？”

你什么时候听我说“我们婚期已近”了？可年子没法这么反驳她，只能吃一个哑巴亏，还是笑眯眯地说：“这种事情，你得去问云先生啊。”

“难道婚姻大事，云先生不和你商量，他一个人就做主了？”

“他的婚姻大事，有什么必要非得和我商量？”

乔雨桐的笑容就更奇怪了：“难道云先生连订婚戒指这些也不让你亲自去选一选？”

年子歪着头，天真无邪地笑了：“我妈说，太年轻的姑娘不用佩戴太多首饰。年轻还是朴素自然点儿为好……等我老一点儿，再用首饰装点自己吧……”

一干近中年的夫人，都觉得这话有点儿刺耳。一位眼尖的太太忽然说：“雨桐，你都戴着戒指了？是婚戒吗？”

年子这才注意到乔雨桐不经意地抬起的右手无名指上居然戴着一枚硕大无比的钻戒——绝对是鸽子蛋那种。而且戒指精雕细琢，出自某著名品牌的著名设计师之手。

乔雨桐很谦虚：“我这个不算啥，张公子送薇薇的才真是大手笔。对了，年小明，你真该把你的订婚戒指戴来让我们看看，毕竟大家都很好奇云先生的审美，他一定会送你想不到的惊喜，是不是？”

大家都盯着年子，满脸看好戏的样子，看这个寒酸女人怎么办。

年子笑嘻嘻地点了点头：“惊喜是有的，只不过我真的不愿意佩戴任何珠宝……”

众人眼睁睁地看着她从随身的包里摸出一个塑料袋！

塑料袋里是一块硕大无比的红色石头，红色石头上套了一圈黝黑的圆环。于是她就这么旁若无人地把这块巨石，戴在了自己的右手手腕上。

雪白手腕配上红色宝石，她还举起手来，笑嘻嘻地说：“我男朋友还送了一块比这还大几倍的蓝色石头，因为太重了，所以我送给我家狗当玩具了……”

众人目瞪口呆。不是因为她的话，也不是因为她将首饰佩戴得如此丑陋，而是因为，那颗红色宝石居然是真的。

这么大一颗红宝石，不知道可以被切割出几枚顶级钻戒呢。而且她说，她还有一块比这大几倍的蓝色石头？

在众人匪夷所思的目光里，年子笑嘻嘻地又把红色石头取下来，若无其事地扔进塑料口袋里：“这玩意儿太重了，没意思，不戴了。”

年轻的姑娘施施然地走远了，众阔太太看着她的背影，面面相觑。

饶是乔雨桐这样的人精，面色也彻彻底底变了，不是因为那颗特大的红宝石，而是她认得那颗红宝石。许多认识卫微言的人知道，那是他从一个洋人手里打赌赢来的，一直摆在他的书房里，但凡去过他家的朋友都见过。

乔雨桐气得面色铁青，直到碰到不远处薇薇的目光。薇薇的目光很复杂。

乔雨桐忽然笑起来。她记得很清楚，卫微言赢了红宝石的那天晚上请大家吃饭，众人当场就起哄，说这宝石绝对是送给薇薇的，而且一致认为这么好的红宝石足以切割出一套完整的极品首饰。

当时卫一鸿甚至自告奋勇，说自己认识一个非常著名的珠宝设计师，可以找他帮忙切割打磨。他甚至放言，可以马上约设计师和薇薇见一面，根据薇薇的特点量身定做首饰。

当时乔雨桐都妒忌死了，甚至暗暗想象过这个场景：这样一套宝石打磨出的首饰戴在薇薇身上，薇薇得跟王妃一般了。

岂料卫微言根本就没送！

可是薇薇只是看了看年子的背影，并未表现出任何不悦的神情，而是亲昵地继续挽着新男友，和一众富豪热烈地交谈起来，就当根本没看到这一幕似的。

这一次，乔雨桐都有点儿佩服薇薇了。女强人自然有女强人的风范，薇薇能走到今天，也绝对不是浪得虚名。

老远，云未寒就看到年子了。

他盯着年子，年子也盯着他。她忽然意识到，他已经看到刚刚那一幕了。

可是她并不在乎。这年头，谁有条件还不炫一下富呢？毕竟炫富的感觉远远好过被人踩踏。

云未寒终于开口了："年姑娘上个洗手间，差点儿就一去不复返了……"

年子笑吟吟地低声道："我跟她们斗阔去了。"

"输了还是赢了？"

"当然是赢了。"

"怎么赢的？"

年子悠悠地说："我告诉她们，马云是我们村里的重点扶贫对象。"

云未寒死死地盯着她随身的那个包包，一个很能装东西的大容量小包包。之前隔得太远，他都没看清楚那个塑料袋，可大致上是明白的。年子根本不去管他的目光，若无其事地说："好饿啊，我觉得我真的该去吃点儿东西了……"

于是她真的就去拿东西吃了。云未寒没法作声了。

晚宴的高潮在于才艺表演。小姐们都争着表演才艺，毕竟这种场合是她们露脸的大好机会。有人弹琵琶，有人弹古筝，有人跳舞，也有人表演一些稀奇古怪的东西……主持人在介绍这些帅哥美女的时候，也都会顺带介绍他们的经历，好多人有什么潜水执照、飞行执照，以及各种凡夫俗子都听不懂的超牛特长。

薇薇弹奏了一首法国的歌剧选段，众人纷纷叫好。乔雨桐忽然道："听说云先生也精通琴棋书画，要不和薇薇合作一曲？"

旁观者立即起哄："云先生正好还没表演，和薇薇来一首男女二重唱……"

薇薇也仰起脸，满含期待地道："云先生，请赏脸。"

云未寒倒也没推辞，大大方方地答应了。

年子没想到，云未寒居然有非常好的男中音，他和薇薇一唱一和，真是男才女貌，超级登对。更令人侧目的是，薇薇的雪白手腕上那块腕表，细看竟然和云未寒的是同款。这就耐人寻味了。

二人表演完，乔雨桐一边鼓掌一边看年子，心道：你这个连国都没出过的土包子，听得懂这么高雅的法语歌剧吗？

年子笑嘻嘻地跟着鼓掌。

掌声之后，主持人笑看着全场："还有谁没表演吗？今晚说好了一个不能少的……"

一个富婆忽然说："云先生的女伴不是还没表演吗？"

众人的目光齐刷刷地投向年子，好像这时候他们才看到这个小透明的存在。

主持人客客气气地道："年小姐有些什么特长啊？"

"特长？我想想，打麻将、斗地主、诈金花这些算不算？我曾经有连续打麻将四十九场也没输过的战绩……"

众人："……"

年子还笑嘻嘻地说："此外，扑克我也很擅长……不过，这里好像不太适合表演这些啊……"

年子环顾四周，看到众人的目光那么复杂，尤其是薇薇和乔雨桐，都跟看好戏似的，而且她们不是看她，是看着云未寒，仿佛在说：你看你带的什么女伴啊，脸是不是都被丢光了？

年子呵呵笑道：“才艺这些我都没有，要不我给大家吹个牛吧……”

众人：“……”

回去的路上，沉默已久的云未寒终于又开口了：“年姑娘，我可否问你一个问题？”

“你说吧。”

“卫微言到底哪一点比我更好？因为他送你红宝石？还是他更慷慨大方或者别的什么原因？”他也送过她很多值钱的礼物，只是她一直不肯收……

年子答不上来。

爱情于她，是一种必不可少的体验，就像云霄飞车之于孩子，也像大人欣赏一朵花。

可婚姻就未必了。不结婚，人不会死；可结错了婚，人真的会死。

我可以死皮赖脸地追我看上的男人，不代表我就一定要嫁给他。恋爱的对象，哪怕是外星人都无所谓；可结婚对象，就必须得与自己志趣相投、三观一致了。

云未寒沉默了好一会儿，自嘲一笑道：“原来卫弱智也是这样的待遇，我还以为只有我一个人从来不入年姑娘的法眼！罢了，罢了，其实我早该想到这一点，年姑娘能临时悔婚甩了卫弱智，就足以说明你是个铁石心肠之人了！”

年子悠悠然地说：“现在你觉得我新鲜，对我充满了好奇，然后乐意带我去你的圈子长见识。可是等以后我出洋相的时候多了，或者你腻烦了，你会觉得我这样的女人简直毫无价值，不如扔掉。要是我不想被你抛弃，那我就得处心积虑地去学习你们这个阶层的人的生活方式、审美趣味以及各种各样我讨厌的事情。难道你没有发现吗？许多女人向往豪门生活，拼命钻进去，企图提高自己的档次，但绝大多数人以失败告终，偶尔有成功者，也成了传奇人物……”

“你为什么不能让自己活成传奇？”

“成功者是传奇，广大的失败者便是你们口中的心机女、不自量力者。”

半晌，云未寒缓缓地说：“难怪人家都说女子无才便是德，女人一思考，男人就没有机会了……”

年子板着脸道：“人丑更要多读书！对了，林教头，你能马上让我的透视能力消失吗？”

终于到摊牌的时候了，兜兜转转，她为的便是这一刻。

“年姑娘的意思是，只要这能力消失了，你就再也不会跟我见面了吧？”

年子看了看他手腕上的名表，又想起他和薇薇的男女二重唱，呵呵笑了起来：“林教头，你早知道我们不是一路人，何必如此惺惺作态？如果我真的天天缠着你，可能你很快就会烦了，觉得我甩都甩不掉……”

云未寒淡淡地说：“这能力并不是我想取消就能取消的……”

“那要怎样才能取消？”

“还需要一点儿时间！”

年子很失望，也有点儿愤怒。既然不能取消，他要着她玩呢？

“透视能力其实没有年姑娘想象的那么可怕，只要年姑娘不再多事，我保证谁也不敢动你的。”

年子无言以对。

车子停在小院门口。年子下车，没有跟云未寒说再见。云未寒也沉默着，二人只是互相点了点头，然后一人一车彻底消失在夜色之中。

年子坐在花架下面，看着冬日暖阳一点儿一点儿地从头顶往西斜去。

桌上摆着王小波的《黄金时代》。

“那一天我二十一岁，在我一生的黄金时代，我有好多奢望。我想爱，想吃，还想在一瞬间变成天上半明半暗的云。后来我才知道，生活就是个缓慢受锤的过程，人一天天老下去，奢望也一天天消失，最后变得像挨了锤的牛一样。我觉得自己会永远生猛下去，什么也锤不了我。”

年子放下书，心想，王小波的二十一岁，其实也可以换成任何人的二十二、二十三岁，甚至是二十四、二十五岁。在二十五岁之前，我们总觉得自己还年轻。就像好多少女经常说：三十岁好可怕，我希望三十岁之前自己就死了。可是等她们真的到了三十岁，她们会觉得，五十、六十、七十岁才可怕呢，而三十岁是如此年轻。

终于，夕阳变得血红，晚风满是寒意，年子正要起身，看到金毛大王先爬起来，摇了摇尾巴，迎着小院门口很是亲热地跑过去。

她诧异地看着那个灰色人影：“你怎么来了？”

卫微言四下看了看，淡淡地说：“我给你爸送茶叶来。”

他果然拎着一个大袋子，袋子里又是三大罐茶叶。

年子忽然意识到：如果不提醒他，这哥们儿肯定每次都送茶叶。她说喜欢茶叶，那他就送茶叶。可能一辈子下来，她每一次的礼物都是茶叶，以后家里都可以开茶厂了。

她好奇地道：“你既然是给我爸送茶叶，那怎么不提前打个电话啊？我爸妈今天都不在家……”

卫微言：“我就是估摸着他们不在才来的……”

年子扑哧一声笑了出来：“那你来干啥？”

卫微言盯着她。年子忽然觉得他的目光有点儿奇怪，她竟然有点儿紧张，赶紧移开了目光，嘀咕：“你吃饭了吗？好饿啊，我还没吃晚饭。要不我们点外卖？”

“出去吃吧。”

年子以为自己听错了，反问：“出去吃？你说真的吗？”

“吃个饭而已，你用得着这样一副受宠若惊的表情吗？”

这哥们儿跩得随时会被人打！

年子当机立断道：“你等我，我马上换好衣服就出门。”

年子还没换好衣服，就听到外面忽然好生热闹。她急忙跑出去一看，顿时结结巴巴地道：“妈妈，你怎么回来了？”

她的样子就好像被人捉奸在场似的。

李秀蓝的目光全在卫微言身上，脸上也都是笑意。很显然，她对卫微言的登门拜访很是开心。

卫微言也客客气气地说：“上次我说给叔叔送点儿茶叶，结果一直没有空，今天才送来……”

李秀蓝满脸笑容地道：“来就是了，你还送什么茶叶啊。再说，你上次已经送了那么多，我们可能一年半载也喝不完。对了，小卫，你吃晚饭了吗？”

“还没有呢。阿姨您跟我们一起去吧。”

“不用了，我回来之前已经吃了。小卫，这次是不凑巧，下一次我让年子的爸爸做几个拿手好菜招待你。”

这个时间点，说早不早说晚不晚，母亲肯定没吃饭啊，年子急了：“妈，你和我们一起去嘛……”

李秀蓝摇了摇头：“我只是回来拿一个东西，拿了马上就走的。”

李秀蓝进了房间，很快拿了一个小包走出来，还是和颜悦色地说：“对了，年子，今晚我和你爸都不会回来的。这几天我们都不回来，你和小卫出去吃饭吧，不用管我们了。哈，这茶叶我拿走了，小卫，谢谢你的茶叶。”

“阿姨客气了。”

“年子，你要好好招待小卫吃晚饭啊。”

言毕，李秀蓝竟然施施然地走了。年子喊了一声“妈”，又闭嘴了。

卫微言低声道：“你妈是怕打扰我们。”

年子嘀咕道：“这家伙不傻啊。”

年子认识卫微言近三年了，被他主动请吃饭的时候屈指可数，不，不，不，是仅此一次，她不受宠若惊是不可能的。

所以，年子选了一家极好的餐厅，而且点了两道大菜、一个汤，还要了一个小吃。年子很饿，也不像以前那样要故意装斯文高雅，一鼓作气地把饭菜吃得精光。喝完最后一口汤，她才心满意足，大赞：“这家餐厅的菜味道不错，下次还可以再来。”

卫微言慢条斯理地说：“你以前每一次吃饭都只吃几口，而且每次都小口小口地吃，看着特别淑女。我很好奇，你到底是怎么做到装那么久的？”

年子没好气地说：“一个人作的程度不能超过自己的颜值。我现在不作了，不行吗？”

卫微言还是死死地盯着她：“你那时候比现在作多了，真的，我就没有见过那么假的人，跟个提线木偶似的，好像一举一动全是仿照那些九流时尚杂志上的闺秀生活而来，就连说话的语气都是刻意而矫情的……有时候我也暗暗好奇，到底是什么支撑着你演了那么久？难道你自己没察觉这样很令人倒胃口吗？”

这家伙好毒。敢情他那么长时间一直在看稀奇？他观察猴子的表演？

“江山易改本性难移！！！一个人偶尔伪装一次并不是难事，但是要伪装一辈子，那就不容易了……”

年子板着脸道：“人生如戏，全靠演技。”

卫微言不以为然地道：“可你的演技太差啊，看着就像个小丑。”

年子真的好想给他一耳光，可还是笑嘻嘻地说：“饭后，我们去看电影还是喝咖啡？”

“以上皆不。”

“……”

卫微言慢条斯理地说：“我今天来，是有一件事情要通知你……”

年子真的好奇了，他这么一本正经的样子，到底想说啥？

“以后云未寒约你，你再也不要出去了。无论他找什么借口，你都不要再搭理他了。”

他居然是来下最后通牒的？

年子想了想，郑重其事地点头：“他的确很邪门，以后我会尽量离他远一点儿……”

话音未落，她听到手机响了，一看，是一个很陌生的号码。她刚喂了一声，就听到云未寒的声音：“年姑娘，你是聪明人，所以有些话最好不要乱说，有些秘密最好也不要告诉别人。就算是卫微言，他也没你想象的那么值得信任……”

年子怒不可遏，这厮居然在监视自己？

年子直接挂了电话，抬起头，迎着卫微言的目光，勉强地笑了笑。

“是云未寒打来的？”

年子苦笑了一声：“算了，我们回去吧。”

卫微言死死地盯着她：“云未寒是不是想用什么东西来威胁你？”

年子想，这个透视眼算不算？一路上，卫微言都没有作声，直到车子快停到小院门口了，他才缓缓地说：“云未寒比我们想象的要复杂得多。他出自医学世家，他的祖父、曾祖父都是极其神秘的富豪，也曾是很著名的医生，到他的父亲一辈，他的父亲忽然改行，再也不从事任何跟医学相关的产业……”

年子很好奇：“那他父亲做什么去了？”

“他父亲什么都不做，每天吃喝嫖赌，是著名的浪荡子，在云未寒不到五岁的时候，他父亲就得艾滋病去世了。”

年子感到很意外。

“云未寒跟随他的母亲常年生活在瑞士，直到他成年之后，才在瑞士和国内往返。云未寒交游广阔，身边随时凝聚着一大帮子三教九流的人，他花钱如流水，对朋友往往一掷千金，外界只知道他的祖上在国内、国外都给他留下了巨额遗产，但是这些遗产现在还剩下多少，就谁也不清楚……”

年子想起他那一片上万亩的玫瑰农场，初见的时候，她已经感觉很惊艳了，后来才知道，这片农场在他的财产中无非九牛一毛而已。他自己是怎么说的来着？

——我都快变成穷光蛋了，所以急需将爱情药投产以换取大笔资金。

她低声道：“我倒是知道一点儿，好像他背后有许多神秘的医药研究团体，比如研制长效多巴胺或者长生不老药这些，所以花钱如流水……”

卫微言摇了摇头：“这些都只是表象。比如从水母中提取长生不老药，这个我也知道，但这项技术只是处于论文阶段，根本谈不上花费巨额资金。而且他聚众交友，只是吃吃喝喝，真要说耗费巨额资金也不可能。他本人并没有什么公开的妻子和情人，他于此道上的花费应该也很少。这么说吧，云未寒最诡异的地方并不在于他的家产，也不在于他的身世，而在于他这个人……”

年子有些不解：“他这个人怎么了？”

“上述所有经历都是他自己说出来的，但是你若追查，居然查不到他的任何身家背景。比如，他在哪里上的大、中、小学；比如，他的母亲到底是谁；比如，他的巨额遗产到底从何而来……”

“你不是说是继承他祖父的吗？”

“他自称是继承了他祖父的遗产，但是据我所知，他祖父的财产在他父亲的时代就已经被败得差不多了，到他成年之后，更是所剩无几了，就算有，也都是一些无法变卖的不动产。他这十来年的花销是他那浪荡父亲的十倍、百倍以上……”

他们要想知道小时候的云未寒到底在干吗，那是不可能的，根本查不到。他的小时候一片空白，直到他成年后出现在大众的视野里。他一出现就是那样，从未改变，甚至他的母亲，要想知道他的母亲现在究竟在哪里，也是不可能的。

卫微言一字一句地道："年子，我阻止你和云未寒往来，其实最重要的原因并不是吃醋，而是为了你的安危。我早就知道，你根本没有看上他，也不可能和他有什么苟且之事。"

年子忽然很是感动，轻轻拉住他的手，低声道："我明白，我都明白。你放心，我会尽快彻底和他斩断一切关系。"

他也反手握住了她的手："你也不要太担心，就算他真的心怀不轨，他也不敢太过分。"

那天晚上，年子躺在床上辗转难眠。

不是因为卫微言彻底起底了云未寒，而是她忽然想起自己认识云未寒的全过程。她竟然不知道是何时第一次见到他，也不知道是何时具有了透视眼——就好像在睡梦之中，被人掳去，一觉醒来就被"改造"了；就像好莱坞大片里所演的那样，某个普通人被外星人或者某种神秘组织看上，然后被抓进研究室，给注射了某种特别的药物，于是这个人就成了半个超人。

她细细一想，竟然遍体生寒。云未寒为什么要盯上自己？他给自己安装透视眼的目的到底是什么？他随时监控着自己，又是想要干什么？

她忽然忍不住了，拿起手机，拨打云未寒的电话。

"年姑娘……"

她打断了他的话，直奔主题道："林教头，我想我们的恩怨该彻底了断了。你必须马上解除我的透视眼能力，无论你有什么理由，无论你有什么借口，通通不要说了，你直接按照我的命令行事就是了……"

她一鼓作气地道："我们明天下午在我家里见面，需要什么东西，你自己带来，然后彻底解决这一切……"

"年姑娘……"

年子恶狠狠地说："我最讨厌被人胁迫了！如果你再找任何借口，我就把你宰了！"

她不等他分辩，直接挂了电话。不一会儿电话又响了，她看到是云未寒打来的，便没接听。电话响了几次，她一直不接，对方也就作罢了。

早上醒来，她看到两条留言：

“年姑娘，我病了，好难受……”

“年姑娘，你到玫瑰农场来，我会告诉你所有秘密，到时候，要杀要剐，悉听尊便。”

年子想了想，决意单刀赴会。因着对云未寒已经有了极大的戒心，出发之前她做了一些准备。她先带上了一把小小的匕首，想了想，又带上了一瓶小小的喷雾剂——这是女子必备的防狼喷雾剂，只要向对方喷射，对方很快就会被蒙蔽双眼，而且会倒下去，彻底失去威胁力。年子把这些东西都放在触手可及的地方，这才开着自己的小车子风驰电掣地往玫瑰农场赶去。

老远她就看到一片蓝色的海洋。车子停下，她下了车，更是被这一大片传说中的蓝色妖姬惊呆了，只见拳头般大小的玫瑰迎风摇曳，淡淡的香味弥漫在空中，就像有一只神秘的大手在空中打翻了玫瑰香精。

她站在原地，一动不动。

“年姑娘，为何站在那里不进来？”

年子抬起头，看着对面。两人相距十几米，白色的人影显得有点儿模糊。

她忽然几步上前，冷冷地指着他的鼻子道：“云未寒，你不要再装神弄鬼了，今天你必须彻底解决我们之间的关系。还有，我想告诉你，你穿白衣的样子好令人讨厌……”

因为白衣飘飘的薇薇，所以年子后来无论看到谁穿白衣服都不爽。

云未寒被年子这样指着鼻子骂，也不吭声，只是凝视着她。

年子大步上前，在距离他几步之遥时，忽然停了下来。她停下来的原因是，云未寒开始脱衣服了，雪白的长袍径直飞了出去。

年子一只手捂着眼睛，大叫：“喂……林教头，你别耍流氓啊，哪怕你有八块腹肌我也不想看，你可别企图给我来什么美男计……”

对面的人静悄悄的，年子只好睁开眼睛。这一下，她立即睁大了眼睛。

云未寒当然没有变成裸男，而是衣衫整齐，仪态端庄，背负双手，眺望远方。

蓝天白云下，冬日的暖风轻轻拂过，金色的斜阳挂在天边。年子看看满世界的蓝色玫瑰，又看看那一抹蓝色的背影，忽然有点儿恍惚，竟不知道究竟是他变成了满世界的玫瑰，还是玫瑰中的一朵花精跳出来幻化成了人影。

蓝色的云未寒，就像是阳光下的一抹蓝色剪影，美丽得完全失去了真实感。这是年子第一次见到他穿其他颜色的衣服。她揉了揉眼睛，以为自己在梦中。

他并没有看她，目光一直追随着西边的斜阳。落日熔金，给大片蓝色玫瑰镀上了一层奇异的金圈。

年子看得呆了，许久不语，甚至忘了自己是前来“兴师问罪”“一决恩仇”的。

他也看着对面的女子。她一身米色大衣，里面是酒红色的长裙，就像这蓝色天地里开出的一朵红色野花，清新、美丽，令人赏心悦目。

“年姑娘……”

年子结结巴巴地后退了一步。

云未寒淡淡地说：“你不必怕成那样，我云某人再不济，也不会向女流之辈下黑手！”

年子好奇地看了他几眼：“喂，林教头，你昨晚不是说你生病了吗？你怎么……”

她没继续说下去。近距离之下，云未寒的脸色极其难看，绝对不是休息不好，也不是熬夜加班的缘故……那是一层病容，任何凡夫俗子一眼就可以看出来的病弱之色。

她讪讪地道：“那啥……林教头，你这样的人居然也会生病？难不成你还真的病了？我猜猜看，是艾滋、癌症还是什么稀奇古怪的绝症？”

年子说不下去了。因为她看出云未寒的眼中竟然闪过一抹悲哀绝望之色。她吓了一跳，结结巴巴地说：“那啥……我是开玩笑的。林教头，我嘴贱，你不必介意，我只是希望你解除我的透视眼功能，并不是希望你死掉……”

云未寒又看了她一眼，也不作声，只转过身慢慢往前走去。

年子只好自行跟上去。

熟悉的小院，熟悉的桌子，只有一杯清茶，别无他有。云未寒就像一个独居的隐士，周围看不出任何灯红酒绿、醉生梦死的痕迹。年子站在原地，想起那个夜晚，那三面花墙，那三个千万朵玫瑰组成的大字：我爱你。

她忽然很不自在，觉得自己今天不该来这里。

云未寒已经坐下去，自斟自饮。年子只好在他对面坐下。

他斟了一杯茶递给她，年子喝了一口，觉得这茶有点儿凉了，风一吹，夕阳西下，天气也很凉。她瑟缩了一下，嘀咕：“你都病成这样了，还待在这里，难道不会冷吗？”

云未寒慢慢地抬起头：“你冷？”

“瑟瑟发抖。”

云未寒忽然朝着对面挥了挥手。年子眼睁睁地看着四面花墙冉冉升起，眨眼之间，她已经置身在一间温暖的小屋子里，就连头顶都是蓝色的玫瑰编织的天花板。

年子惊呆了，好半晌才惴惴地说：“林教头，你真的是个妖人吗？”

“钱！这世界上所有的超能力，都是钱！”

浑身不再瑟瑟发抖，可年子还是不自在。她没话找话地道：“林教头……那啥，你到底得了什么病？”

“脑瘤。”

年子吓了一跳：“什么？！”

“我二十岁那年就已经被查出得了脑瘤。当然，现代医学发达，足以令我苟延残喘。多次手术之后，我一直还好好地活着……”他顿了顿，才继续道，“我父亲当年也是得脑瘤死的……”

他的浪荡父亲，生前的最后几年，其行为疯疯癫癫，令人匪夷所思，究其原因，竟然是脑瘤压迫了他的脑神经，让他彻底失去了控制。

可年子觉得不对劲儿：脑瘤会遗传吗？再说，这剧情也不对劲儿啊，又不是在演韩剧，关键时刻，男主角，不对，男二号就得绝症了？

她傻傻地道：“林教头，你可别骗我，若你怕我找你算账就编这么一番谎言，这……也太那啥了吧……”

云未寒拉开了一个抽屉，递过来一大摞资料。

年子随手一翻，居然是一大摞病历，最早的已经是十年前，出自世界各大医院医生之手，许多纸张已经泛黄陈旧了。

年子有点儿不安：“你居然真的得了什么脑瘤？那……你岂不是很快就要死掉了？”

云未寒若无其事地说：“本来很快就要死掉了，但是我有钱。我花了许多钱，生生将自己的寿命延长了一些，我的主治医师说，若无意外，我可以多活一段时间……”

年子还是很不安：“一段时间？这个一段时间到底是多久？”

“少则七八十年，多则一百多年吧。”

年子：“……”

有一个俊秀无比的男子，到了绝症晚期，让人以为他时日无多了，不由自主地同情他……但是，现在年子忽然有点儿同情自己。她觉得自己的智商真的严重欠费，急需充值了。她慢慢地站起来，可是刚起身，就被一只手按住。她的目光落在这只手上，那手慢慢地移开了。

她一字一顿地说：“林教头，从现在开始，无论何时无论何地，你都不许再碰我一下了！”

云未寒轻描淡写地问：“卫微言让你不要再跟我见面是吧？”

“无论有没有卫微言，我都不想再和你见面了。”

云未寒摇了摇头，沉默了一下，先站起来：“年姑娘，我有一些东西要给你看看。看过之后，你再做决定好了。”

年子迟疑了一下，还是跟了上去。

那是一间很大的屋子，屋子里是琳琅满目的各种设备，各种稀奇古怪的仪器，各种迷离莫测的灯光，甚至弥散着各种淡淡的奇异香味……恍惚中，年子觉得自己进入了另外一个世界。屋子中间，有一个巨大的高台望远镜似的东西。

云未寒站上脚踏，对准镜筒很随意地看了一眼，然后走了下来。

“年姑娘，你想看看吗？”

年子好奇地站上去，学着他的样子往镜筒里看了一会儿，惊得叫起来：“天哪，这是什么玩意儿？”

镜筒里是一双眼睛，活人的眼睛，那是个男人，他眼中就像在播放一部纪录片，事无巨细，一览无余……

“这便是你的双眼忽然能透视的原理……”

虽然只有短短一句话，可年子已经有些明白了。她的目光离开了镜筒，面色煞白：“你……你是什么时候改造我的？”

“这世界上其实从来没有绝对偶然的一件事情。你还记得你以前好几次路过玫瑰农场吗？这农场里，好多玫瑰是特殊改良后的药物，每一种都能挥发出独特的药物。只不过能让这药物起效果的，可以说，一亿人中也难以挑出一个，但是……”

但是，她年子便是其中之一。虽然这事稀奇，可这世界上的稀奇事一直不少。

年子的脸色更白了，因为她压根儿不记得自己早前何时单独来过这个地方……可多想几次，她又觉得脑袋里依稀有某些片段，只是怎么都连不起来。红色的玫瑰、蓝色的玫瑰，粉色、黄色……她忽然觉得这片玫瑰农场的确非常熟悉。

“这种药物在你身上起作用之后，什么时候才能解除，或者怎么解除，就不再是我能控制的了。我只能这么告诉你，也许要很长一段时间，也许只要三五天……只要药性挥发完毕，你身上的所谓‘特异功能’就自动解除了，就算你想要挽留都没办法。当然，我也保证，这本质上对你是绝无危害的，毕竟我无论是最初还是现在，从未打算要害你……”

年子觉得他这番话有很大的漏洞，可是漏洞究竟在哪里，她又说不上来。

云未寒继续往前走，年子也木然地跟着他。他的手指着一排排稀奇古怪的仪器：“我曾经在这里耗费了巨大的精力和心血，当然，也耗费了巨额的金钱，本以为这里集中了我最大的财富，但是现在，这里基本上已经废弃了。他们都认为我是疯子，不可思议的疯子……”

他顿了顿，才又道：“而且我本人时日无多，也没有能力将这里维持下去了……”

年子忍无可忍地道：“你不是还有七八十年的寿命吗？你怎么就维持不下去了？”

云未寒忽然后退一步，面向她。年子吓了一跳，本能地后退了一步。

“年姑娘，你看我的样子，像还能活七八十年的吗？”

第一眼，年子就发现他一副病容，现在也许是灯光的原因，这病容就更真切、更深刻了。

她狐疑地道：“你明明自己说还能活七八十年……”

云未寒一抬手，前面的一台机器忽然亮了起来，只见上面是一幕一幕病变的投影：“我的手术非常成功，术后也一直很健康。可是三年前，我去非洲的时候，意外地受了一点儿小伤，当时不以为意，却不料被感染……若无奇迹，我已经时日无多。所以，年姑娘，我今天叫你来，最主要的目的，其实是想把这里交给你，毕竟我已经没什么直系亲属，而且也没有子女、家人。”

年子骇然地瞪大眼睛：“你把这么多破烂玩意儿交给我？”

“……”

这一大堆“破烂玩意儿”，也许是世界上顶尖级的科学成果之一，而且这堆“破烂玩意儿”还包含了上万亩的玫瑰农场。她的头摇得跟拨浪鼓似的：“你交给我干吗？就算要交，你也可以交给薇薇之类的，我就不信你以前没有女朋友……”

她强调道：“我今天来也不算白走一趟，至少明白了事情的真相，但是也仅此而已。今后我决定再也不跟你来往了，怎么还会接受你的这一大堆破烂玩意儿？”

云未寒沉默。

年子有些不安，但还是无动于衷。哪怕云未寒说破天，她也不会为之所动。爸爸是怎么一再告诫来着？无论何时，无论什么理由，她都不能同时收取两个男人的礼物。事实证明，自以为聪明、魅力过人的人，一般最后都是蠢货。

“五年前，我曾经在法国第一次见到了前来度假的薇薇……”

果然，他真的早就认识薇薇了。可是年子不明白，他这时候为何忽然谈起了薇薇？

“薇薇美貌绝伦，轻盈优雅，许多男人见了会目不转睛、怦然心动……”

许多男人对薇薇一见钟情，包括卫微言。年子忽然有点儿愤怒，老觉得卫微言这厮该死。

云未寒笑了笑，抬起头，看着高而空旷的天花板，思绪飘得老远。

“我的父亲固然得了脑瘤，但最后死于艾滋。他病发的最后几年，放浪形骸，种种举止令人痛恨又耻辱。可是他自己不以为然，可能他明知必死，索性破罐破摔。我和我母亲都很害怕他，躲得远远的，生怕被他缠上。可是有一段时间，他忽然疯狂地给我母亲打电话，说想见见我，我母亲每次听他说完，都是一言不发，直接挂断电话。某一天，他忽然不打电话了，我母亲这才带着我赶去一个地方……”

那个地方，是殡仪馆。

“那是我从出生以来，第一次见到我的父亲。他浑身上下简直没有一寸完好的地方，你知道那样子像什么吗？简直像是被僵尸诅咒过的一具骷髅……”

也正是那一天，他看到了父亲的遗书。父亲在遗书上说，他这一生有过上千女人，在享受极度的刺激之后，死于极度的痛苦。

“我记得我母亲当时一点儿也不悲哀，她只是指着我父亲的尸体，低声说：你看，这就是滥交的后果。你长大了，不要像他这样。”

年子只见过网上有关艾滋病的图片，听到这话，忽然有点儿毛骨悚然。

“我自认洁身自好，从不乱来，所以当我遇到薇薇的时候，难免犯下了疑心病，先将她查了个底朝天……”

薇薇当然没有得艾滋病，但是探查的结果表明：正当年华的薇薇前后已经有过三任男友，而且还做过一次人流。薇薇认识云未寒的时候二十出头，有过三任男友，真的不算什么离谱的事情。

年子有点儿好奇：“林教头，这不是你拒绝她的理由啊，难道你非得找个处女还是怎么的？你的思想竟然如此僵化？真看不出来啊……”

云未寒摇了摇头：“按理说，我不该在背后说人八卦，但是……但是反正都开始说了，也就无所谓了……”

年子扑哧一声笑了出来：“林教头，这不对啊，难道就因为她流产过一次，你就嫌弃她？那恕我直言，你不能一边要找绝色美人，一边又要绝色美人毫无污点……”

“我真不是因为她有几个男友，也不是因为流产……算了，这事没法说。而且我确定不可能去追她，所以再起底别人也就没意思了。”

年子忽然也觉得自己是个八婆。要知道，云未寒若不是为了自证清白，绝对不可能背后讲别人的八卦，就算讲，也只是点到即止。

云未寒还是轻描淡写地说：“我能轻易起底薇薇甚至许多人，当然是因为我有钱。我祖父早已知道我父亲不可救药，所以大部分财产根本没有留给我父亲。直到我二十岁那年，他的律师上门把这一切全部交给了我，我忽然就成了一个富豪……也包括我后来生病，得到顶尖级的治疗，这都是因为钱！所以，年姑娘，你不必疑神疑鬼，我和薇薇真的没有你想象的那些龌龊关系。”

年子懒洋洋地说：“好了，林教头，你的故事都讲完了，哪怕是漏洞百出的透视眼原理解释，我也假装相信了。那好吧，我们是不是该说再见了？”

云未寒凝视着她，眼神很奇怪。年子后退了一点儿，有些不安。她最怕云未寒的这种眼神了。

“年姑娘，其实我今天找你来，是另有目的……”

“别、别、别，你千万别说把你的遗产交给我这种话，我承受不起，也不感兴趣。而且你的这些可怕的不动产也很难变现，我就算想拿去卖了周游世界、花天酒地，也不太可能，所以你什么都别说了，我是坚决不会要的！！！”

“我并不那么关心我的遗产！”

“那……”

云未寒沉默了一下，然后一字一顿地说：“我想趁没死的时候，生一个孩子。”

年子愣了半天，忽然哈哈大笑起来。

云未寒一直看着她笑。

她笑得上气不接下气：“林教头，你该不会说，你盯我这么久的目的，就是想让我给你生个孩子吧？哈哈哈，你让我有一种错觉，这全天下的女人，就我一个才能生孩子，我忽然觉得自己好了不起……哈哈哈……”

云未寒还是看着她。

“林教头，你当我是三岁小孩是不是？你要生孩子，有的是女人替你生。你真要生孩子，早就生了！”年子站起来，毫不客气地说，“你以为我真的相信你感染了什么病毒而命不久矣？你若真的命不久矣，哪里还有什么力气生孩子？”

云未寒：“……”

“你就是纠缠了我这么久，却一直没法得手，所以想方设法也得揩一把油，不然你哪里会善罢甘休？其实我也可以假装清纯善良又无知的小白兔，怀着丰富的圣母心马上投入你的怀抱，怎么也能捞点儿小钱是不是？可问题是，我自己又不缺钱，干吗明知你是演戏还凑上去？而且我敢保证，你也绝对不会把你的遗产给我，等你腻烦了，就会找更合理的借口把我打发了……你看，你的思路我都给你理清了。”

“……”

“哈哈哈，好了，不说了，我今天来，已经知道所有真相了。林教头，我们就这么一刀两断吧。总之，我还是祝愿你长命百岁，多子多福，千秋万代，永远富贵。哈哈哈，以后谁也别联系谁了，你就算联系我，我也不理你了，哈哈哈哈……”

笑声中，她竟然一阵旋风似的走了，就像脱缰的野兔一般，生怕有人追上去似的。

云未寒本来真的想拉住她，竟然没机会，因为他没想到，她的速度居然那么快。

一般人都不会这么一边说笑，一边忽然兔子似的跑走。可她就这样。

云未寒走出去的时候，她跑得影子都快看不见了。他苦笑一声，摇了摇头，果然是人上一百，形形色色。

那是年子大学毕业后第一次参加同学聚会。

有一个外省的女生江丹丹到本城出差，因为是当年的室友，所以柏芸芸急吼吼地召集大家一起吃个饭聚一聚。几人毕业两三年，各自变化已经很大了，但是毕竟还有当年同室的情谊，彼此见面都很亲热，互相问了近况、工作、收入、有没有男朋友什么的，都八卦了一番，桌上的菜肴已经被吃得七七八八了。年子借口去洗手间，先把单买了。

她回来的时候，看到江丹丹正抱着柏芸芸又说又哭。可能是喝了一点儿红酒的缘故，情绪有点儿激动的江丹丹说：“芸芸，你说，我对他那么好，他为什么还这样对我？为什么？”

江丹丹和柏芸芸是当年寝室里两个来自农村的女生，也因此，她俩处得更好一些。江丹丹毕业之前和一个男生好上了，因为二人都来自同一个地方，回去也正好在一起。这个男生的老家也在农村，两个没有任何经济基础，还必须隔三岔五接济家人的青年，要想买房成家，自然更加艰辛。为了早日凑够房子首付款，江丹丹从不乱花一分钱，绝大多数衣服还是学生时代的。男生也很俭朴，二人一起努力，这样好不容易凑够了二十万，江丹丹想着再去找人借一点儿凑上首付买一套小户型的房子，结果忽然发现账上的钱只剩下不到五千块了。

男友起先还支支吾吾，后来经不住她又哭又闹，才如实坦白，这些钱都被他打赏女主播了。

众人都听得惊呆了。江丹丹当然不甘心这些钱就这么被挥霍了，用男友的微信联系上了女主播，要求女主播退钱，结果女主播马上就删除并拉黑了男友的微信号。江丹丹又报了警，但是也没什么下文。

江丹丹举起酒杯哇哇大哭："你们知道我当时在视频上看到女主播的心情吗？那个野鸡根本谈不上多漂亮，满脸雀斑，可她就是骚，那声音简直酥得令人没法说……这都不是关键，关键是我看到她的床头柜上有好几个香奈儿、爱马仕包包，当时我就崩溃了。我连买两百块的包包都舍不得，可是我从牙缝里省下来的二十万，都变成了她床头柜上的包包之一啊……"

众人原本要笑，可是又笑不出来，心里像忽然被人塞了一把盐似的。

江丹丹大喊："这世界，真的是在欺负我们这些良家妇女啊……我们本本分分地为了家庭和男人、孩子一直努力工作，节衣缩食。因为房子、车子、孩子读书、老人生病都要钱，于是我们再也没有多余的钱来打扮自己。可是另一部分女人，什么也不干，光打扮发嗲，钱就滚滚而来，这简直太不公平了……"

众人不知道怎么回答，也不知道该怎么安慰江丹丹。

饭后，年子把江丹丹送到了一家五星级酒店。她本来订的是一百来块的小旅馆，还是年子让柏芸芸给她退了，自己给她另外订了三天的酒店，让她吃好住好当旅游一趟散心。年子觉得这是自己唯一能为江丹丹做的事。

安顿好江丹丹之后，年子和柏芸芸走出门口。迎着初冬的寒风，二人都感觉到一股扑面的冷意。

柏芸芸轻叹了一声："渣男遍地，我现在简直没有任何谈恋爱的心思了，还是好好工作，努力挣钱吧。钱永远是自己的，可男人就不知道了！"

年子感觉无言以对。

是的，肯牺牲的女生其实越来越少了，而男人们不但不珍惜，还觉得她们是犯贱。这世界上，是不是真的只有自私自利，才能让自己更好过一点儿?

那天晚上，年子不眠不休地去研究那些所谓的女主播，居然搜出好几家薇薇旗下的直播平台，而薇薇的合伙人赫然正是冷C。

为了更好地摸清楚这一行的事，年子用小号加了许多新群。某一天她忽然被拉入一个微信群，正和往常一样，好奇地想看看到底又有什么“毁三观”的炸裂性消息，结果一看，蒙了。

群里是一群一本正经的妇女，群的名字叫作“新国学亲子活动大本营”，这样的群，不知道有几千几万个，她原本毫无兴趣，正准备退出，却看到了弹出来的视频。

发视频的居然是老熟人，最先被她起底的“香火教教主”王女士——乔雨桐的老属下。

原来乔雨桐的女德公司被打击之后，她不敢再公开操作，于是转为地下，直接变成了“亲子活动”大本营。这个公司的幕后金主，也有冷C的影子。

年子再一看，乖乖不得了，这个“亲子活动”已经举行了十期，每一期的人数都在一百上下。也就是说，至少上千个孩子受过毒害了。

王女士“谆谆教导”十来岁甚至六七岁的小女生们：男为天女为地，所以你们必须无条件地服从一切男性。最典型的例子是，这个为期半个月的“新国学”大本营活动，每个人都交一万八千八百八十八块钱，可是每次吃饭，都是男生先吃，吃剩下的女生再吃——目的便是体现王女士的“教学精髓”。

《中华人民共和国宪法》第四十八条规定：“中华人民共和国妇女在政治的、经济的、文化的、社会的和家庭的生活等各方面享有同男子平等的权利。”

十几岁甚至几岁的孩子懂什么？这些大人在他们三观未成的时候，这样毒害他们，简直是天大的犯罪啊。

年子想起连山桥村的秀秀们，顿觉火冒三丈，再也顾不得薇薇和她的女主播们了。

年子熬夜加班，连续写了几篇文，除了起底乔雨桐的“伪装女德公司”

卷土重来之外，还直接写了乔雨桐的几段绯闻。绯闻的核心，当然是乔雨桐和几个有妇之夫私下里存在见不得人的勾当。

为了提高影响力，她甚至私下里给几个大号发了红包，让他们帮忙转发。遗憾的是，这一次没有引起任何轩然大波。也不知道是乔雨桐那一方早有准备还是怎么的，反正这事就算有些讨论，但热度也远远不够。

年子很失望，但是也并不急于求成。某一天下午，她出去购物，看看时间还早，就顺便在路边小店吃了碗面条。经过一条略显僻静的街道时，她忽然有一种不祥的预感，蓦然回头，听到一阵刺耳的摩托轰鸣声，接着一名戴着头盔的男人猛地向她冲了过来……

年子一直很谨慎，外出的时候都是穿便服、运动鞋，而且每天的散打锻炼从未停止，一直保持着身手的敏捷和脑袋的清醒。饶是如此，她也被摩托的极快速度吓得慌了手脚，仓促之下，本能地跳进了旁边的绿化带里。

摩托车砰的一声撞在了旁边的电线杆上，骑车人跳下来，径直就朝年子冲来。他戴着特制手套，头盔下的表情让人看不清楚，但一股杀气已经扑面而来。年子急于躲避，可是他迎面就是一拳。

年子险险避开，他一拳落空，丝毫不停，又是一拳攻击过来。泰山压顶般的力道让年子顿觉不妙，这人是个拳击高手，看来乔雨桐或者谁早就打算买凶杀人，所以对杀手是精挑细选过的。

此人连续两拳落空，彻底怒了，直接一脚踢了过来。

年子只能躲闪。本来她是可以直接逃跑的，但是之前她抱着侥幸心理，想抓住这个歹徒，从他口中审出幕后黑手，那样就可以一劳永逸了。她实在是太想抓住歹徒了。

她竟然铤而走险，劈手就去抓歹徒的头盔，至少她要看清楚他的长相。歹徒可能没有料到她如此大胆，反而愣了一下，不由得往后让了一下。

就是这一下，年子把他的头盔打歪了，可是她只来得及看到半只凶狠狰狞的眼睛，歹徒就挥了双拳过来。

年子不敢正面硬抗，急忙躲闪，可双方实力悬殊，一两招后，她已经狼狈不堪，完全无法招架了。

既然不是这人的对手，年子当机立断就要逃跑。歹徒可能也没想到一个女子身手居然这么灵活，远超他的想象，就算对方力气不足，可是他要想几招内放倒对方，也根本不可能。

年子看准了空隙就跑，跳出绿化带，直接就往旁边的街道冲去……正好是绿灯，车流不息，年子一下蹿到了一辆车前面，歹徒眼看追不上她了，一反手，一把匕首竟然掷向年子的背心。年子就地一滚，正好滚到对面的绿化带，那把匕首也当的一声落在了一辆黑色轿车的挡风玻璃上，惊得司机一个急刹，后面的车辆一下全部停住了。

司机伸出头就破口大骂："哪个该死的家伙，是不是疯了？！"

后面的司机也接连按喇叭。歹徒见势不妙，飞速跑回原地，轰隆一声驾驶着摩托车跑了。

年子一瘸一拐地回到家里，关了小院的门，坐在椅子上，才发现腿上一大片瘀青，手掌也被擦破了。

金毛大王立即走过来，这老狗仿佛意识到了什么，狐疑地看着她，温驯的眼神变得有点儿不安。年子挥了挥手："没事，没事……寡人只是受了点儿惊吓而已……"

她找了些红药水涂抹伤处，疼得龇牙咧嘴。这么明显的手段，除了乔雨桐，还能有谁？年子自言自语道："乔雨桐，你以为这样我就怕你了？我还有你最大的丑闻没公布呢……"

锁好门窗，躺在床上时，年子还是心有余悸。明天的稿子还没有思路，可是她也没有心思想了，总有些心神不宁。

"癞蛤蟆"已经发了好几条消息："小姐，你到底在干吗？怎么不吱一声？"

"吱。"

"好家伙，你终于现身了？你怎么老半天不吭声？"

年子忽然问："哥们儿，女德公司卷土重来，而且包装了'国学'的外衣，你怎么看？"

"他们这是违宪。其实最好的办法不是直接跟他们掐，而是发动许多人去投诉，甚至起诉他们，直接告他们违背宪法。投诉的人一多，他们就藏不住了！"

年子猛地拍了一下脑袋。是啊，之前她怎么就没想到呢？

"要想找他们的证据，其实非常容易。公然向未成年人灌输男尊女卑的观念，公然鼓吹和宪法不符的论调，这些随手就找到了，小姐，你真的没必要逞匹夫之勇啊，直接赤膊上阵真的好吗？”

“这不，刚刚我差点儿被他们给宰了。”

“老天！”

“小姐，你开玩笑还是说真的？”

年子拍了张受伤的照片发给他。

“为了逃命，我从一个绿化带跳到了另一个绿化带，简直是亡命时刻，差一点儿就挂掉了，幸好现在已经逃回来了……对了，哥们儿，我认为你说得很有道理，我最该做的是找人一起投诉或者起诉他们，但是这个具体怎么弄？我不太懂啊……”

对方没回复了。她连发了好几条，对方还是没有半点儿消息。

她想，这厮估计是气坏了。

她正要放下手机，看到编辑来信息了：“年小明，关于乔雨桐的文，你不要写了，我们不能发了……刚刚我们接到了一个警告，以后都不会刊发你的任何文章了。对不起，年小明，我们也是无可奈何，请你理解。合作这么久，我们一直认可你的能力，也尊敬你的操守，但是人在江湖身不由己……”

年子回复了两个字：“理解。”

她立即去搜索了一下，果然，几篇文连带一切讨论，被删除得一干二净。

放下手机，年子忽然觉得浑身失去了力气，不是因为饭碗的问题，而是被一种绝望感深深包围。事实上，不让用“年小明”也无所谓，大不了她换一个笔名，张小明、王小明都行，无非损失一个 ID 而已，这也是身为作家唯一的一点儿好处。毕竟她不像明星，明星犯了错，不能换脸；而作家不抛头露面，换个笔名还是很容易的。

躺了一会儿，年子觉得有点儿渴，正想起来倒杯水，忽然听到叩门声。她吓了一跳，立即走到门口，从猫眼儿里一看，立即开了门。

卫微言看到她，比她还震惊：“小姐，你这是刚上演了‘生死时速’吗？”

年子苦笑着摇了摇头。

卫微言立即找了红药水，一边帮她涂抹一边说：“都伤成这样了，你还是去医院看看吧……”

年子有点儿沮丧：“唉，小伤不足挂齿，但是，哥们儿，你知道吗？我的编辑不让我继续写下去了，以后很长一段时间，我可能都没法用年小明这个笔名了……”

她从编辑的意思可以推断：如果这一家不敢接受她的文章，那么其他家也未必敢，至少短期内不行。

“真没想到居然失业了。虽然我不至于吃不起饭，可是想到这事还是很令人沮丧……”

“写不写文是小事，能不能保住小命才是大事！小姐，你操心的点都错了！”

卫微言上下打量她半晌，脸色更难看了：“你一发文，我就猜你会出事。果然！看来你这里已经不适合居住了，你还是换一个地方吧……”

换一个地方？

“你可以搬去我那里！”

年子吓了一跳，结结巴巴地道：“你……你这是要我跟你同居吗？我不会未婚同居的……”

“小命都保不住了，你还有心思考虑被人占便宜？你说，你现在有啥便宜给人占的？”卫微言还是冷冷地道，“我有一套房子空着，你放心吧，没人会把你咋的……”

年子扑哧一声笑了出来。

“你笑什么？”

“你的语气听起来好像熊大、熊二……”年子越想越觉得好笑，“哈哈，你说‘咋的’这两个字，真的和熊大熊二一模一样，哈哈哈，你又不是东北人，干吗这样说？哈哈哈……”

他真的不明白这家伙的脑回路，这时候她居然能笑得这么欢乐。卫微言走到她的床头，伸出手去……年子傻了，这厮好猥琐，难道看到床上到处乱扔的胸罩了？可是她四下一顾，今天自己偏偏没有乱扔东西。

年子一看，他居然去翻枕头——我去，这不能忍。年子有一个习惯，经常把内衣裤放在枕头下面。

“喂……你干吗？”

卫微言已经拿起她枕头下面的一个东西。那是一个玻璃盒子，盒子里是两块大宝石。他不可思议地道："你把这玩意儿藏在你的枕头下面？难怪我看你的枕头鼓鼓的，好奇怪。"

年子慌慌张张地连忙转移话题，结结巴巴地道："卫微言……你……你打赏过女主播吗？我看报道，好多富二代打赏女主播，今天这个几千万，明天那个几千万。据说'土豪'们都是直接约主播。你对此怎么看？"

卫微言冷冷地说："我又不是富二代，我用手机看！"

年子却不罢休："那啥……你的前女友薇薇这两年在直播行业里大展拳脚，每天带着一群网红到处走穴、站台，赚得盆满钵满，你有没有后悔自己失去了一个成为富豪的机会？"

"我自己的钱都用不完，我后悔什么？"

年子真的有点儿好奇了："你很有钱吗？为什么我都看不出来？对了，你的卡上到底有多少钱？"

"满的。"

"满的？"

"存钱都存满了，卡都装不下了。"

年子明知这家伙在胡说八道，可还是忍不住道："有一个问题，我一直想问你，但是又不知道该不该问……"

卫微言板着脸道："明知道不该问，就没必要问！"

"你当初为什么要和薇薇分手？毕竟她那么漂亮，对不对？这可是任何男人都梦寐以求的对象，你居然轻易就和她分手了？"

卫微言冷冷地说："小姐，你一句话就犯了两个错误。"

"哪两个？"

"首先，这天下没有任何一个美女是所有男人都梦寐以求的对象，要不然，那些娶了大明星、大闺秀的男人就不会离婚了！对男人来说，永远的美人是不存在的，下一个才是最好的……"

年子："……"

"第二个错误，我和薇薇从未真正开始，也就谈不上分手，更谈不上她是我前女友什么的。"

年子："……"

“所以，小姐你今后再也不要问这些无聊的问题了。”

年子不以为然道：“你其实就是不想八卦她罢了。就像云未寒，我明明觉得他和薇薇也很可疑，可他死不承认。”

卫微言反问：“我为什么非要八卦她？她的隐私，你关心，我就必须关心吗？我不感兴趣不行吗？还有，云未寒和她有不可告人的勾当那是事实，我跟她纯属陌路人，也无任何见不得人的勾当，我为什么还要去关心她？这世界上有隐私的人千千万，每一个我都要去了解吗？我是狗仔队的吗？”他语重心长地说：“每一个人的生命都是有限的，将有限的时间浪费在无所谓的人身上，简直是自我谋杀。年小姐，你也要好好爱惜自己的时间和生命，切不可滥用……”

年子居然掐不过他，只好认输。她甚至有点儿明白，那个可怜的大富豪为什么会输给卫微言两块大宝石了……

年子紧紧抱着自己的两块大宝石，自言自语道：“薇薇和乔雨桐这两个人害我快失业了，我以后要是挣不到钱吃饭的话，就把这两块石头拿去卖了……”

“卖给谁？”

“总有人会要的吧？我卖便宜点儿也没人要吗？”

卫微言干咳了一声，在兜里摸了摸，摸出一样东西递过去。

是那张熟悉的卡，他的工资卡。

“拿去吧。已经开通网银，账户密码都发给你了。”

“那你怎么办？”

“我有信用卡，以后账单都发到你的邮箱里，你按时给我还就是了……还有，我用钱的时候少得很！”

年子忽然就很得意，小声道：“难怪好多女人拼死拼活想嫁一个人，原来这世界上真的有免费饭票这一回事……”

“小姐，你嘀嘀咕咕地说什么呢？”

“没……没什么……”

卫微言慢条斯理地道：“暂时歇一歇也是好事，你看你受了这伤，怎么也得养一两个月……”

“一点儿小擦伤而已，你要是来得稍微慢一点儿，它自己就已经痊愈了。”

卫微言：“这世界很大，令人不可思议的事情很多，你一个人是管不过来的。”

年子长叹了一声：“其实我早就不想搭理他们了，可是我的一个大学同学找我哭诉，她还是我当年的室友，她辛苦攒了二十万，准备买房子，结果钱被她男友全部打赏给女主播了……唉，这世界真是在欺负良家妇女。”

卫微言平心静气地道：“小姐，你没发现问题的关键。”

“关键是什么？”

“两个人节衣缩食、一起打拼是完全可以的，但是这钱得掌握在女方自己手上。就拿你那个女同学来说吧，存了二十万，为什么不自己掌管？为什么要交给男友掌管？她可是大学毕业的成年人，难道自己管不来钱？”

他毫不客气地继续说道：“这种对自己都完全不负责的人，不值得同情。并不是这世界在欺负良家妇女，是许多良家妇女本身也在欺负自己！”

年子辩不过他，半晌才弱弱地道：“你自己也没管自己的钱，搞不好哪天人财两空……”

卫微言哈哈大笑：“我是看人准，知道你傻，不会跑。别的人没这个本事就不要学我这一套！”

城郊某酒店里，某“新国学亲子活动”的开班仪式正在如火如荼地举行。

台下有黑压压的近百名六岁到二十二岁的青少年。台上，王女士正在侃侃而谈。王女士一身对襟连衫，少少的头发盘成发髻坠在脑后，清瘦、端庄，外表看起来非常贤良淑德，绝对是贤妻良母的长相。

“你们的家长花钱把你们送到这里，就是希望你们能学到国学的精华，只有学会了顺从和忍让，女孩子们才能真正孝敬父母和公婆。为了做到这一点，我们先来做一个开场游戏。来，来，来，所有的女生都站起来，先向你旁边的男生行个大礼，表明自己对他们的恭敬和尊重……”

示范的老师是一个很年轻的女子，跪在了一个男工作人员面前。于是，其他女生也陆陆续续跪在了旁边的男生身边……有些面带疑色犹豫不决的小女孩，在老师们的连声催促之下，加上看别人都跪了，于是自己也跪了下去……

跪拜，是这个“新国学”班的女生们受到的第一个冲击。

第二个冲击，则是中午吃午饭时带来的。培训了一上午，大家都很饿了，排队来到餐厅，看到饭桌上整整齐齐的八菜一汤，哗啦一下就围了上去，不等吩咐就各自拿起了碗筷。

这时旁边一个满脸横肉的中年老师大吼：“放下，女生全部放下碗筷！女生听好了，你们全部放下碗筷，退到一边去……”

有些女生放下了，有些小点儿的女生却怯怯地问：“为什么？”

中年老师厉声道：“今天上午才学的东西，你们都忘记了吗？男人是天，男生理所应当先吃饭，他们吃剩下的，你们才能吃！你们没资格和男生同桌吃饭……”

一个十几岁的女生忍不住了：“凭什么？”

“就凭你们的父母花钱把你们送到这里！”

“可是……”

啪的一声，中年老师手里的长戒尺落到了女生的肩上：“不许多话！你们的父母花了钱，我们就有义务管教你们，否则就对不起你们父母花的钱！”

女生被训斥，又挨打，竟然再也不吭声了，只默默地低下头，忍着眼泪。

高清视频将每一个镜头、每一张面孔，都显示得清清楚楚。身在其中的人，可能已经习以为常，但是看视频的人，浑身上下都冷汗涔涔。

你希望自己的女儿学会这样的“规矩”吗？

你希望自己的姐妹变成这样的人吗？

学生中，许多是六岁到十几岁的小女生，性格未定、三观未成，受到这样的教育，长大后就真的会变成这样的人！

卫微言现在很理解年子的心情了——跟那帮人渣真的没有任何道理可讲。

他们的核心目的，其实是钱！只要能赚钱，他们啥都可以不管。

城南某私人会馆。

一桌子精致的小菜已经摆得满满的。乔雨桐百无聊赖地玩着手机，语气越来越不耐烦了：“微言怎么还不来？他找我到底有什么事情？”

卫一鸿赔着笑脸：“他发了消息，马上就到，已经在停车了……”

就在这时候，有人推门进来了。

卫一鸿站起身来，很是热情：“卫老大，你怎么才来？！”

“我距离约定的时间还早到了两分钟。”

的确如此，所以卫一鸿也不跟这呆子争辩，只是笑嘻嘻地说：“菜都上齐了，来，来，来，我今天带来了一瓶极好的红酒，我们喝一点儿……”

卫微言的目光却落在乔雨桐身上。乔雨桐明知他在打量自己，也不吭声，故意冷哼了一声。

“乔雨桐，你起来！”

乔雨桐：“……”

“乔雨桐，你马上给我站起来！”

乔雨桐愣了。卫一鸿急了：“卫老大，你什么意思？！”

卫微言轻描淡写地说：“乔雨桐，你先去旁边站着，等我们吃完了，你再上桌吃我们吃剩下的！”

“……”

“你是女人，没资格和我们同桌吃饭！下去吧，等我们吃完了，你再上来吃点儿残羹冷炙就行了！”

卫一鸿看奇葩似的看着卫微言：“卫老大，你是不是哪根筋不对了？”

卫微言还是若无其事地说：“和女人同桌吃饭要倒霉的，会败了运势。乔雨桐，你还是先一边待着去吧。”

乔雨桐忍无可忍地道：“卫微言，你是不是疯了？！”

卫微言冷冷地说：“既然你也觉得这奇葩的规矩简直厚颜无耻，那你为什么还天天弄新女德公司宣扬这个毒害别人的女儿？”

乔雨桐猛地站起来，狠狠地瞪了卫微言一眼，转身就走。

卫微言却一把拉住她：“坐下！先吃饭！”

乔雨桐竟然被按在椅子上动弹不得，只好坐下。

卫一鸿见势不妙，又不知道该说什么，只好和稀泥、打圆场，讪讪地道："大家先吃饭、先吃饭……卫老大，你可别……"

"我什么都不做。我就是来吃个饭而已，你们不用紧张！"

乔雨桐哪里还吃得下饭。她忽然冷笑了一声："卫微言，我知道，你是想为年子出头。可是今天我也告诉你，我们的新国学公司全部办理了合法手续，可以说，所有的程序都是走完了的。你要觉得哪里不对，可以去投诉，犯不着在背后这样搞小动作，这样很无耻，知道不？"

卫微言淡淡地说："你们的确手续齐全，啥都不缺！但是，你们缺德！！！"

乔雨桐脸色铁青，连声冷笑："没想到你卫微言还是个道德上的圣人。我们的学费高达一万八千多，你以为那些家长都是傻的？这课程若是毫无帮助，他们会主动交钱让自己的孩子来学习？"

这世界上，再坏的人都有自己的理由。哪怕战争狂人，也可以打着各种崇高的旗号发动战争。

旁观的卫一鸿搓着手，小心翼翼地打着圆场："也是这个理……卫老大，你要知道，有市场就说明这是合理的存在。我听说雨桐的公司关门后，有些家长还很焦虑，到处找人，求他们快点儿重新开放……"

乔雨桐："网上那么多人骂年小明是个怪物，难道你真的以为全是我的水军？我能有那么多水军吗？这证明许多人根本不同意她的观点，觉得她才是异类，是女人中的败类……"

老鸨知道卖淫不好，但是有市场，所以广开妓院大量迎客，就能说明妓院是合理、合法的存在吗？

人贩子知道拐卖人口不好，但是拐卖人口有市场，就能说明拐卖人口是合理、合法的存在吗？

卫微言淡淡地说："有些家长的确是又懒又蠢又不负责，但是，乔雨桐，你们也是真的坏！"

卫一鸿急了："卫老大，你……"

卫微言打断了他的话："卫一鸿，我就问你一个问题，如果你以后有一个女儿，她运气不好，遇上了一个暴力狂人渣随时打她、骂她，她甚至被打得遍体鳞伤，危及性命。你会是什么态度？你难道也教育她，忍着吧，这是她的命，让她反省自己哪里错了，为什么男人不打别人就打她？"

卫一鸿讪讪地说：“那啥……谁敢打我女儿，我就让女儿拼命打他！我女儿要是打不赢，我就亲自去打他！”

卫微言笑了笑，转向乔雨桐：“我刚刚不让你和我们同桌吃饭，你已经火冒三丈，觉得我是个不可思议的疯子。可见你自己明明也完全不认可这一套观点，却为了几个钱，昧着良心弄这些课。乔雨桐，你这样做真的好吗？”

脸上红一阵又白一阵，半晌，她还是冷笑道：“你重色轻友，纯属替你女人出头，你也不见得多高尚……”

“年子根本不知道我今天来找你！我是自己找人暗访拍摄了你们的教学全过程。我实在是看不下去了，所以念在你我熟识多年的分儿上，才最后一次来找你！”

乔雨桐满脸愤怒，却不吭声。

卫微言压低了声音道：“乔雨桐，我还有一言忠告。冷C那伙儿人，其实没你想象的那么可靠，而且他们也不见得真的就可以长盛不衰。这圈里，沉浮没落，朝夕变幻，我相信你不是第一次见到。我只是提醒你，现在抱人家的大腿抱得有多紧，以后就会被牵累得有多惨。有些钱不赚不会死；但是赚了，就不好说了……”

乔雨桐沉默了一会儿，还是冷笑道：“薇薇赚的钱比我多几十倍，而且比我这一行更见不得人，她还不是高枕无忧、风风光光……？”

“那是她聪明！她左右逢源的同时，已经疏离了冷C他们，转而抱上了张公子的大腿。”

“你的意思是我没她那个姿色，抱不上更好的大腿，就活该倒霉了？”

卫微言还是心平气和地道：“这世界上，很多人可以不抱大腿地独自生活，也许赚不了很多钱，但是问心无愧。看你怎么选择吧。”

乔雨桐反唇相讥道：“你是高人，超凡脱俗，很遗憾，我们这些凡夫俗子做不到这一点！卫微言，你今后管好自己和你那个随时咬人的女友就行了，别人的事情，拜托你少插手！”

卫微言摇了摇头：“其实，我压根儿不关心你们的结局如何，也不在乎。我今天来的根本目的是警告你们……”

“哈哈哈，警告，你警告？你算老几？”

“我不算老几！我只是告诉你们，要争辩、要掐架，明刀明枪地来。你们再买凶杀人，那我也不会客气了。”

乔雨桐大怒：“买凶杀人？我买凶杀谁了？诬陷绝对是犯法的！”

卫一鸿也很意外：“什么买凶杀人？卫老大，谁威胁你了？”

“威胁我倒不至于。前几天有个歹徒公然追杀年子，虽然年子侥幸逃脱，但是也极其危险……”

乔雨桐肆无忌惮地道：“报应，这是报应啊。那女人的敌人满天飞，自己心里没数？真没想到我还没动手，别人已经先出手了。哈哈，那人怎么不弄死她？要是那人真的弄死她，我才开心呢。”

卫微言死死地盯着乔雨桐歇斯底里地大笑，半晌，才缓缓地道：“是不是你乔雨桐干的，我自然会查出来。我只是告诉你们，再也不要有下一次了！再有下一次，那大家就直接撕破脸好了！”

乔雨桐满不在乎地道：“难道我们不是早就撕破脸了吗？”

卫微言转身就走。门咣当一声被关上，剩下的两个人大眼瞪小眼。

年子好几天都没外出了。自从被那名摩托车歹徒追击之后，她老是心有余悸，再加上卫微言扬言，若是她再擅自行动，就把这事告诉年爸爸，于是她就老老实实地待在家里闭门不出了。

白天父母都去上班了，年子就待在温暖的小书房里，整天发呆。好几个编辑告诉她：年小明，你暂时不用给我们供稿了。

恍惚中，年子惊觉，自己是真的失业了。她是换个马甲重起炉灶，还是拿着卫微言的卡混吃等死？

百无聊赖中，她又去搜索乔雨桐的女德班，发现居然好多视频不见了，而且自己混迹的那个“新国学大群”也好久没人吭声，成了死群。昔日活跃无比的王女士的头像，也总是灰扑扑的。

她暗忖：莫非这群人被打击消停了？如果自己被追打一顿，能换得她们消停下来，这也未尝不是一件好事。

年子正出神时，忽然听到金毛大王汪汪大叫——不是打招呼那种，是一只老狗所发出的凄厉尖叫，叫声满是惶恐。

她猛地推开小书房的门冲出去。小院门口，有一只彩色的死鸟。

她差点儿窒息了，惊惶地大叫："年大将军！年大将军！"

"参见大王……参见大王……"

她蓦然回头，只见年大将军在花架上扑棱着翅膀大叫，可能也看到了地上的死鸟，物伤其类，声音竟然有几分惊惶。

年子松了一口气，可还是心有余悸，过了半晌，小心翼翼地蹲下去捡起了那只死鸟。

那是一只和年大将军类似的鹦鹉，翅膀上绑着一个小东西。年子将东西取下来展开，是一张极细小的字条，上面写着歪歪扭扭的几个字：再多事，一样死。

明知这是恐吓，可是再看看被拧断了脖子的死鸟，年子竟然也不寒而栗：那个幕后黑手，买凶杀人不成，现在是要公开恐吓她了？

年子环顾四周，只见四周静悄悄的，看不出任何人的踪迹。很显然，凶徒是从外面把死鸟扔进来的。

她想了想，拍了张死鸟的照片发给云未寒，又发了一张给父母，大致告诉了他们一下情况。很快，李秀蓝就回家了。她听了女儿的话，神情很是紧张。年子正要安慰她，云未寒来电话了。

"年姑娘，你听我说，这段时间你最好哪里都不要去，我后天回国。你记住，在我回国之前，你最好闭门不出……"

"咦，这么说来，林教头你知道是谁想要干掉我了？"

"年姑娘，你少安毋躁，他们只是恐吓你而已，更过分的，他们其实也不敢……"

"估计我和你闹掰的消息已经在江湖上传开了，所以你的那些狐朋狗友是再也不用给我面子了，是不是？"

云未寒："……"

"林教头，你其实一直在用这个威胁我！！！"

顺我者昌逆我者亡。她要是同意跟他交往，那么自然有她大大小小的好处；可她若是自命清高、自以为是，那么不好意思了，她的生死，听天由命吧。毕竟她的仇人那么多，他随便放个风出去，她就吃不了兜着走。不说命丧大街，至少她被人暴揍几顿是少不了的。

"自从那天我离开你的玫瑰农场后就预感到要出事，果然。林教头，你以为这样，我就真的会怕你了吗？”

“年姑娘，你竟然这样看我？”

年子毫不客气地道：“得了吧，云未寒，有些话说穿了就不那么好听了。我在起底那些野鸡直播的时候发现了一个问题，薇薇旗下竟然有大大小小几十个各种各样的直播平台，其中绝大多数平台是名不见经传的。但正是这些名不见经传的野鸡平台为她带来了巨额财富。她天天带着一帮网红走穴是做表面功夫，私下里，其实有更多不为人知的故事……可是我没胆，不敢写她。不过，她应该知道我在查她，所以对我恨之入骨……但是这都不是关键，关键是，我发现她的创业基金，根本不是来自什么张公子，而是一个神秘的投资公司……”

她顿了顿，继续道：“这个神秘的投资公司，其实就是你的！！！”

电话那端，云未寒一直没有作声。

“我曾多次追问你和薇薇的关系，你可能一直以为我在争风吃醋，其实不是。我只是好奇，乔雨桐比薇薇出道还早，但只挣扎得表面光鲜，私下里其实没什么钱。但薇薇不声不响地忽然成了巨富，所以我对她更加好奇一点儿而已……没想到，查来查去，我居然查到了你身上……”

云未寒还是默默听着。

“我还了解到一点：薇薇出国之前，家里早就破产了。她所拥有的一切，都是最近这几年弄的，准确地说，就是这两年内！林教头，你花这么大的力气扶持一个女人，你说没有任何特殊原因，你以为我会相信你？你真把我当三岁小孩子了？”

云未寒终于出声了：“年姑娘，这就是你所谓的证据？”

“薇薇正是仗着你，才爬得这么快。毕竟张公子送她的只是礼物，而你给的，才是真正的平台。”

“……”

“你不好回答了是不是？那我告诉你吧，薇薇和乔雨桐一样，都是绣花枕头。事实上，薇薇只是个私生女，她的妈妈是一个‘土豪’的‘小三’，当然，因为她的妈妈长得极美，很得‘土豪’的宠爱。但是‘土豪’早就死了，于是她们母女的日子也越来越艰难。据说薇薇本是要在国外长期念书的，但为了赚钱，很快就回来了。当然，女人赚钱不是坏事，这是天经地义的，但薇薇到底是怎么赚钱的，你应该比我更清楚。这世道，合理合法的行业，是赚不到快钱的！”

“年姑娘，我倒好奇，你怎么会调查得这么清楚？”

“我在网上找了个人，给了他五千块钱，于是他把这一切资料全都给我查出来了。”

“那你告诉我，薇薇的‘土豪’父亲是谁？”

“一个不知名的暴发户，她是私生女没跑了！”

“你看不起私生女？”

“我是看不起她弄一些见不得人的平台骗良家妇女们的钱……”

云未寒意味深长地道：“年姑娘的语气听起来，有几分妒忌的成分……”

“我妒忌她？她配吗？明明就是她妒忌我！毕竟就连我不要的男人，比如你林教头，也不要她，对不对？这可是你自己告诉我的，嘿嘿……”

年子几乎清晰地听到了电话那端愤怒到极点的呼吸声。

“死丫头……”

他是真的气炸了。现在，他才真正了解那些被年小明惹怒的人的感受了——这个嚣张的丫头，随时可以把人给气疯。偏偏那丫头也不知死活，现在还那么有恃无恐，好像她刚刚被人恐吓了一番只是一场笑话似的。

“其实这个幕后黑手是薇薇还是乔雨桐都不重要，重要的是，肯定是你的熟人之一。我毫不客气地说，林教头，这也算是你间接在谋杀我了！”

“该死的丫头……”

“你一天到晚约我，或各种表白，或要各种浪漫手段，或各种口惠而实不至，结果我经常莫名其妙地躺枪，说不是你捣鬼都没人相信啊。林教头，你别以为我是傻瓜。你若不给我把这些要命的麻烦处理掉，我真的一把火烧了你的玫瑰农场……”她提高了声音大喊道，“还有，若是年大将军和金毛大王有什么三长两短，就等于杀我本人，那我就一定把你给宰了……”

云未寒也几乎是在咆哮了：“你这死丫头一直不知好歹，胡说八道也就罢了，现在居然连这种事情也怪到我的头上……”

“我不管，反正都怪你！谁宰我，我就宰你。”

年子没有再给云未寒说话的机会，直接挂了他的电话。

她正踌躇时，忽然听到门外有喧哗声。她急忙出去，只见母亲正在和一个不速之客谈笑风生。看样子，两人已经聊了好一会儿了。

卫微言这厮居然又来了，而且不是空手来的，又拎着一大罐茶叶。

看见她出来，李秀蓝立即道："你们年轻人先聊着，我想起我还有一点儿工作没有做完……"言毕，李秀蓝竟然就这么施施然地走了。

年子目送母亲的背影远去，讪讪地说："那啥，这些大人好奇怪，明明那么担心我，现在又……"

卫微言："嫁祸，懂不懂？"

年子忽然就恼羞成怒了："你说谁是祸患？谁在嫁祸？"

"你呀！"卫微言随手指了指年大将军，"你最近祸患缠身，差点儿把年大将军都给害死了。自己偶尔摸摸脖子，是不是也觉得怕怕的？"

年子狐疑地问道："你这么快就知道了？"

"你爸给我打电话了。我告诉他，我这段时间不是太忙，至少每天晚上可以来这里陪你。"

年子干咳了一声，接过他的茶叶罐子，顾左右而言他："你干吗每次都拿一罐茶叶来？"

"我每次拿的不是一样的茶叶啊。上上次是绿茶，上次是普洱，这次是红茶，都不同的。"

年子疑心他下次会拿乌龙茶、铁观音、君山银针……也就是把各种茶叶轮一个遍。

她很是好奇："你到哪里去找的这么多茶叶？难道你家是开茶厂的？"

"买的呀。"

年子："……"

入夜，下起细细密密的雨加雪，年子才意识到冬天是真的来了。

小火炉上煮着一罐普洱，旁边是一大盘炸鸡、薯条、汉堡快餐。她盘腿而坐，一边啃炸鸡一边哈哈大笑："卫微言，你说为什么垃圾食品就是比正儿八经的饭菜好吃呢？"

卫微言："……"

"我特别喜欢吃垃圾食品，比如炸鸡、比萨、汉堡、奶茶以及各种各样的饼干、巧克力、爆米花什么的，通通是我的最爱……"

卫微言看到她面前的一大份薯条快被消灭光了，真是哭笑不得。他所认识的成年女性中，能这样肆无忌惮地大吃高热量垃圾食品的，她还是第一个，当然也是唯一一个。

“小姐，你不怕这样吃下去成为大胖子？”

“你喜欢‘排骨精’吗？”

“所有的‘排骨精’都是上镜才好看，现实中像骷髅一般，有些看着都很吓人。”

“哇，不是吧？你还知道得这么清楚？我一直以为你目不斜视，从来不近女色的。啧啧啧，哥们儿，真是人不可貌相啊。”

卫微言悠悠地道：“小姐，你可能以为我是活在真空里的，对不对？”

年子放下炸鸡，盯着他那张脸，忽然又心跳加速。真的，那张脸是她所见过的最好看的脸，或者是她本人所认为的最好看的脸。只要两个人独处，她就会心跳加速，就像多巴胺在嗖嗖地往上蹿。

“小姐……喂……年子……”

年子啊了一声。

“小姐，你干吗跟做贼似的低着头？”

她不是低着头，是忽然红了脸。

“年子？”

她忽然伸出油腻腻的手在他面上飞快地摸一下，又缩回来，笑嘻嘻地说：“你是不是生活在真空里我不知道，但是你真的长了一张好看得不像是真人的脸……那啥，我摸着简直都不像是真的……”

“小姐，你这是在调戏我吗？”

年子很少见到他这样的目光，肾上腺素嗖嗖地上蹿，脑子里一个劲儿地想着：接下来该干吗？

可是，她鬼使神差地道：“卫微言，你对薇薇了解吗？”

这话真是大煞风景。卫微言伸出的手停在半空中，下意识地缩了回去。

“我认为薇薇和云未寒的关系极其暧昧，可又不像是纯粹的男女关系……”

“云未寒旗下的一个投资公司投资了许多直播平台，薇薇幕后的最大金主其实就是他！”

“果然如此！可是之前不是说冷C才是她们的金主吗？”

“冷富豪出国之后，已经没法回来了，就连冷C也很久不露面了。”

年子好生震惊：“真的吗？我怎么一点儿也不知道这个消息？”

卫微言没有回答。这世界上有许多事情，一般人是不知道的。

薇薇最初投靠的就是冷C，但是可能因为她太漂亮了，所以冷C对她多有忌惮，更倾向于扶持乔雨桐。但乔雨桐接了几个活儿都办不下来，于是只好回老路，重操旧业，继续做女德公司。但薇薇就不同了，薇薇几次下来，不但将事情做得漂漂亮亮的，而且把圈子彻底拓展开，甚至顺势攀上了张公子，于是彻彻底底把自己和乔雨桐拉成了两个阶层。

“可是，就因为我查了一下薇薇的底细，她知道了，所以就马上出手想要弄死我？老天，这人好可怕……我还根本没起底她，对不对？”

卫微言淡淡地说：“有些人并不出于任何原因都会害人！”

“我还以为她是妒忌我……”

“妒忌？”

年子忽然扑哧一声笑了出来。

卫微言狐疑地问：“你笑什么？”

“她一定是妒忌你送我大宝石，所以想杀死我，然后抢走大宝石。”

卫微言：“……”

年子端起一杯热茶一口喝下去，结果被烫得大叫：“哇，好烫……”

“小姐，我跟你说过多少次了，不能喝热茶，不能喝热茶，你总是记不住……”

“为什么不能喝热茶？”

“热茶烫嘴啊。”

年子以为他要说喝热饮会得食道癌之类的，听到这话，瞪大了眼睛，自言自语道：“是啊，热茶真的好烫嘴。”

“热茶烫嘴，山芋烫手。小姐，我们只是普通人，遵守普通人的本分就好了。”

年子嘟嘟囔囔地道：“我也没办法，只好如此了。可是你告诉我，普通人的本分到底是什么？”

“吃喝玩乐，逛街购物，美容按摩，玩得不亦乐乎。”

她居然认真地想了想，又顺手从枕头底下摸出一个锦囊，从锦囊里倒出那张卡："也是，我现在有长期饭票了，何必那么辛苦呢？哈哈，我明天起就到处去购物闲逛，吃喝玩乐。"

卫微言盯着那个锦囊："小姐，你居然把卡藏在枕头下面？"

"不然呢，放在哪里？"

卫微言："……"

吃饱喝足就打瞌睡，年子躺在地毯上，有着温暖的壁炉、滚烫的茶水，闭着眼睛，感觉极其惬意。等到一只大手轻轻抚摸过她的头发时，她已经发出熟睡的呼吸声了。

卫微言苦笑，这丫头居然就这么睡着了？难道这时候他们不该是顺理成章地来点儿啥吗？

可是她睡得那么熟，他反而不忍心打扰她了。要知道，自从被摩托车歹徒追打，又被死鸟恐吓以后，她已经连续几天惶惶不可终日，吃不香睡不宁，加上被封杀，更是整天被焦虑情绪包围。她这样熬了几天，连眼圈都黑了。现在有个人在身边，她竟然就这么放心地彻底睡熟了。

他并未惊扰她，只是顺势躺在她的旁边，拿起手机，翻到很久之前的聊天记录，看到她第一次发来的自拍。照片上的女孩明眸皓齿，一双眼睛亮得能照出人影。照片下面还附着一句话："只要我们永远不见面，我就是照片里面那么美。（PS：我是上周跟你见过面的年子，你可能对我已经一点儿印象也没有了吧？）"

那时候，她简直就像是他的小粉丝，而且是花痴，无脑的那种。

每次她看他都是仰视，每次都是星星眼。每次好不容易听到他说一句话，她就会很夸张地说"哇，你好棒""你好厉害""你真是太了不起了"……久而久之，他都怀疑自己成一个偶像了。

看着看着，卫微言就笑了起来。

他简直从来没有见过那么作的女生，每次约会都是小心翼翼的，轻声言语，坐得仪态万方，笑得不露牙齿，吃东西更是斯文无比，每次吃饭的地方一定要是情调不错的西餐厅、中餐厅，点的菜也全是那些匪夷所思的所谓格调菜品……以至于很长一段时间，他都在怀疑：她一定自学了什么"淑女手册"，然后依样画葫芦地做。

直到某一次约会完毕，他无意中发现她一路小跑，就好像有什么急事要赶回去似的。好奇心驱使之下，他悄悄地跟上去：只见某人已经坐在一家酸辣粉门口，要了大份的酸辣粉，甩开膀子大吃大喝起来，一口气就吃完了一大海碗酸辣粉。而且她满脸油光，咧嘴大笑，好生满意——形象全毁！

说好的淑女人设呢？说好的端庄高雅呢？

他当时唯一的反应是——目瞪口呆。

好奇心驱使之下，以后的每一次约会之后，他都会有意无意地暗暗跟踪她一段时间。

他曾目睹她一个人干掉了一份全家桶炸鸡、一口气吃掉三四个卤肉锅盔，走路回家后一只烤兔子只剩下骨架……至于三两碗面条这种女生不敢尝试的事情，对她来说简直是家常便饭……有一次他甚至看到她要了两碗牛肉面，轻易地吃完，大摇大摆地走了……

你无法想象，一个每天穿着精致连衣裙，满脸清纯羞涩表情，如小鹿般说话从不大声的姑娘，一边是几片菜叶子、蔬菜沙拉，淑女万分，一边是流浪汉似的端着大海碗，靠着墙壁几分钟干掉一碗酸辣粉……

这简直像是人格分裂。

他感觉就像在看一场荒诞的幽默大剧，而演戏的人毫不知情。很长一段时间，这个秘密成了他的乐趣。他甚至一直在心底跟自己打赌：这丫头到底能伪装多长时间？

这才是典型的伪装者。

只是他万万没想到，她忽然就不玩了，一下子就爆炸了。这以后，她索性破罐破摔，放飞自我。

而她爆炸的原因，过了很久他才明白——是她怀疑自己劈腿了。于是她所有的淑女人设，就这么被毁掉了。

笑着笑着，他也困了，不知不觉就睡着了。

一觉睡到自然醒，起床吃了个三明治、一碗切好的水果，年子特别惬意地瘫坐在懒人沙发上开始玩手机。

她不写稿子，天天玩，这种小日子好像也不错。只是玩着玩着，她居然有点儿心慌，无端地觉得一截生命就这么被自己给浪费了。

柏芸芸发来消息，发泄满腹的牢骚："我们新来的女上司老是看我不爽想整我，今天居然借口说我迟到了一分钟，就给了我上月一个 B 级考评。"

年子安慰她："忍一忍吧，你看我都失业了。你好歹月入一万五了，这年头，一万五的月薪很牛的。"

"牛什么啊？许多人说生活的乐趣在于奋斗。可是大冬天的你必须每天一大早起来，迎着风挤地铁，冷得蓬头垢面，上班还得受气……一句话，又穷又受气，你说，这种奋斗哪里来的快乐可言？"

"至少一万五的月薪还是挺有意义的。"

"也就只剩下这点儿安慰了，不然口停手停。唉，有时候觉得嫁人毫无意义，可是有时候又觉得，嫁人唯一的意义很可能就是在这样的时刻，能有个男人站出来说：别受那气了，回家吧，我养你……"

年子扑哧一声笑了出来。她现在特别能理解柏芸芸的心情。许多女人急于嫁人，其实不一定是因为好吃懒做，而是为了寻求一点儿安慰或者安全感，至少在自己受气的时候，能有个靠山，虽然事实上这个所谓的靠山绝大多数是靠不住的。

毕竟人类还是群居动物，有本能的从众属性。

一如现在，年子被封杀近一个月了，一篇稿子都发不出去，一毛钱的稿费也没有，坐吃山空就罢了，可若是长期如此，怎么了得？

"唉，工作受气的时候想要嫁人，真的嫁人了又觉得大失所望。年子，你知道我老家的那个堂姐吧，就是去年结婚的那个。结婚的时候，我伯父、伯母收了对方八万八千块的彩礼，也陪嫁了一点儿东西。可是前几天我堂姐在医院难产大出血，当时医生们都忙着抢救，那个堂姐夫和他妈却一直在门外逼着我伯母退他们的彩礼，说不能人财两空，如果现在人死了，他家就白花钱了，而且绝对不会再垫付一毛钱的医药费了……直到医生跑出来大骂他们，他们才闭嘴。可是，我堂姐最后还是没能保住，小孩也没了……一尸两命啊，好难受……"

年子没法安慰她。

绝大多数人的婚姻其实谈不上有什么爱情，每一个人算计的都是如何使自己的利益最大化。

过了一会儿，癞蛤蟆的头像亮了："有个朋友送了我一大盒海参还有别的什么海产，都放在冰箱里，小姐，要不你去拿一下？”

年子兴致勃勃地道：“我去你那儿煮，煮好了等你。”

“……”

“你不相信我能煮好是不是？告诉你，我能做葱爆辽参、小米辽参、盐煎大虾，绝对好吃……”

“好吧，我下班肯定很晚，到时候直接回去。”

“那我做好了饭等你。”

“别等我了，你先吃，给我留一点儿就行。”

放下手机后，年子特别雀跃，马上梳洗打扮一番，开了自己的小车子往卫微言的小区驶去。

一路上，她忽然有点儿得意，至少她失业后，还有一张可靠的饭票。以后她每天吃这饭票的喝这饭票的，然后，顺带替这饭票煮煮饭、做做家务，闲着的时候就去逛街购物、美容健身，悠游自在……于是，就顺理成章地变成了一个黄脸婆！

年子忽然又觉得这日子好恐怖！不能细想。

路过菜市场时，她顺带进去买了一些菜。

停好车，拿了钥匙，年子大摇大摆地走到小区门口，忽然有点儿正宫娘娘的派头。

她想起有一次在这里看到薇薇和乔雨桐，因为没有钥匙，她们只好巴巴地等着。

但自己就不同了，自己可是拥有进出大门钥匙的“正宫”。

她正要刷卡进小区大门，忽然听到有人叫她：“年姑娘……”

她立即回头。

一棵高大的古老榕树下站着一个白衣人。

冬日的老榕树，叶子苍翠厚重，长长的“胡须”垂下来，迎着冷冷的风飘舞。他就像是树下忽然冒出的一个鬼影，一个苍白又美丽到了极点的树精。

年子感到很惊惧。

因为她一路走来，一路张望，前前后后、左左右右反复看了无数次，绝对没有看到任何人影。

而这人就像来无影去无踪似的从天而降。

“林教头，你跟踪我？”

云未寒笑了笑，淡淡地说：“卫微言的住址并不是秘密，我早前就来过这里几次。”

年子：“……”

他盯着她手里的大号购物袋，看到里面有各种各样的蔬菜、菌菇以及水果和调味品，眼神有些奇怪：“年姑娘这是要做居家的贤妻良母了？”

年子：“……”

云未寒意味深长地道：“年姑娘既然已经主动来这里做‘煮妇’了，那么你真正了解卫微言吗？”

年子反问：“什么意思？”

“你告诉我，你是怎么认识卫微言的？”

年子：“……”

“不记得了还是不想说？”

年子下意识地把大号购物袋往地上放了放，毕竟这么多东西，一直拎着实在是太重了。

云未寒的目光一直落在购物袋上，他仔细打量着里面的各种东西，眼神非常奇怪：“我认识你的时间也不算短了，年姑娘，我竟然不知道，你还有买菜做饭的闲趣？”

“主要看心情。”

“主要看人吧？”

“……”

“有些人，你什么时候都有兴趣为他洗手做羹汤；而有些人，准备好了山珍海味，你也不见得有兴趣和他一起吃！”

年子不置可否，又拎着购物袋准备走了。

“看来年姑娘很少来这里吧？你居然不直接去地下停车场，而是把车停这么远，走这么长一截路……”

年子摇了摇头：“我知道地下停车场，也知道地下停车场更方便！我只是怕地下停车场人少，被人伏击！”

“哈哈，年姑娘竟然小心谨慎到了这样的地步？”

“被吓破了胆，又胆小如鼠，所以，我只能自我保重！”

“年姑娘还是认为那个飞车党跟我有关？”

年子忽然彻底放下了购物袋，上前一步，面对着云未寒。

云未寒一动不动地看着她。

她也盯着他。

满地的落叶，四周是光秃秃的法国梧桐，还有偶尔被风带来的寒意，一身雪白大衣的云未寒看起来就像是这个昏黄世界里一抹突兀的点缀。他的容貌好像会随着四季而变换：春天如红艳的玫瑰，夏天如热烈的百合，秋天如璀璨的银杏，冬天如满地的雪花。

年子不得不承认，这人其实有一种魔力。无论你多么憎恨他、讨厌他，可是只要面对面看着他，这种憎恶之情就会不知不觉地烟消云散。长得好看的人，就是了不起！就像古代传说中那些绝美的男子，上了战场，敌人面对他们时都舍不得杀。

“林教头，你知道为什么我一直没法爱上你吗？”年子自顾自地说下去，“因为我一直怕你啊。真的，我老觉得你随时可能对我谋财害命。也许该去掉‘谋财’二字，毕竟我无财可图，但是我觉得在你眼中，我这条命一直有某种特殊的价值……”

她很认真地想了想，又道：“也许是某种科研价值。”

云未寒：“……”

“所以你一直对我锲而不舍，生怕我落到其他人手中。如果有时候觉得我实在不那么听话，你就干脆假手他人教训我一下，看我能不能有所收敛……”

就像骑手训练野马，将各种方法都用上，最后，野马成了忠心耿耿、纪律严明的战马。

“你口口声声说怕我谋财害命，对我避如蛇蝎，难道就没怕过卫微言吗？”

年子狐疑地看着云未寒。

云未寒笑了，笑容很是奇怪，仿佛在自言自语地道：“看来，年姑娘是真的忘记自己是怎么认识卫微言的了吧？”

年子还是紧紧地闭着嘴巴。

“其实我认识年姑娘的时间，远在卫微言之前。这一点，年姑娘可能也不知道吧？”

年子心里忽然一寒。

云未寒的笑容更加怪异了：“这世道，伪装得好的人就是占便宜，直言相告的人反而容易成为恶人。年姑娘，如果我从来不承认你是我的实验对象，如果我一直甜言蜜语地骗你，你说，今天会不会是截然不同的结果？”

“好了，林教头，时间不早了，我要回去煮饭了。”

云未寒盯着她胸口挂着的一把钥匙，意味深长地说：“回去……你居然用了‘回去’二字？”

年子扬眉：“有问题吗？”

“年姑娘一直顾左右而言他，就是不肯回答最本质的问题，可见你还是想不起或者刻意回避怎么认识卫微言的这个问题，对不对？”

年子干脆地道：“好吧，那你告诉我，卫微言接近我，到底是想谋我的色还是谋我的心肝脾胃肾？”

“你若真的那么想知道，何不问问他？”

年子勃然大怒：“林教头，你真当我是傻子不成？你捕风捉影地随便说几句，然后就让人疑神疑鬼，我就得配合你去怀疑卫微言，然后把他的祖宗十八代查一遍？”

云未寒长吁一口气：“年子，你真是一个蠢猪！”

然后他转身离去。这是他第一次先她一步离开。年子盯着他的背影，只见那渐行渐远的一抹影子简直像是天地之间移动的一团雪花。